知堂忆往

周作人 著

流水斜阳太有情

中国文史出版社

目　　录

1

曾 祖 母

苓年公行九，曾祖母通称九太太，以严正称，但那时已经很老，也看不出怎么。她于壬辰除夕去世，只差一天就是八十岁了。现今所记得的只是一二琐事，特别是有关于我们自己的。平常她总是端正地坐在房门口那把石硬的太师椅上，那或者是花梨紫檀做的也说不定，但石硬总不成问题，加上一个棉垫子也毫无用处，可是她一直坐着，通年如此。有时鲁迅便去和她开玩笑，假装跌跟斗倒在地上，老太太看见了便说："啊呀，阿宝，衣裳弄脏了呀。"赶紧爬了起来，过了一会又假装跌了，要等她再说那两句话，从这个记忆说来，觉得她是一点都没有什么可怕的。

老太太年纪大了，独自睡在一间房里，觉得不大放心，就叫宝姑去陪她睡。宝姑那时大概有十七八岁，在上海说就是大姐，但是乡下的名称很奇怪，叫作"白吃饭"，有地方叫"白摸吃饭"，如《越谚》所记，大约从前是没有工钱的罢，但后来也有了，虽然比大人要少些。老太太床朝南，宝姑睡在朝西的床上，总是早睡了，等到老太太上床睡好了，才叫宝姑吹灯。因为老太太耳朵重听，宝姑随即答应，探头帐子外边，举起缚在帐竿上的芭蕉扇来，像火焰山的铁扇公主似的，对着香油灯尽扇，老太太还是在叫，"宝姑，宝姑，吹灯"，直到扇灭为止。老太太晚年的故事，家里人一般都记得的，大概就只是这一件罢。

介孚公在京里做京官，虽然还不要用家里的钱，但也没有一个钱寄回来，这也使得老太太很不高兴。有时候有什么同乡回来，托他们带回东西，总算是孝敬老太太的，其实老太太漫说不要吃，其实也吃不动。有一回带来的东西不知道为什么装在一只袋皮就是麻袋内，打开看时是两只火腿，好些包蘑菇蜜饯之类，杏脯蜜枣等不晓得是不是信远斋的，但在小孩总是意外的欢喜，恨不得立刻就分，老太太却正眼也不看一眼，只说道："这些东西要他什么！"后来她的女婿请画师叶雨香给她画喜容，眉目间略带着一种威，过年时挂像看见，便不禁想起多少年前那时的情景来了。

伯　宜　公

伯宜公本名凤仪，改名文郁，考进会稽县学生员，后又改名仪炳，应过几次乡试，未中式。他看去似乎很是严正，实际却并不厉害，他没有打过小孩，虽然被母亲用一种叫作呼筱（音笑）的竹枝豁上几下的事情总是有过的。因为他寡言笑，小孩少去亲近，除吃酒时讲故事外，后来记得的事不很多。有一次大概是光绪辛卯（一八九一）年罢，他从杭州乡试回家，我们早起去把他带回来的一木箱玩具打开来看，里边有一件东西很奇怪，用赤金纸做的腰圆厚纸片，顶有红线，两面各写"金千两"字样，事隔多年之后才感到那箱玩具是日本制品，但是别的有些什么东西却全不记得了。此外有几张紫砂小盘，上有鲤鱼跳龙门的花纹，乃是闹中给月饼吃时的碟子，拿来正好做家事游戏，俗语云办人家。又一回记得他在大厅明堂里同两三个本家站着，面有忧色地在谈国事，那大概是甲午秋冬之交，左宝贵战死之后罢。他又说过，现在有四个儿子，将来可以派一个往西洋去，一个往东洋去做学问，这话由鲁老太太传说下来，当然是可靠的，那时读书人只知道重科名，变法的空气还一点没有，他的这种意见总是很难得的了。他说这话大抵也在甲午乙未这时候罢，因为他的四子生于癸巳六月，而他自己则是丙申九月去世的，距生于咸丰庚申，年三十七岁，乡下以三十六岁为本寿，意思是说一个人起码的寿命，犹如开店的本钱，他的生日在十二月，所以严格地说，整三十六年还差三个月。

介孚公

　　介孚公本名致福，改名福清，光绪辛未由翰林院庶吉士散馆，授编修，后来改放外官，这里还是散馆就外放，弄不大清楚，须得查家谱，但据平步青说，他考了就预备卷铺盖，说反正至少是个知县。最初选的是四川荣昌县，他嫌远不去，改选江西金溪县。翰林外放知县在前清叫作老虎班，是顶靠硬的，得缺容易，上司也比较优容，可是因此也容易闹出意见来，介孚公当然免不了这一例。那时上司大概不是科甲出身，为他所看不起，所以不久就同抚台闹了别扭，不知道做了多少年月，终于被参劾，被改为教官。他不情愿坐冷板凳去看守孔庙，便往北京考取内阁中书，一直在做京官，到了癸巳年丁忧，才告假回家去。

　　他在北京的情形现在已不能知道，偶然在王继香日记中庚寅这一册里看见有些记事，可作资料。如七月十一日项下云："周介孚柬招十三饮。"十三日下午云："飞辀出海岱门，循城根至前门，令经南大街至骡马市，马疲泥涩，仆坐不动，怒叱之。久之始至广和居，则周介夫（原文如此）果已与客先饮，同席者汪笙叔鲍敦夫戚升淮陶秀充，略饮即饭，不烟而回。强敦夫同车，托词而止，及余车回，敦夫方步入门，盖敦以介夫境窘，故不坐车，而诘之则仍以他词饰，可谓诈矣。"介孚公在北京于同乡中与吴介唐鲍敦夫似还要好，王子献便不大谈得来，看日记中口气可知，但如介孚公的日记尚在，那么在那里面对于这些人他也一定是说得很不客气的罢。

介孚公（二）

　　癸巳年春天介孚公携眷回家，住在西一的屋内，同来的是少子凤升，生母章已早死，年十二岁，妾潘，是和小姑母同年的，可以推定是二十六岁，介孚公是五十七岁。曾祖母于壬辰除夕去世，那时已有电报和轮船，所以不到一个月就赶到了家，这有一件确实的证据，因为曾祖母五七那一日，他大发脾气，经验着的人不会忘记，虽然现在知道的也只有我一个人了。

　　那年乡试，浙江的主考是殷如璋和周锡恩，仿佛又记得副主考是郁崐，但郁是萧山人，所以是不确的。大概是六七月中，介孚公跑往苏州去拜访他们，因为都是什么同年，却为几个亲戚朋友去通关节，随即将出钱人所开一万两银子的期票封在信里，交跟班送到主考的船上去。那跟班是一个乡下人名叫徐福，因为学会打千请安，口说大人小的，以当"二爷"为职业，被雇带到苏州去办事，据说那时副主考正在主考船上谈天，主人收到了信不即拆看，先搁下了，打发送信的回去，那二爷嚷了起来，说里边有钱，怎么不给收条？这事便发觉了，送到江苏巡抚那里，交苏州府办理，介孚公知道不能躲藏，不久就去自首，移到杭州，住在司狱司里，一直监候了有七年，至辛丑一月，由刑部尚书薛允升附片奏请，依照庚子年刑部在狱人犯悉予宽免的例，准许释放，乃于是年二月回家，住在原来的地方。

　　那时候凤升改名文治，已于丁酉年往南京，进了江南水师学堂，所以介孚公身边只剩了潘姨太太一人。她这人并没有什么不好，只是地位不好，造成了许多人己两不利的事情。介孚公回家之后，还是一贯的作风，对于家人咬了指甲恶骂诅咒，鲁迅于戊戌离家，我也于辛丑秋天往南京，留在家里的几个人在这四年中间真是够受的了。介孚公于甲辰年夏天去世，年六十八岁。

介孚公平常所称引的只有曾祖苓年公一个人，此外上自昏太后呆皇帝（西太后，光绪），下至本家子侄辈的五十四七，无不痛骂，那老同年薛允升也被批评为糊涂人，其所不骂的就只潘姨太太和小儿子，说他本来笨可原谅，如鲁迅在学堂考试第二，便被斥为不用功，所以考不到第一，伯升考了倒数第二，却说尚知努力，没有做了背榜，这虽说是例，乃是实在的事。

父亲的病（上）

　　我于甲午年往三味书屋读书，但细想起来，又似乎是正月上的学，那么是乙未年了，不过这已经记不清楚了，所还记得的是初上学时的情形。我因为没有书桌，就是有抽屉的书桌，所以从家里叫用人背了一张八仙桌去，很是不像样，所读的书是《中庸》上半本，普通叫作"上中"，第一天所上的"生书"，我还记得清清楚楚的是"哀公问政"这一节，因为里边有"夫政也者蒲芦也"这一句，觉得很是好玩，所以至今不曾忘记。回想起来，我的读书成绩实在是差得很，那时我已是十二岁，在本家的书房里也混过了好几年，但是所读的书总计起来，才只得《大学》一卷和《中庸》半卷罢了。本来这两种书是著名的难读的，小时候所熟知的儿歌有一首说得好：

　　　　大学大学，
　　　　屁股打得烂落！
　　　　中庸中庸，
　　　　屁股打得好种葱！

　　本来大学者"大人之学"，中庸者"以其记中和之为用"，不是小学生所能懂得的事情；我刚才拿出《中庸》来看，那上边的两句即"人道敏政，地道敏树"，还不能晓得这里讲的是什么，觉得那时的读不进去是深可同情的。现今的小学生从书房里解放了出来，再

7

不必愁因为读书不记得，屁股会得打得稀烂，可以种葱的那样，这实在是很可庆幸的。

现在话分两头，一边是我在三味书屋读书，由"上中"读到《论语》《孟子》，随后《诗经》，刚读完了"国风"，就停止了。一边是父亲也生了病，拖延了一年半的光景，于丙申（一八九七）年的九月弃世了。

父亲的病大概是在乙未年的春天起头的，这总不会是甲午，因为这里有几件事可以作为反证。第一个是甲午战争：当时乡下没有新闻，时事不能及时报道，但是战争大事，也是大略知道的；八月是黄海战败之后，消息传到绍兴，我记得他有一天在大厅明堂里，同了两个本家兄弟谈论时事，表示忧虑，可见他在那时候还是健康的。在同一年的八月中，嫁在东关金家的小姑母之丧，也是他自己去吊的，而且由他亲自为死者穿衣服；这是一件极其不易的工作，须得很细心谨慎，敏捷而又亲切的人，才能胜任。小姑母是在产后因为"产褥热"而死的，所以母家的人照例要求做法事"超度"；这有两种方法，简单一点的叫道士们来做"炼度"，凡继续三天；其一种是和尚们的"水陆道场"，前后时间共要七天。金家是当地的富家，所以就答应"打水陆"，而这"道场"便设在长庆寺，离我们的家只有一箭之路，来去非常方便，但那时的事情已都忘记了。

小姑母是八月初十日去世的，法事的举行当在"五七"，计时为九月十五日左右，这也足以证明他那时还没有生病。有一天从长庆寺回来，伯宜公在卧室的前房的小榻上，躺着抽烟，鲁迅便说那佛像有好多手，都拿着种种东西，里边也有骷髅；当时我不懂骷髅的意义，经鲁迅说明了就是死人头骨之后，我感到非常地恐怖，以后到寺里去对那佛像不敢正眼相看了。关于"水陆道场"，我所记得的就只是这一点事，但这佛像是什么佛呢，我至今还未了然，因为"大佛"就是释迦牟尼的像，不曾见有这个样子的，但是他那丈六金刚，坐在大殿上，倒的确是伟大得很呢。

父亲的病（中）

伯宜公生病的开端，我推定在乙未年的春天，至早可以提前到甲午年的冬天，不过很难确说了。最早的病象乃是突然地吐狂血。因为是吐在北窗外的小天井里，不能估量其有几何，但总之是不很少，那时大家狼狈情形，至今还能记得。根据旧传的学说，说陈墨可以止血，于是赶紧在墨海研起墨来，倒在茶杯里，送去给他喝。小孩在尺八纸上写字，屡次舐笔，弄得"乌嘴野猫"似的满脸漆黑，极是平常。他那时也有这样情形，想起来时还是悲哀的，虽是朦胧地存在眼前。这乃是中国传统的"医者，意也"的学说，是极有诗意的，取其黑色可以盖过红色之意；不过于实际毫无用处，结果与"水肿"的服用"败鼓皮丸"一样，从他生病的时候起，便已经定要被那唯心的哲学所牺牲的了。

父亲的病虽然起初来势凶猛，可是吐血随即停止了，后来病情逐渐平稳，得了小康。当初所请的医生，乃是一个姓冯的，穿了古铜色绸缎的夹袍，肥胖的脸总是醉醺醺的。那时我也生了不知什么病，请他一起诊治，他头一回对我父亲说道："贵恙没有什么要紧，但是令郎的却有些麻烦。"等他隔了两天第二次来的时候，却说得相反了，因此父亲觉得他不能信赖，就不再请他。他又说有一种灵丹，点在舌头上边，因为是"舌乃心之灵苗"，这也是"医者，意也"的流派；盖舌头红色，像是一根苗从心里长出来，仿佛是"独立一支枪"一样；可是这一回却不曾上他的当，没有请教他的灵丹，就将他送走完事了。

这时伯宜公的病还不显得怎么严重，他请那位姓冯的医生来看的时候，还亲自走到堂前的廊下的。晚饭时有时还喝点酒，下酒物多半是水果，据说这是能喝酒的人的习惯，平常总是要用什么肴馔的。我们在那时便团围着听他讲聊斋的故事，并且分享他的若干水果。水果的好吃后来是不记得，但故事却并不完全忘记，特别是那些可怕的鬼怪的故事。至今还鲜明地记得的，是《聊斋志异》里所记的"野狗猪"，一种人身狗头的怪物，兵乱后来死人堆中，专吃人的脑髓，当肢体不全的尸体一起站起，惊呼道"野狗猪来了，怎么好！"的时候，实在觉得阴惨得可怕，虽然现在已是六十年后，回想起来与佛像手中的骷髅都不是很愉快的事情。

不过这病情的小康，并不是可以长久的事，不久因了时节的转变，大概在那一年的秋冬之交，病势逐渐地进于严重的段落了。

父亲的病（下）

伯宜公的病以吐血开始，当初说是肺痈，现在的说法便是肺结核；后来腿肿了，便当作膨胀治疗，也究竟不知道是哪里的病。到得病症严重起来了，请教的是当代的名医，第一名是姚芝仙，第二名是他所荐的，叫作何廉臣，鲁迅在《朝花夕拾》把他姓名颠倒过来写作"陈莲河"，姚大夫则因为在篇首讲他一件赔钱的故事，所以故隐其名了。这两位名医自有他特别的地方，开方用药，外行人不懂得，只是用的"药引"，便自新鲜古怪，他们绝不用那些陈腐的什么生姜一片，红枣两颗，也不学叶天士的梧桐叶，他们的药引，起码是鲜芦根一尺。这在冬天固然不易得，但只要到河边挖掘总可到手；此外是经霜三年的甘蔗或萝卜菜，几年陈的陈仓米，那搜求起来就煞费苦心了。前两种不记得是怎么找到的，至于陈仓米则是三味书屋的寿鉴吾先生亲自送来，我还记得背了一只"钱褡"（装铜钱的褡裢），里边大约装了一升多的老米，其实医方里需用的才是一两钱，多余的米不晓得是如何处理了。还有一件特别的，那是何先生的事，便是药里边外加一种丸药，而这丸药又是不易购求的，要配合又不值得，因为所需要的不过是几钱罢了。普通要购求药材，最好往大街的震元堂去，那里的药材最是道地可靠，但是这种丸药偏又没有；后来打听得在轩亭上有天保堂药店，与医生有些关系，到那里去买，果然便顺利地得到了。名医出诊的医例是"洋四百"，便是大洋一元四角，一元钱是诊资，四百文是给那三班的轿夫的。

这一笔看资，照例是隔日一诊，在家里的确是沉重的负担；但这与小孩并无直接关系，我们忙的是帮助找寻药引，例如有一次要用"蟋蟀一对"，且说明须要原来同居一穴的，这才算是"一对"，随便捉来的雌雄两只不能算数。在"百草园"的菜地里，翻开土地，同居的蟋蟀随地都是，可是随即逃走了，而且各奔东西，不能同时抓到。幸亏我们有两个人，可以分头追赶，可是假如运气不好捉到了一只，那一只却被逃掉了，那么这一只捉着的也只好放走了事。好容易找到了一对，用棉线缚好了，送进药罐里，说时虽快，那时却不知道要花若干工夫呢。幸喜药引时常变换，不是每天要去捉整对的蟋蟀的，有时换成"平地木十株"，这就毫不费寻找的工夫了。《朝花夕拾》说寻访平地木怎么不容易，这是一种诗的描写，其实平地木见于《花镜》，家里有这书，说明这是生在山中树下的一种小树，能结红子如珊瑚珠的。我们称他作"老弗大"，扫墓回来，常拔了些来，种在家里，在山中的时候结子至多一株树不过三颗，家里种的往往可以多到五六颗，拔来就是了。这是一切药引之中，可以说是访求最不费力的了。

经过了两位"名医"一年多的治疗，父亲的病一点不见轻减，而且日见沉重，结果终于在丙申年（一八九六）九月初六日去世了。时候是晚上，他躺在里房的大床上，我们兄弟三人坐在里侧旁边，四弟才四岁，已经睡熟了，所以不在一起。他看了我们一眼，问道："老四呢？"于是母亲便将四弟叫醒，也抱了过来。未几即人于弥留状态，是时照例有临终前的一套不必要的仪式，如给病人换衣服，烧了经卷把纸灰给他拿着之类，临了也叫了两声，听见他不答应，大家就哭起来了。这里所说都是平凡的事实，一点儿都没有诗意，没有"衍太太"的登场，很减少了小说的成分。因为这是习俗的限制，民间俗言，凡是"送终"的人到"转煞"当夜必须到场，因此凡人临终的时节，只是限于平辈以及后辈的亲人，上辈的人绝没有在场的。"衍太太"于伯宜公是同曾祖的叔母，况且又在夜间，自然更无特地光临的道理，《朝花夕拾》里请她出台，鼓励作者大声叫唤，使得病人不得安稳，无非想当她作小说里的恶人，写出她阴险的行为来罢了。

先母事略

　　民国三十二年（一九四三）这年在我是一个灾祸很重的年头，因为在那年里我的母亲故去了。我当时写了一篇《先母事略》，同讣闻一起印发了，日前偶然找着底稿，想就把他拿来抄在这里，可是无论怎么也找不到了，所以只好起头来写，可能与原来那篇稍有些出入了罢。

　　先母姓鲁，名瑞，会稽东北乡的安桥头人。父名希曾，是前清举人，曾任户部司员，早年告退家居，移家于皇甫庄，与范啸风（著《越谚》的范寅）为邻，先君伯宜公进学的时候，有一封贺信写给介孚公，是范啸风代笔的，底稿保存在我这里，里边有"弟有三娇，从此无白衣之客，君唯一爱，居然继黄卷之儿"，是颇有参考价值的。先母共有兄弟五人，自己居第四，姊妹三人则为最小的，所以在母家被称为小姑奶奶。先君进学的年代无可考了，唯希曾公于光绪十年甲申（一八八四）去世，所以可见这当更在其前。先母生于咸丰七年丁巳（一八五七）十一月十九日，卒于民国三十二年癸未（一九四三）四月二十二日，享年八十七岁。先母生子女五人，长樟寿，即树人；次櫆寿，即作人；次端姑；次松寿，即建人；次椿寿。端姑未满一岁即殇，先君最爱怜她，死后葬于龟山殡舍之外，亲自题碑曰，周端姑之墓，周伯宜题，后来迁移合葬于逍遥溇，此碑遂因此失落了。椿寿则于六岁时以肺炎殇，亦葬于龟山，其时距先君之丧不及二年，先母更特别悲悼，以椿寿亦为先君所爱，临终

14

时尚问"老四在哪里"，时已夜晚乃从睡眠中唤起，带到病床里边。故先母亦复怀念不能忘，乃命我去找画师叶雨香，托他画一个小照，他凭空画了小孩，很是玉雪可爱，先母看了也觉中意，便去裱成一幅小中堂，挂在卧房里，搬到北京来以后，也还是一直挂着，足足挂了四十五年。关于这事我在上面已曾写过，见第十八章中，所以现在从略了。

先君生于咸丰十年庚申（一八六〇）十二月二十一日，卒于光绪二十二年丙申（一八九六）九月初六日，得年三十七，绍兴所谓刚过了本寿。他是在哪一年结婚或是进学的都无可考，或者这在当时只用活字排印了二十部的《越城周氏支谱》上可能有记载，但是我们房派下所有的一部却给国民党政府没收了，往北京图书馆去查访，也仍是没有下落。先君本名凤仪，进学时的名字是文郁，后来改名仪炳，又改用吉，这以后就遇着那官事，先君说："这名字的确不好，便是说拆得周字不成周字了。"但他的号还是伯宜，因为他小名叫作"宜"，先母平时便叫他"宜老相公"，——查《越谚》卷中人类尊称门中有老相公，注云有田产安享者，又佃户亦常称地主为收租老相公，意如是称谓当必有所本，唯小时候也不便动问，所以这缘故终于不能明了。

先母性和易，但有时也很强毅。虽然家里也很窘迫，但到底要比别房略为好些，以是有些为难的本家时常走来乞借，总肯予以通融周济，可是遇见不讲道理的人，却也要坚强地反抗。清末天足运动兴起，她就放了脚，本家中有不第文童，绰号"金鱼"的顽固党扬言曰："某人放了大脚，要去嫁给外国鬼子了。"她听到了这话，并不生气去找金鱼评理，却只冷冷地说道："可不是么，那倒真是很难说的呀。"她晚年在北京常把这话告诉家里人听，所以有些人知道，我这事写在《鲁迅的故家》的一节里，我的族叔冠五君见了加以补充道："鲁老太太的放脚是和我的女人谢蕉荫商量好一同放的。金鱼在说了放脚是要嫁洋鬼子的话以外，还把她们称为妖怪，金鱼的老子也给她们两人加了'南池大扫帚'的称号，并责备藕琴公家教不严，藕琴公却冷冷地说了一句：'我难道要管媳妇的脚么？'这位老顽固碰了一鼻子的灰，就一声不响地走了。"所谓金鱼的老子即《故家》里五十四节所说的椒生，也就是冠五的先德藕琴公的老兄，大扫帚是骂女人的一种隐语，说她要败家荡产，像大扫帚扫地似的，南池乃是出产扫帚的地名。先母又尝对她的媳妇们说："你们每逢生气的时候，便不吃饭了，这怎么行呢？这时候正需要多吃饭才好呢，我从前和你们爷爷吵架，便要多吃两碗，这样才有气力说话呀。"这虽然一半是戏言，却也可以看出她强健性格的一斑。

先君虽未曾研究所谓西学，而意见甚为通达，尝谓先母曰："我们有四个儿子，我想将来可以将一个往西洋去，一个往东洋去留学。"这个说话总之是在癸巳至丙申（一八九三至九六）之间，可以说是很有远见了，那时人家子弟第一总是读书赶考，希望做官，看看这个做不到，不得已而思其次，也是学幕做师爷，又其次是进钱店与当铺，而普通的工商业不与焉，至于到外国去进学堂，更是没有想到的事了。先君去世以后，儿子们要谋职业，先母便陆续让他们出去，不但去进洋学堂，简直搞那当兵的勾当，无怪族人们要冷笑这样地说了，便是像我那样六年间都不回家，她也毫不嗔怪。她虽是疼爱她的儿子，但也能够坚忍，在什么必要的时候。我还记得在鲁迅去世的那时候，上海来电报通知我，等我去告诉她知道，我一时觉得没有办法，便往北平图书馆找宋紫佩，先告诉了他，要他一同前去。去了觉得不好就说，就那么经过了好些工夫，这才把要说的话说了出来，看情形没有什么，两个人才放了心。她却说道："我早有点料到了，你们两个人同来，不像是寻常的事情，而且是那样迟延尽管说些不要紧的话，愈加叫我猜着是为老大的事来的了。"将这一件与上文所说的"一幅画"的事对照来看，她的性情的两方面就可全然明了了。

先母不曾上过学，但是她能识字读书。最初读的也是些弹词之类，我记得小时候有一个时期很佩服过左维明，便是从《天雨花》看来的，但是那里写他剑斩犯淫的侍女，却是又觉得有了反感了，此外还有《再生缘》，不过看过了没有留下什么记忆。随后看的是演义，大抵家里有的都看，多少也曾新添一些，记得有大橱里藏着一部木版的《绿野仙踪》，似乎有些不规矩的书也不是例外，至于《今古奇观》和《古今奇闻》，那不用说了。我在庚子年以前还有科举的时候，在新试前赶考场的书摊上买得一部《七剑十三侠》，她看了觉得喜欢，以后便搜寻他的续编以至三续，直到完结了才算完事。此后也看新出的章回体小说，民国以后的《广陵潮》也是爱读书之一，一册一册地随出随买，有些记得还是在北京所买得的。她只看白话的小说，虽然文言也可以看，如《三国演义》，但是不很喜欢，《聊斋志异》则没有看过。晚年爱看报章，订上好几种，看所登的社会新闻，往往和小说差不多，同时却也爱看政治新闻，我去看她时辄谈段祺瑞吴佩孚和张作霖怎么样，虽然所根据的不外报上的记载，但是好恶得当，所以议论都是得要领的。

先母的诞日是照旧历计算的，每年在那一天，叫饭馆办一桌酒席给她送去，由她找几个合适的人同吃，又叫儿子丰一照一张相，以做纪念。一九四二年十二月廿六日为先母八十六岁的生日，丰一于饭后为照相，及至晒好以后先母乃特别不喜欢，及明年去世，唯此相为最近所照，不得已遂放大用之于开吊时。一九四三年四月份日记云：

　　廿二日晴，上午六时同信子往看母亲，情形不佳，十一时回家。下午二时后又往看母亲，渐近弥留，至五时半遂永眠矣。十八日见面时，重复云，这回永别了，不图竟至于此，哀哉，唯今日病状安谧，神识清明，安静入灭，差可慰耳。九时回来。

　　廿三日晴，上午九时后往西三条。下午七时大殓，致

17

祭，九时回家。此次系由寿先生让用寿材，代价九百元，得以了此大事，至可感也。

廿四日晴，上午八时往西三条，九时灵柩出发，由官门口出西四牌楼，进太平仓，至嘉兴寺停灵，十一时到。下午接三，七时半顷回家，丰一暂留，因晚间放焰口也。

至五月二日开吊，以后就一直停在那里，明年六月十九日乃下葬于西郊板井村之墓地。

本文是完了，但是这里却有一个附录，这便是上文所说范啸风替晴轩公写的那封信，因为文章虽并不高明，内容却有可供参考的地方，而且那种"黄伞格"的写法将来也要没有人懂得了，所以我把他照原样地抄写在这里了。原题是"答内阁中书周福清（两字偏右稍小）并贺其子入泮"：

　　忝侬
玉树，增葭末之荣光，昨奉
金绒，愧楮生之犹媂。兹者欣遇
　　令郎入泮，窃喜择婿东床，笑口欢腾，喜心倾写。
　　恭维
介孚仁兄亲家大人职勤视草，
恩遇赐罗，
　　雅居中翰之班，爱莲名噪，
　　秀看后英之苗，采藻声传。
　　闻喜可知，驰贺靡似。弟自违粉署，遂隐稽山，
　　　　蜗居不啻三迁，蠖屈已将廿载。所幸男婚女嫁，愿
　　了向平，侄侍孙嬉，情娱垂晚。昔岁季女归
第，今兹快婿游庠。弟有三娇，从此无白衣之客，
　　君唯一爱，居然继黄卷之儿。不禁笔歌，用达絮语，

18

敬贺

鸿禧，顺请

台安，诸维

亮察不庄。

　　姻愚弟鲁希曾顿首。

姑母的事情

　　我有过两个姑母，她们在旧式妇女并不算怎么不幸，可是也决不是幸福，大概上两代的女人差不多就是那么样罢。大姑母生于清咸丰戊午（一八五八）年，出嫁很迟，在吴融马家做继室，只生了一个女儿，有一年从母家回乡去，坐了一只小船，中途遇见大风，船翻了，舟夫幸而免，她却淹死了。小姑母生于同治戊辰（一八六八）年，嫁在东关金家，丈夫是个秀才，感情似颇好，可是舅姑很难侍候，遇着好许多磨折。她不知是哪一年出嫁的，她有一个女儿是属兔的，即光绪辛卯（一八九一）年所生，算来结婚当是己丑庚寅之间罢，她平常对几个小侄儿都很好，讲故事唱歌给他们听，所以她出阁那一天，大家特别恋恋不舍，这事情一直到后来还不曾忘记。至甲午（一八九四）年她产后发热，不久母子皆死，这大抵是产褥热，假如她生在现代，那是不会得死的。她的死耗也使得内侄们特别悲伤，据说她在高热中说胡话，看见有红蝙蝠飞来，当时鲁迅写过祭文似的东西，内容却是质问天或神明的，里边特别说及这红蝙蝠的问题，这是神的使者还是魔鬼呢，总之他使好人早夭，乃是不可恕的了。鲁迅后来在日记上记着她的忌日，可见他也是很久还记忆着的。

若子的病

《北京孔德学校旬刊》第二期于四月十一日出版，载有两篇儿童作品，其中之一是我的小女儿写的。

晚上的月亮

周若子

晚上的月亮，很大又很明。我的两个弟弟说："我们把月亮请下来，叫月亮抱我们到天上去玩。月亮给我们东西，我们很高兴。我们拿到家里给母亲吃，母亲也一定高兴。"

但是这张旬刊从邮局寄到的时候，若子已正在垂死状态了。她的母亲望着摊在席上的报纸又看昏沉的病人，再也没有什么话可说，只叫我好好地收藏起来，——做一个将来决不再寓目的纪念品。我读了这篇小文，不禁忽然想起六岁时死亡的四弟椿寿，他于得急性肺炎的前两三天，也是固执地向着佣妇追问天上的情形，我自己知道这都是迷信，却不能禁止我脊梁上不发生冰冷的感觉。

十一日的夜中，她就发起热来，继之以大吐，恰巧小儿用的摄氏体温表给小波波（我的兄弟的小孩）摔破了，土步君正出着第二次种的牛痘，把华氏的一具拿去应用，我们房里没有体温表了，所以不能测量热度，到了黎明从间壁房中拿来表一量，乃是四十度三分！八时左右起了痉挛，妻抱住了她，只喊说："阿玉惊了！阿玉惊

21

了!"弟妇(即是妻的三妹)走到外边叫内弟起来,说:"阿玉死了!"他惊起不觉坠落床下。这时候医生已到来了,诊察的结果说疑是"流行性脑脊髓膜炎",虽然征候还未全具,总之是脑的故障,危险很大,十二时又复痉挛,这回脑的方面倒还在其次了,心脏中了霉菌的毒非常衰弱,以致血行不良,皮肤现出黑色,在臂上捺一下,凹下白色的痕好久还不恢复。这一日里,院长山本博士,助手蒲君,看护妇永井君白君,前后都到,山本先生自来四次,永井君留住我家,帮助看病。第一天在混乱中过去了,次日病人虽不见变坏,可是一昼夜以来每两小时一回的樟脑注射毫不见效,心脏还是衰弱,虽然热度已减至三八至九度之间。这天下午因为病人想吃可可糖,我赶往哈达门去买,路上时时为不祥的幻想所侵袭,直到回家看见毫无动静这才略略放心。第三天是火曜日,勉强往学校去,下午三点半正要上课,听说家里有电话来叫,赶紧又告假回来,幸而这回只是梦吃,并未发生什么变化。夜中十二时山本先生诊后,始宣言性命可以无虑。十二日以来,经了两次的食盐注射,三十次以上的樟脑注射,身上拥着大小七个的冰囊,在七十二小时之末总算已离开了死之国土,这真是万幸的事了。

山本先生后来告诉川岛君说,那日曜日他以为一定不行的了。大约是第二天,永井君也走到弟妇的房里躲着下泪,她也觉得这小朋友怕要为了什么而辞去这个家庭了。但是这病人竟从万死中逃得一生,不知是哪里来的力量。医呢,药呢,她自己或别的不可知之力呢?但我知道,如没有医药及大家的救护,她总是早已不在了。我若是一种宗派的信徒,我的感谢便有所归,而且当初的惊怖或者也可减少,但是我不能如此,我对于未知之力有时或感着惊异,却还没有致感谢的那么深密的接触。我现在所想致感谢者在人而不在自然,我很感谢山本先生与永井君的热心的帮助,虽然我也还不曾忘记四年前给我医治肋膜炎的劳苦。川岛斐君二君每日殷勤的访问,也是应该致谢的。

整整地睡了一星期，脑部已经渐好，可以移动，遂于十九日午前搬往医院，她的母亲和"姊姊"陪伴着，因为心脏尚须治疗，住在院里较为便利，省得医生早晚两次赶来诊察，现在温度复原，脉搏亦渐恢复，她卧在我曾经住过两个月的病室的床上，只靠着一个冰枕，胸前放着一个小冰囊，伸出两只手来，在那里唱歌。妻同我商量，若干的兄姊十岁的时候，都花过十来块钱，分给用人并吃点东西当作纪念，去年因为筹不出这笔款，所以没有这样办。这回病好之后，须得设法来补做并以祝贺病愈。她听懂了这会话的意思，便反对说："这样办不好。倘若今年做了十岁，那么明年岂不还是十一岁吗？"我们听了不禁破颜一笑。唉，这个小小的情景，我们在一星期前哪里敢梦想到呢？

紧张透了的心一时殊不容易松放开来。今日已是若子病后的第十一日，下午因为稍觉头痛告假在家，在院子里散步，这才见到白的紫的丁香都已盛开，山桃烂漫得开始憔悴了，东边路旁爱罗先珂君回俄国前手植作为纪念的一株杏花已经零落净尽，只剩有好些绿蒂隐藏嫩叶的底下。春天过去了，在我们彷徨惊恐的几天里，北京这好像敷衍人似的短促的春天早已愉愉地走过去了。这或者未免可惜，我们今年竟没有好好地看一番桃杏花。但是花明年会开的，春天明年也会再来的，不妨等明年再看；我们今年幸而能够留住了别个一去将不复来的春光，我们也就够满足了。

今天我自己居然能够写出这篇东西来，可见我的凌乱的头脑也略略静定了，这也是一件高兴的事。

若子的死

　　若子字霓荪，生于民国四年十月二十三日午后十时，以民国十八年十一月二十日午前二时死亡，年十五岁。

　　十六日若子自学校归，晚呕吐腹痛，自知是盲肠，而医生误诊为胃病，次日复诊始认为盲肠炎，十八日送往德国医院割治，已并发腹膜炎，遂以不起。用手术后痛苦少已，而热度不减，十九日午后益觉烦躁，至晚忽啼曰"我要死了"，继以昏吃，注射樟脑油，旋清醒如常，迭呼兄姊弟妹名，悉为招来，唯兄丰一留学东京不得相见，其友人亦有至者，若子一一招呼，唯痛恨医生不置，常以两腕力抱母颈低语曰："姆妈，我不要死。"然而终于死了。吁可伤已。

　　若子遗体于二十六日移放在西直门外广通寺内，拟于明春在西郊购地安葬。

　　我自己是早已过了不惑的人，我的妻是世奉禅宗之教者，也当可减少甚深的迷妄，但是睹物思人，人情所难免，况临终时神志清明，一切言动，历在心头，偶一念及，如触肿疡，有时深觉不可思议，如此景情，不堪回首，诚不知当时之何以能担负过去也，如今

24

才过七日，想执笔记若子的死之前后，乃属不可能的事，或者竟是永久不可能的事亦未可知。我以前写《若子的病》，今日乃不得不来写《若子的死》，而这又总写不出，此篇其终有目无文乎，只记若子生卒年月以为纪念云尔。

　　十一月二十六日送殡回来之夜，岂明附记。

四　　弟

　　我从五月十七日回到家以后，就不写日记，一直到戊戌十一月，这才又从二十六日写起，到己亥年的六月，成为日记第二卷。在这没有写的期间，却不是没有事情可记，而且还是颇为重大的，至少在家族里这影响很是不少。这便是四弟的病殁和鲁迅的回家来考"县考"。

　　日记虽然不写，然而大事情还有记录，十一月中记有初六日县试，予与大哥均去，初七日记四弟病甚重，初八日记四弟以患喘逝世，时方辰时。前一天的初七日，我还独坐小船，赶到小皋埠的大舅父家里去，请他来看四弟的病，因为他是懂得中医的，但是他来看了之后，并不开方，却自回去了，他不是行时的"名医"，知道这无可救，所以不肯用了鲜芦根之类来骗人的。四弟的病大概是急性肺炎罢，当时的病象只是气喘，这在现时是可以有救的，有青霉素等药存在，但是在六十余年前这有什么办法呢。母亲的悲伤是可以想象得来的，住房无可调换，她把板壁移动，改住在朝北的套房里，桌椅摆设也都变更了位置。她叫我去找那画神像的人，给他凭空画一个小照，说得出的特征只是白白胖胖的，很可爱的样子，顶上留着三仙发。感谢那画师叶雨香，他居然画了这样的一个，母亲看了非常喜欢，虽然老实说我是觉得没有什么像。这画得很特别，是一张小中堂，一棵树底下有一块圆扁的大石头，前面站着一个小孩，头上有三仙发，穿着藕色斜领的衣服，手里拈着一朵兰花，如不说

26

明是小影，当作画看也无不可，只是没有一点题记和署名。这小照的事是我一手包办的，在己亥年日记的二月里，记有下列三项：

十一日，雨。同方叔访叶雨香画师，不值。

十二日，雨。重访叶雨香，适在，托画四弟小影。

十三日，晴。往狮子街取小影，所画"头子"尚可用，使绘秋景。

其后装裱，也是我在大庆桥文聚斋所办的，可是在日记却找不到了。母亲拿这画挂在她的卧房里，前后足足有四十五年，在她老人家八十七岁时撒手西归之后，我把这幅画卷起，连同她所常常玩耍，也还是祖母所传下来的一副骨牌，拿了回来，一直放在箱子里，不曾打开来过。这画是我亲手去托画裱好了拿来的，现在又回到我的手里来，我应当怎么办呢？我想最好有一天把他火化了罢，因为流传下去他也已没有什么意义，现在世上认识他的人原来就只有我一个人了。但是转侧一想，他却有最适当的一个地方，便由我的儿子拿去献给了文化部，现在他又挂在鲁老太太的卧房门口了。

四弟名椿寿，因为他的小名是"春"，在祖父接到家信的那天，又不晓得遇着了姓春的京官，或者也是一个满人，这也是说不定的罢。

鲁迅的青年时代

一　名字与别号

　　题目是鲁迅的青年时代，但是我还得从他的小时候说起，因为在他生活中间要细分段落，是一件很不容易的事情，为的避免这个困难，我便决定了从头来说。我在这里所讲的都是事实，是我所亲自闻见，至今还有点记忆的，这才记录，若是别人所说，即便是母亲的话，也要她直接对我说过，才敢相信。只是事隔多年，至少有五十年的光阴夹在这中间，难免有些记不周全的地方，这是要请读者原谅的。

　　鲁迅原名周樟寿，是他的祖父介孚公给他所取的。他生于前清光绪辛巳八月初三日，即公元一八八一年九月二十五日。那时介孚公在北京当"京官"，在接到家信的那一日，适值有什么客人来访，便拿那人的姓来做名字，大概取个吉利的兆头，因为那些来客反正是什么官员，即使是穷翰林也罢，总是有功名的。不知道那天的客人是"张"什么，总之鲁迅的小名定为阿张，随后再找同音异义的字取作"书名"，乃是樟寿二字，号曰"豫山"，取义于豫章。后来鲁迅上书房去，同学们取笑他，叫他作"雨伞"，他听了不喜欢，请

28

祖父改定，介孚公乃将山字去掉，改为"豫才"，有人加上木旁写作"豫材"，其实是不对的。

到了戊戌（一八九八）年，鲁迅是十八岁的时候，要往南京去进学堂，这时改名为周树人。在那时候中国还是用八股考试，凡有志上进的人必须熟读四书五经，练习八股文和试帖诗，辛苦应试，侥幸取得秀才举人的头衔，作为往上爬的基础。新式的学校还一个都没有，只有几个水陆师的学堂，养成海陆军的将校的，分设在天津武昌南京福州等处，都是官费供给，学生不但不用花钱，而且还有津贴可领。鲁迅心想出外求学，家里却出不起钱，结果自然只好进公费的水陆师学堂，又考虑路程的远近，结果决定了往南京去。其实这里还有别一个，而且可以算是主要的原因，乃是因为在南京的水师学堂里有一个本家叔祖，在那里当"管轮堂"监督，换句话说便是"轮机科舍监"。鲁迅到了南京，便去投奔他，暂住在他的后房，可是这位监督很有点儿顽固，他虽然以举人资格担任了这个差使，但总觉得子弟进学堂"当兵"不大好，至少不宜拿出家谱上的本名来，因此就给他改了名字，因为典故是出于"百年树人"的话，所以豫才的号仍旧可以使用，不曾再改。后来水师学堂退学，改入陆师学堂附设的路矿学堂，也仍是用的这个名字和号。

在南京学堂的时期，鲁迅才开始使用别号。他刻有一块石章，文云"戎马书生"，自己署名有过一个"戛剑生"，要算早，因为在我的庚子（一九〇〇）年旧日记中，抄存有戛剑生《蒔花杂志》等数则，又有那年除夕在家里所作的《祭书神文》上边也说"会稽戛剑生"，可以为证。此外从"树人"这字面上，又变出"自树"这个别号，同时大概取索居独处的意思，自称"索士"或"索子"，这都是在他往日本留学之后，因为这在我癸卯甲辰（一九〇三至一九〇四）年的日记上出现，可是以前是未曾用的。一九〇七年以后，《河南》杂志请他写文章，那时他的署名是用"迅行"或"令飞"，这与他的本名别无联系，大概只是取前进的意思罢。中间十个年头过去了，到了"五四"以后，他又开始给《新青年》写文章，那时主编的陈独秀胡适之等人定有一个清规，便是不赞成匿名，用别号也算是不负责任，必须使用真姓名。鲁迅虽然是不愿意，但也不想破坏这个规矩，他便在"迅行"上面减去"行"字，加上了"鲁"字作姓，就算是敷衍过去了。这里他用的是母亲的姓，因为他怕姓周使人家可以猜测，所以改说姓鲁，并无什么别的意思。他那时本有"俟堂"这个别号，也拿出来应用，不过倒转过来，又将堂字写作唐，成为"唐俟"，多使用于新诗和杂感，小说则专用"鲁迅"，以后便定了下来，差不多成为本名了。他写《阿 Q 正传》时特别署过"巴人"的名字，但以后就不再使用。这里所说差不多至一九二〇年为止。这以后，他所用的笔名很多，现在不再叙述了。

二　师父与先生

鲁迅小时候的事情，实在我知道得并不多，因为我要比他小三岁，在我刚七八岁有点知识懂人事的时候，他已经过了十岁了。个人的知识记忆各有不同，像我自己差不多十岁以前的事全都不记得了，现在可以记录下来的只是一二零碎的片段而已。因为生下来是长子，在家庭里很是珍重，依照旧时风俗，为的保证他长大，有种种的仪式要举行。除了通行的"满月"和"得周"的各样的祭祀以外，还要向神佛去"记名"。所谓记名即是说把小孩的名字记在神或佛的账上，表示他已经出了家了，不再是人家的娇儿，免得鬼神妒忌，要想抢夺了去。鲁迅首先是向大桶盘（地名，本来是一个大湖）的女神记名，这女神不知道是什么神道，仿佛记得是九天玄女，却也不能确定。记了名的义务是每年有一次，在一定的期间内要去祭

30

祀"还愿"，备了小三牲去礼拜。其次又拜一个和尚为师，即是表示出家做了沙弥，家里对于师父的报酬是什么，我不知道，徒弟则是从师父领得一个法名，鲁迅所得到的乃是长根二字。师父自己的法号却似乎已经失传，因为我们只听别人背后叫他"阿隆"，当面大概是隆师父罢，真名字不知道是什么隆或是隆什么了。他住的地方距离鲁迅的家不远，是东昌坊口迤北塔子桥头的长庆寺，那法名里的"长"字或者即是由寺名而来，也未可知。我又记得那大桶盘庙的记名也是有法名的，却是不记得了，而且似乎那法名的办法是每个轮番用神名的一字，再配上别一个字去便成，但是如果她是九天玄女，那么女字如何安排，因此觉得这个记忆未必是确实的了。

小孩的装饰大抵今昔南北还没有什么大的不同，例如老虎头鞋和帽，至今也还可以看到。但是有些东西却已经没人知道了，百家衣即是其一。这是一件斜领的衣服，用各色绸片拼合而成，大概是在模仿袈裟的做法罢，一件从好些人家拼凑出来的东西似乎有一种什么神力，这在民俗上也是常有的事情。此外还有一件物事，在绍兴叫作"牛绳"，原义自然是牵牛的绳索，作为小孩的装饰乃是用红丝线所编成，有小指那么粗，长约二尺之谱，两头打结，套在脖子上，平常未必用，若是要出门去的时候，那是必须戴上的。牛绳本身只是一根索子便已够了，但是他还有好些附属品，都是有辟邪能力的法物，顺便挂在一起了。这些物件里边，我所知道的有小铜镜，叫作"鬼见怕"的一种贝壳，还有一寸多长的小本"皇历"，用红线结了网装着。据说鲁迅用过的一根牛绳至今还保存着，这也是可能的事，至于有人说这或是隆师父的赠品，则似未可信，因为我们不曾拜过和尚为师的人，在小时候同样地挂过牛绳，可见这原是家庭里所自备的了。

鲁迅的"开蒙"的先生是谁，有点记不清了，可能是叔祖辈的玉田或是花塍罢。虽然我记得大约七八岁的时候同了鲁迅在花塍那里读过书，但是初次上学所谓开蒙的先生照例非秀才不可，那么在仪式上或者是玉田担任，后来乃改从花塍读书的罢。这之后还跟子京读过，也是叔祖辈的一人，这人有点儿神经病，又是文理不通，本来不能当先生，只因同住在一个院子里，相距不到十步路，所以便去请教他。这期间不知道有多久，只是他教了出来许多笑话，终于只好中止了。这事相隔很久，因为可笑，所以至今清楚地记得。第一次是给鲁迅"对课"，出三字课题云"父攘羊"，大约鲁迅对得不合适，先生为代对云"叔偷桃"。这里羊桃二字都是平声，已经不合对课的规格，而且还把东方朔依照俗音写成"东方叔"，又是一个别字。鲁迅拿回来给父亲看，伯宜公大为发笑，但也就搁下了。第二次给讲书，乃是《孟子》里引《公刘》的诗句，到"乃裹糇粮"，他把第三字读作"猴"字，第二字读为"咕"，说道：公刘那时那么地穷困，他连猢狲袋里的果子也"咕"地挤出来拿了去了！伯宜公听了也仍然微笑，但从第二天起便不再叫小孩到那边去上学了。这个故事有点近于笑话，而且似乎编造得有点牵强，其实如果我不是在场亲自听见，也有这种感觉，可见实人实事有些也很奇特，有时会得比编造的更奇特的。

上边所说的事记不清是在哪一年，但鲁迅已经在读《孟子》，那是很明了确实的。可能这是在光绪壬辰（一八九二）年，这之后他便进了三味书屋跟寿镜吾先生读书去了。总之次年癸巳（一八九三）他已在那里上学，那是不成问题的，但曾祖母于壬辰除夕去世，新年匆忙办理丧事，不大可能打发他去入学，所以推定往三味书屋去在上一年里，是比较可以相信的。

三　遇见"闰土"

上文说到了光绪癸巳年，这一年很重要，因为在鲁迅的生活中是一个重大关键，我也已是满八岁多了，知道的事情也比较多些了。所记述的因此也可以确实些。在这一年里应该记的是鲁迅初次认识了"闰土"。他姓章，本名运水，因为八字上五行缺水，所以小名叫作"阿水"，书名加上一个运字，大概是取"运气"的意思，绍兴俗语闰运同音；所以小说上改写作"闰"，水也换作五行中的"土"了。运水的父亲名章福庆，一向在家中帮忙工作，他的本行是竹匠，家在杜浦村，那里是海边，一片都是沙地，种些瓜豆棉花之类，农忙时在乡间种地，家里遇过年或必要时他来做帮工。那年曾祖母去世，在新年办丧事，适值轮到祭祀"当年"，更是忙乱。周家共分三大房，又各分为三小房，底下又分为三支，祖先祭祀置有祭田，各房轮流承办，小祭祀每九年轮到一回，大祭祀便要二十七年了。那一年轮到的不记得是哪一个祭祀，总之新年十八天要悬挂祖像，摆列祭器，让本家的人前来瞻拜。这回办理丧事，中堂恰被占用了，只好变通一下，借用了本家的在大门西边的大书房来挂像，因为那些祭器如古铜大"五事"——香炉烛台和两个花瓶共五件，称为五事，——和装果品和年糕粽子的锡盘，都相当值钱，容易被白日撞门贼所偷走，须要有人看守才行，这个工作便托章福庆把他的儿子运水叫来，交付给他。鲁迅的家当然是旧式封建家庭，但旧习惯上不知怎的对于使用的工人称呼上相当客气。章福庆因为福字犯讳，简略为章庆，伯宜公直呼他阿庆，祖母和母亲则叫老庆，小孩们统统称他庆叔，对于别家的用人也是一样，因为我还记得有过一个老工人，我们称为王富叔的。运水来了，大家不客气地都叫他阿水，因为他年纪小，**他大概比鲁迅大两三岁，可能有十五六岁罢**。鲁迅叫他阿水，他叫鲁迅"大阿官"，这两人当时就成了好朋友。那时鲁迅已在三味书屋上学，当然有了好些同窗朋友，但是不论是士人或商家出身，他们都是城里人，彼此只有泛泛的交情罢了。运水来自乡下海边，有他独特的新奇的环境，素朴的性格，鲁迅初次遇到，给予了他很深的印象，后来在文章上时常说到，正是很当然的了。鲁迅往安桥头外婆家去的时候，可能去过镇塘殿吃茶，到楝树下看三眼闸，或者也看过八月十八的大潮，但是海边"沙地"上的伟大的平常的景色却没有机会看到过，这只有在运水的话里才能听见一部分。张飞鸟与蓝背在空中飞，岸上有"鬼见怕"和"观音掌"等珍奇的贝壳，地上有铁叉也戳不着的猹——或是獾猪，这些与前后所见的《尔雅》图和《山海经》图岂不是也很有一种联系么。到了庚子新年，已在七年之后，运水来拜岁留住，鲁迅还同他上"大街"去玩了两天，留在我的旧日记上，可见到那时候还是同朋友似的相处的了。

四 祖父的故事

那年还有一件事，对于鲁迅有很大的影响的，便是家中出了变故，使得小孩们不得不暂时往外婆家去避难。在要说这事件之先，我们须得先来一讲介孚公的事情。介孚公谱名致福，后来改名福清，在同治辛未（一八七一）年是他三十七岁的时候，中了会试第一百九十九名进士，殿试三甲钦点翰林院庶吉士，在馆学习三年，至甲戌（一八七四）年散馆，奉旨以知县用，分发四川，选得荣昌县，因亲老告近，改选江西金溪县。介孚公的脾气生来不大好，喜欢骂人，什么人都看不起，我听他晚年怒骂，自呆皇帝（清光绪帝）昏太后（西太后）起，直骂到子侄辈。在他壮年时代大概也是如此，而且翰林外放知县，俗称"老虎班"，最是吃硬，不但立即补缺，而且官场上也相当有面子。有这两种原因，他不但很是风厉，而且也有点任意了，碰巧那上司江西巡抚又偏偏不是科甲出身，更为他所蔑视，终于顶起牛来。但官职太小究竟抵敌不过，结果被巡抚奏参，

34

奉旨革职改教，即是革掉了知县，改充教官，那时府学县学的教授训导，仿佛是中学校的教员。他心里不服，凭了他的科甲出身，入京考取了内阁中书，一直做了十多年的京官，得不到什么升迁。曾祖母戴老太太去世了，介孚公乃告假回家来。那时电报已通，由天津乘轮船，可以直达上海，所以在"五七"以前他同了潘姨太太和儿子伯升回到了家里。他这半年在家里发脾气，闹得鸡犬不宁，这倒还在其次，到了秋天他出外去，却闯下了滔天大祸，虽是出于意外，可是也与他的脾气有关的。那年正值浙江举行乡试，正副主考都已发表，已经出京前来，正主考殷如璋可能是同年罢，同介孚公是相识的。亲友中有人出主意，召集几个有钱的秀才，凑成一万两银子，写了钱庄的期票，请介孚公去送给主考，买通关节，取中举人，对于经手人当然另有酬报。介孚公便到苏州等候主考到来，见过一面，随即差遣"跟班"将信送去。那时恰巧副主考正在正主考船上谈天，主考知趣得信不立即拆看，那跟班乃是乡下人，等得急了，便在外边叫喊，说银信为什么不给回条。这事情便戳穿了，交给苏州府去查办，知府王仁堪想要含糊了事，说犯人素有神经病，照例可以免罪。可是介孚公本人却不答应，公堂上振振有词，说他并不是神经病，历陈某科某人，都通关节中了举人，这并不算什么事，他不过是照样地来一下罢了。事情弄得不可开交，只好依法办理，由浙江省主办，呈报刑部，请旨处分。这所谓科场案在清朝是非常严重的，往往交通关节的人都处了死刑，有时杀戮几十人之多。清朝末叶这种情形略有改变，官场多取敷衍政策，不愿深求，因此介孚公一案也得比较从轻，定为"斩监候"的罪名，一直押在杭州府狱内，前后经过了八个年头，到辛丑（一九〇一）年由刑部尚书薛允升上奏，依照庚子年乱中出狱的犯人，事定后前来投案，悉予免罪的例，也把他放免了。

五　避　难

祖父介孚公的事我们轻描淡写的几句话说过去了，可是它给予家庭的灾祸实在不小，介孚公一人虽然幸得保全，家却也是破了。因为这是一个"钦案"，轰动了一时，衙门方面的骚扰由于知县俞凤冈的持重，不算厉害，但是人情势利，亲戚本家的嘴脸都显现出来了。大人们怕小孩子在这纷乱的环境不合适，乃打发往外婆家去避难，这本来是在安桥头村，外公晴轩公中举人后移住皇甫庄，租住范氏房屋，这时便往皇甫庄去了。鲁迅被寄在大舅父怡堂处，我在小舅父寄湘那边，因为年纪尚小，便交给一个老女仆照料同睡，大家叫她作唐港妈妈，大概是她的乡村名字。大舅父处有表兄姊各一人，小舅父处只表姊妹四人，不能做伴，所以每天差不多都在大舅父的后楼上玩耍。我因为年纪不够，不曾感觉着什么，鲁迅则不免很受到些激刺，据他后来说，曾在那里被人称作"讨饭"，即是说乞丐。但是他没有说明，大家也不曾追问这件不愉快的事情，查明这说话的究竟是谁。这个激刺的影响很不轻，后来又加上本家的轻蔑与欺侮，造成他的反抗的感情，与日后离家出外求学的事情也是很有关联的。

不过在大舅父那里过的几个月的光阴，也不全是不愉快或是空虚无用的。他在那里固然初次感到人情的冷酷，对于少年心灵是一个重大的打击，但是在文化修养上并不是没有好处，因为这也正在那时候他才与祖国的伟大文化遗产的一大部分——版画和小说，真正发生了接触。明显的表现便是影写《荡寇志》的全部绣像。

鲁迅在家里的时候，当然也见过些绣像的书。阿长给他买的木版《山海经》，虽然年代不详，大概要算是最早了罢。那是小本木刻，因为一页一图，所以也还清楚，那些古怪的图像，形如布袋的"帝江"，没有脑袋而以乳为目，以脐为口的"刑天"，这比龙头人身马蹄的"彊良"还要新奇，引起儿童多少奔放丰富的想象来呀。伯宜公旧有的两本《尔雅音图》，是广百宋斋的石印小本，一页里有四个图，原版本有一尺来大，所以不成问题，缩小后便不很清楚了。此外还存有四本《百美新咏》，全是差不多一样的女人，看了觉得单调。很特别是一部弹词《白蛇传》，上边也有绣像，不过没有多少张，因为出场的角色本来不多。弹词那时没有读，但白蛇的故事是人人知道的，大家都同情"白娘娘"，看不起许仙，而尤其讨厌法海。《白蛇传》的绣像看上去所以无甚兴趣，只是一股怨恨的感情聚集在法海身上，看到他的图像便用指甲掐他的眼睛，结果这一页的一部分就特别破烂了。归根结底地说来，绣像书虽是有过几册，可是没有什么值得爱玩的。大舅父那里的这部《荡寇志》因为是道光年代的木刻原版，书本较大，画像比较生动，像赞也用篆隶真草各体分书，显得相当精工。鲁迅小时候也随意自画人物，在院子里矮墙上画有尖嘴鸡爪的雷公，荆川纸小册子上也画过"射死八斤"的漫画，这时却真正感到了绘画的兴味，开始来细心影写这些绣像。恰巧邻近杂货店里有一种竹纸可以买到，俗名"明公（蜈蚣）纸"，每张一文制钱，现在想起来，大概是毛边纸的一种，一大张六开罢。鲁迅买了这明公纸来，一张张地描写，像赞的字也都照样写下来，除了一些楷书的曾由表兄延孙帮写过几张，此外全数是由他一个人包办的。这个摹写本不记得花了多少时光，总数约有一百页罢，一天画一页恐怕是不大够的。我们可以说，鲁迅在皇甫庄的这个时期，他的精神都用在这件工作上，后来订成一册，带回家去，一二年后因为有同学见了喜欢，鲁迅便出让给他了。延孙那里又有一部石印的《毛诗品物图考》，小本两册，原书系日本冈元凤所做，引用《诗经》里的句子，将草木虫鱼分别地绘图列说，中国同时有徐鼎的品物图说，却不及这书的画得精美。这也给了鲁迅一个刺激，引起买书的兴趣来。现在这种石印本是买不到了，但日本天明甲辰（一七八四）的原印本却还可以看到。

六 买新书

鲁迅在皇甫庄大概住了有五六个月罢，到了年底因了典屋满期或是什么别的关系，外婆家非得搬家不可了。两家舅父决定分住两地，大舅父搬到小皋埠，小舅父回到安桥头老家去，外祖母则每年轮番地到他们家里去同住。因为小舅父家都是女孩，有点不大方便，所以鲁迅和我都一并同了大舅父搬去了。小皋埠那里的房东似是胡秦两姓，秦家的主人秦少渔是大舅父前妻的兄弟，是诗人兼画家的秦树钰的儿子，也能画梅花，只是吃了鸦片，不务生计，从世俗的眼光看来乃是败落子弟，但是很有风趣，和鲁迅很说得来，因为小名"友"便叫他作"友舅舅"，时常找他去谈天。他性喜看小说，凡是那时所有的说部书，他几乎全备，虽然大抵是铅石印，不曾见过什么木刻大本。鲁迅到了小皋埠之后，不再做影写绣像这种工作了，他除了找友舅舅闲谈之外，便是借小说来看。我因为年纪还小，不够参加谈天，识字不多，也不能看书，所以详细情形都说不上来了。总之他在那里读了许多小说，这于增加知识之外，也打下了后日讲"中国小说史"的基础，那是无可疑的罢。

不知道是什么时候，大抵是在春天上坟时节罢，大人们看得没有什么风波了，便叫小孩们回到家里去。在皇甫庄和小皋埠所受的影响立即向着两方面发展，一是开始买新书，二是继续影写图画。

鲁迅回家后所买第一部新书，大概是也应当是那两册石印的《毛诗品物图考》。明白记得那书价是银洋两角，因为买的不是一次，

38

调换也有好几次。不知为什么那么地看重此书，买来后必要仔细检查，如果发现哪里有什么墨污，或者哪一页订得歪斜了，便要立即赶去调换。有时候在没有查出缺点之前，变动了一点，有如改换封面之类，那就不能退换了，只得折价卖给某一同学，再贴了钱去另买新书。因为去的回数多了，对于书坊伙计那么叮咛妥帖地用破毛边纸包书的手法也看熟了，便学得了他们的方法，以后在包书和订书的技术方面都有一点特长，为一般读书人所不及。后来所买的同类书籍中记得有《百将图》，只可惜与《百美新咏》同样地显得单调，《二十四孝图》则因为向来讨厌他，没有收集，直到后来要研究他，这才买到了什么《百孝图》等。上边忘记说，家里原有藏书中间有一部任渭长画的《於越先贤像传》和剑侠传图，在小时候也觉得他画得别致，很是爱好。这之后转入各种石印画谱，但是这里要说的先是一册木刻的，名叫"海仙画谱"，又称"十八描法"，著者姓小田，乃是日本人，所以这书是日本刻印的。内容只是十八图，用了各种衣褶的描法如柳叶描枣核描等，画出状如罗汉的若干模型来。当时为什么要买这册画谱，这理由完全记不得了，但是记得这一件附带的事情，便是此书的价钱是一百五十文，由我们两人和小兄弟松寿各出五十文钱，算作三人合买的。在那时节拿出两角钱去买过名物图考，为什么这一百五十文要三个人来合出呢？大概是由于小兄弟动议，愿意加入合作的罢。可是后来不知是因为书没有意思，还是不能随意取阅的缘故呢，他感觉不满意，去对父亲"告诉"了。伯宜公躺在小榻上正抽鸦片烟，便叫拿书来看，鲁迅当初颇有点儿惶恐，因为以前买书都是瞒着大人们的。伯宜公对于小孩却是很有理解，他拿去翻阅了一遍，并不说什么话，仍旧还了我们了。鲁迅刚读过《诗经》，小雅《巷伯》一篇大概给他很深的印象，因此他有一个时候便给小兄弟起了一个绰号，便是"谗人"。但是小兄弟既然还未读书，也不明白他的意义，不久也就忘了。那本画谱鲁迅主张单给了小兄弟，合股的一百文算是扔掉了，另外去买了一本来收着，同一《海仙画谱》所以有两本的原因就是为此。

关于这小兄弟还有一件事，可写在这里。鲁迅在一九二五年写有一篇小文，题曰"风筝"，后来收在《野草》里边。他说自己嫌恶放风筝，看见他的小兄弟在糊蝴蝶风筝，便发了怒，将风筝的翅骨折断，风轮踏扁了。事隔多年之后，心里老觉得抱歉似的，心想对他说明，可是后来谈及的时候，小兄弟却是什么也不记得了。这所说的小兄弟也正是松寿，不过《野草》里所说的是"诗与真实"和合在一起，糊风筝是真实，折断风筝翅骨等乃是诗的成分了。松寿小时候爱放风筝，也善于自糊风筝，但那是戊戌（一八九八）以后的事，鲁迅于那年春天往南京，已经不在家里了。而且鲁迅对于兄弟与游戏，都是很有理解，没有那种发怒的事，文章上只是想象的假设，是表现一种意思的方便而已。松寿生于光绪戊子（一八八八），在己亥庚子那时候刚是十二三岁。

七　影写画谱

我们把新书与画谱分开了来说，其实这两者还只是一件事。新书里也包含着画谱，有些新印本买得到的，就买了来收藏，有些旧本找不到，便只好借了来看，光看看觉得不够，结果动手来影画下来。买到的画谱，据我所记得的，有《芥子园画传》四集，《天下名山图咏》《古今名人画谱》《海上名人画稿》《点石斋丛画》《诗画舫》《晚笑堂画传》木版本尚有流传，所以也买到原本，别的都是石印新书了。有几种旧的买不到，从别人处借了来看，觉得可喜，则用荆川纸蒙在书上，把他影写下来。这回所写的比以前《荡寇志》要进一步，不是小说的绣像，而是纯粹的绘画了。这里边最记得清楚的是马镜江的两卷《诗中画》，他描写诗词中的景物，是山水画而带点小人物，描起来要难得多了。但是鲁迅却耐心地全部写完，照样订成两册，那时看过的印象觉得与原本所差无几，只是墨描与印刷的不同罢了。第二种书，这不是说次序，只是就记忆来说，乃是王冶梅的一册画谱。王冶梅所画的有梅花石头等好些种，这一册是写意人物，画得很有点别致。这里又分上下二部，上部题名"三十六赏心乐事"，图样至今还觉得很熟悉，只是列举不出了，记得有一幅画堂上一人督率小童在开酒坛，柴门外站着两个客人，题曰"开瓮忽逢陶谢"，又一幅题曰"好鸟枝头自赏"。在多少年之后我见到一部日本刻本，这《赏心乐事》尚有续与三续，鲁迅所写的大概是初版本，所以只有三十六事，作为上卷，都是直幅，下卷则是横幅，性质很杂，没有什么系统。所画都是人物，而简略得很，可以说是一种漫画，上卷则无讽刺意味，下卷中有一幅画作乞丐手牵一狗，狗口衔一瓢向人乞钱，题词首一句云"丐亦世之达人乎"，惜下文都忘记了。第三种所画又是很有点特殊的，这既非绣像，也不是什么画谱，乃是一卷王磐的《野菜谱》，原来附刻在徐光启的《农政全书》的末尾的。《野菜谱》原是讲"荒政"的书，即是说遇到荒年，食粮不够，有些野菜可以采取充饥，这一类书刻本难得见，只有《野菜谱》因为附刻关系，所以流传较广。这书还有一样特色，他的品种虽是收得比较少些，但是编得很有意思，在每一幅植物图上都题有一首赞，似歌似谣，虽或有点牵强，大都能自圆其说。鲁迅影写这一卷书，我想喜欢这题词大概是一部分原因，不过原本并非借自他人，乃是家中所有，皮纸大本，是《农政全书》的末一册，全书没有了，只剩此一册残本，存在大书橱的乱书堆中。依理来说，自家的书可以不必再抄了，但是鲁迅却也影写了一遍，这是什么缘故呢？据我的推测，这未必有什么大的理由，实在只是对于《野菜谱》特别地喜欢，所以要描写出来，比附载在书末的更便于赏玩罢了。

鲁迅小时候喜爱绘画，这与后来的艺术活动很有关系的，但是他的兴趣并不限于图画，又扩充到文字上边去，因此我们又要说一说他买书的事了。这回他所要买的不再是小孩们看了玩的图册，而是现今所称祖国文学遗产的一部分了。上文我们说到合买《海仙画谱》，大概是甲午（一八九四）年的事情，那么这里所说自然在其后，当是甲午乙未这两年了。小说一类在小皋埠"友舅舅"那里看了不少，此时并不热心追求，所注意的却是别一部类，这比起小说来虽然也算是"正经"书，但是在一心搞"举业"——即是应科举用的八股文的人看来，乃是所谓"杂学"，如《儒林外史》里的高翰林所说，是顶要不得的东西。但是在鲁迅方面来说，却是大有益处，因为这造成他后来整理文化遗产的基础与辑录《会稽郡故书杂集》《古小说钩沉》，写《中国小说史略》等，都是有关系的。他的买书时期大约可以分作两段，这两年是第一段，正是父亲生病的时期，第二段则是父亲死后，伯宜公殁于丙申（一八九六）年九月，所以计算起来该是丙申丁酉的两年，到了戊戌三月鲁迅便已往南京去了。

不记得是什么时候，总之是父亲病中这一段里罢，鲁迅从本家那里，可能是叔祖玉田，也可能是玉田的儿子伯扬，借来了一部书，发生了很大的影响。这是一部木版小本的"唐代丛书"，在丛书中是最不可靠的一种，据后来鲁迅给人的书简中说："所收的东西大半是乱改和删节的，拿来玩玩固无不可，如信以为真，则上当不浅也。"但引据固然不能凭信，在当时借看实在原是"拿来玩玩"的意思，所以无甚妨碍。倒是引起读书的兴味来，这一个用处还是一样的。那里边所收的书，看过大抵忘了，但是有一两种特别感觉兴趣，就不免想要抄他下来，正与影写画谱是同一用意。我那时年幼没有什么知识，只抄了一卷侯宁极的《药谱》，都是药的别名，原见于陶谷

42

的《清异录》中。鲁迅则选抄了陆羽的《茶经》，计有三卷，又陆龟蒙的《五木经》和《耒耜经》各一篇，这便大有意义，也就是后来大抄《说郛》的原因了。

八　三味书屋

　　鲁迅往三味书屋念书，在癸巳（一八九三）年间已跟寿镜吾先生受业，我去是在次年甲午的中间了罢，镜吾先生因学生多了，把我分给他的次子洙邻先生去教，所以我所知道的三味书屋，乃是甲午以后的情形。寿宅与鲁迅故家在一条街上，不过鲁迅的家在西头，称为东昌坊口，寿宅是在东边，那里乃是覆盆桥了。周氏祖居也在覆盆桥，与寿宅隔河南北相对，通称老台门周宅，西头东昌坊口的一家是后来分粗出的，所以称为新台门。从新台门到寿宅，这其间大概不到十家门面，走起来只要几分钟工夫，寿宅门坐南朝北，走过一条石桥便是大门，不过那时正屋典给了人家，是从偏东的旁门出入的。进了黑油的竹门是一排房屋，迤南三间小花厅，便是三味书屋，原是西向，但是西边正屋的墙很高，天井又不大，所以并不记得西晒炎热。三味书屋的南墙上有一个圆洞门，里边一间有小匾题什么小憩四字，是洙邻先生的教读处，镜吾先生则在外间的花厅里，正中墙上挂着"三味书屋"的匾额，据洙邻先生后来告诉我说，这本来是三余书屋四字，镜吾先生的父亲把他改了的，原来典故忘了，只知道是将经史子比食物，经是米谷，史是菜蔬，子是点心。匾下面画桌上挂着一幅画，是树底下站着一只大梅花鹿，这画前面是先生的宝座，是很朴素的八仙桌和高背的椅子。学生的书桌分列在四面，这里向西开窗，窗下都是大学生，离窗远的便要算较差了。洙邻先生说，鲁迅初去时桌子排在南边靠墙，因为有圆洞门的关系，

43

三副桌椅依次排列下来，便接近往后园去的小门了。后园里有一株蜡梅花，大概还有桂花等别的花木罢，也是茅厕所在地，爱玩的学生往往推托小便，在那里闲耍，累得先生大声叫唤："人到哪里去了？"这才陆续走回来。靠近园门的人可以随便溜出去玩，本来是很方便的，鲁迅却不愿意，推说有风，请求调换座位，先生乃把他移到北边的墙下，我入学时看见他的座位便是那个。

三味书屋是绍兴东城有名的一个书房，先生品行方正，教读认真，"束脩"因此也比较的贵，定为一律每节银洋二元，计分清明端午中秋年节四节，预先缴纳。先生专教经书，不收蒙学，因此学生起码须得读《大学》《中庸》，可是商家子弟有愿读《幼学琼林》的也可以答应，这事情我没有什么记忆，但是鲁迅在《朝花夕拾》中有得说及，所云"嘲人齿缺，曰狗窦大开"，即是。先生的教法是，早上学生先背诵昨日所读的书和"带书"，先生乃给上新书，用白话先讲一遍，朗读示范，随叫学生自己去读，中午写字一大张，放午学。下午仍旧让学生自读至能背诵，傍晚对课，这一天功课就算完了。鲁迅在家已经读到《孟子》，以后当然继续着读《易经》《诗经》——上文说到合买《海仙画谱》，便在这时节了——《书经》《礼记》以及《左传》。这样，所谓五经就已经完了，加上四书去，世俗即称为九经。在有志应考的人，九经当然应当读完，不过在事实上也不十分多，鲁迅那时却不自满足，难得在"寿家"读书，有博学的先生指教，便决心多读几部"经书"。我明了地记得的有一部《尔雅》，这是中国最古的文字训诂书，经过清朝学者们研究，至今还不容易读，此外似有《周礼》《仪礼》，因为说丧礼一部分免读，所以仿佛还有点记忆。不过《尔雅》既然是部字书，讲也实在无从讲起，所以先生不加讲解，只教依本文念去，读本记得叫作"尔雅直音"，是在本文大字右旁注上读音，没有小注的。书房上新书，照例用"行"计算，拙笨的人一天读三四行，还不能上口，聪明的量力增加，自几十行以至百行，只要读得过来，别无限制。因此鲁迅在三味书屋这几年里，于九经之外至少是多读了三部经书——《公羊》读了没有，我不能确说。经书早已读了，应当"开笔"学八股文，准备去应考了，这也由先生担任，却不要增加学费，因为"寿家"规矩是束脩两元包教一切的。先生自己常在高吟律赋，并不哼八股，可是做是能做的，用的教本却也有点特别，乃是当时新刊行的《曲园课孙草》，系俞曲园做给他的孙子俞陛云去看的，浅显清新，比较地没有滥调恶套。"对课"本来是做试帖诗的准备工作，鲁迅早已对到了五字课，即是试帖的一整句了，改过来做五言六韵，不是什么难事了。

上边所说都是关于鲁迅在书房里的情形和他的功课，未免有点沉闷，现在再来讲一点他在书房外的活动罢。三味书屋的学生本来也是比较守规矩，至多也只是骑人家养了避火灾的山羊，和主人家斗口而已，鲁迅尤其是有严格的家教，因为伯宜公最不喜欢小孩在外边打了架，回家来告诉受了谁的欺侮，他那时一定这么地说：谁为什么不来欺侮我的呢？小孩们虽觉得他的话不尽合理，但也受了教训，以后不敢再来了。话虽如此，淘气吵架这也不能尽免，不过说也奇怪，我记得的两次都不是为的私事，却是路见不平，拔刀相助，所以闹了起来的。这第一次是大家袭击"王广思的矮癞胡"。在新台门与老台门之间有一个旧家王姓，称"广思堂"，一般称他作"王广思"，那里有一个塾师开馆教书，因为形体特殊，诨名叫作矮癞胡，即是说身矮头秃有须罢了。一般私塾都相当腐败，这一个也是难免，痛打长跪极是寻常，又设有一种制度，出去小便，要向先生领取"撒尿签"，否则要受罚，这在整饬而自由的三味书屋的学生听了，自然觉得可笑可气。后来又听哪一个同学说，家里有小孩在那里上学，拿了什么点心，糕干或烧饼去，被查出了，算是犯了规，学生受责骂，点心则没收，自然是先生吃了罢？大家听了这报告，不禁动了公愤，由鲁迅同了几个肯管闲事的商家子弟，乘放午学的时候，前去问罪，恰好那边也正放学，师生全不在馆，只把笔筒里的好些"撒尿签"全都撅折了，拿朱墨砚台翻过来放在地上，表示有人来袭击过了。这第一阵比较地平稳过去，第二次更多有一点危险性，却也幸得无事。大约也在同一年里，大家又决议行动，去打贺家的武秀才。这贺家住在附近的绸缎弄里，也不知道他是什么名字，只听说是"武秀才"，这便引起大家的恶感，后来又听说恐吓通行的小学生，也不知是假是真，就决定要去惩罚他一下。在一天傍晚放学之后，章翔耀、胡昌薰、莫守先等人都准备好了棍棒，鲁迅则将介孚公在江西做知县时，给"民壮"（卫队）挂过的腰刀藏在大褂底下带了去。大家像《水浒》里的好汉似的，分批走到贺家门口等着，不知怎的那天武秀才不曾出来，结果打架没有打得成。是偶然还是故意不出来的呢，终于未能清楚，但在两方面总都是很有好处的。

九　药店与当铺

　　鲁迅在三味书屋的事情，我所知道的是甲午至丙申（一八九四至一八九六）年这一段落，这里所说差不多也是同一时期，不过环境不同而已。前者是在书房里，后者则是伯宜公病中，鲁迅奔走于当铺和药店之间，所以定了这样一个题目。伯宜公生病前后经过三个年头，于丙申年九月初六日去世。他从什么时候病起，很难一句话断定，但略有年月事实可以稽考，因为甲午中国在朝鲜战败，伯宜公在大厅前同人谈论，表示忧虑，我记得很明白，可见那时还未卧病。其次是嫁在东关金家的小姑母于是年十月去世，伯宜公还去吊丧，而且亲自为穿着殓衣，更可知是健康的了。推测起来发病的

46

时候当在冬季，他突然吐血，一般说是肺痈，即是现今所谓肺结核，后来双脚发肿，逐渐胀至肚腹，医生又认为鼓胀，在肺痈与鼓胀两样治疗之下拖了两年，终于不治。这中间也可以分出个段落来，大抵病初发时一时紧张，后来慢慢安定下来，虽然病势实是有进无退，总还暂时保持一个小康，到了进入丙申末一年，则是情势日益紧迫了。根据这个看法，可以对于三味书屋一节略做补充说明，即是那里所说多是甲午乙未的事，而这里则是以丙申为主，所以两者时期虽有重复，但这样看去又是显有区分了。

在伯宜公生病这个期间，鲁迅的生活是很忙的，一面要上书房，一面要帮家务，看病虽然用不着他，主要是去跑街，随时要离开书房，走六七里路上大街去。家中那时因为章庆在农忙时不能来，另外长期雇用了一个工人，也是章庆介绍来的，名叫潘阿和，有六十岁了罢。这是一个很老实的老百姓，但因为买东西有些不大"在行"，价贵还不打紧，重要的是货色差。因此只好由鲁迅自己出马，买得到好货色了，价格自然不会便宜，因为那时商人欺侮乡下人赚钱，同时恭维少爷老爷，也仍在赚钱，不过手段不同一点罢了。鲁迅上街最轻松的差使是给伯宜公去买水果，大抵是鸭儿梨和苹果，也有"花红"，水果店主日久面熟，便尊称他"小冷市"，这句市语不明白，问伯宜公才知道即是说"少掌柜"。不过差使不能老是那么好，自然也有些不愉快的，上当铺就是其一了。

现在的青年诸君中间，大概已经有许多人不知道这当铺是什么东西的罢，至于曾经进去过的自然更是没有了。据说宋朝以来，寺院里设有"长生质库"，算是惠民的设备之一，平民临时需用钱的，可以拿衣物去当抵押品，借出钱来，偿还时加上利息，过期不还自然就"当没"了，由质库变卖归本。后来这项买卖从和尚转到了资本家的手里，表面上仍说是"惠民"，实际是高利贷的一种了。这且不在话下，单只就他设备来说，也就够吓人了。他虽然也是一种行

47

业，但店面便很特别，照例是一个坚固的墙门，再走过小门，一排高柜台，异乎寻常的高，大抵普通身材的大人站上去，他的眼睛才够得着看见柜台面罢，矮一点的便什么都看不见，只得仰着头把东西往上送去。当铺的伙计当初因为徽州人居多的缘故罢，一律称为朝奉，又是自高自大，依恃主人是地主土豪，来当的又都是穷人，所以显出一副傲慢的神气。用的当票也很特殊，票面原印有简单规则，大抵年久磨灭得几乎看不出了，只有店铺字号还可辨别，空白处写所当物品和钱数，又特别使用一种所谓当票字，极不易懂，比平常草书还要难，措辞更怪，例如一件羊皮女袄，票上奇字解读出来乃是"羊皮烂光板女袄"，银饰则云低银，却记不起原来文句了。为什么这样说的呢？说他有意偷换，那倒也未必，实在因为怕负责任，说不定在保管时期皮袄霉脱，须要赔偿，预先说是烂光板，这就可以不怕了。只此一节也就可以想见当铺的不正行为，至于利息似是长年百分之十二，期限十八个月，到期付利息，可以改票展期。这在高利贷中间还不算很凶的一种，但那样欺人的气势就已叫人够难受的了。鲁迅家中虽已破落，那时也还有水田二十多亩，不过租谷仅够一年吃食费用，于今加上医疗之费无法筹措，结果自然只好去请教当铺，而这差使恰是落在鲁迅的头上，站在那高柜台下面是什么情形，那是可以想象得来的了。

鲁迅的别一种差使是跑药店。伯宜公的病请过好些"名医"诊治，终于诊断不出是什么病症，但总之是极严重的。家里知道这一点，因此不敢怠慢，找了绍兴城内顶有名的医生来看，经过姚芝仙何廉臣两位大夫精心应付了一年多之后，病人终于死了。我们也不能专怪那医不好病的医生，不过"名医"的应付欺骗的手段总是值得谴责的。鲁迅在《朝花夕拾》第七篇《父亲的病》中间，对于那些主张"医者意也"，说"医生医得病，医不得命"的先生们痛加攻击，很是明白，这里不必再来复述了。那文章里所举出来的珍奇的"药引"，有如"原配蟋蟀一对"啦，"经霜三年的甘蔗"啦，这实在是"卖野人头"，炫奇骗人，一方面也有意为难，叫人家找不到，好像法术书中教人用癞蛤蟆油或啄木鸟舌头，缺了不能灵验，便不是他的责任了。水肿即是鼓胀，所以服用"败鼓皮丸"，这正是巫师的厌胜的方法，鲁迅拿清末的刚毅用"虎神营"去克制洋鬼子相比，这个譬喻虽是有点促狭，可是并非不适合的，他在哪一家药店买的"败鼓皮丸"，我已经记不清楚了，不过这大概不是常去的顶有名的震元堂，而是医生所特别指定的，与他有什么关系的一家药店罢。

一〇　往南京

伯宜公于丙申（一八九六）年九月去世，鲁迅往南京是在戊戌（一八九八）年闰三月，这中间原是有一年半的光阴，还是住在家里的。但是我于丁酉年初即往杭州，看在狱里的祖父去了，到了鲁迅走后的戊戌年秋天才又回家，所以这一年半的事情我大部分不知道，不能另立一章来细说，只好摘要地来带说一下。

伯宜公没后这几个月里，家里忙于办丧事，鲁迅并没有余暇去买什么书，但是在第二年中却买了不少重要的，便是说与他后来的工作有关的书籍。单据我所记得的来说，石印《阅微草堂笔记》五种，王韬的《淞隐漫录》，都是继承以前买书的系统来的，新的方向有《板桥全集》等。这些普通的书他送到杭州来给我看过，但是在我回家之后，却又看到别的高级的书，不是一般士人书斋里所有的。就所记得的来说，有木刻本《酉阳杂俎》全集，这书在唐代丛书中有节本，大概看了感觉兴趣，所以购求全本的罢。有《古诗源》《古文苑》《六朝文絜》，正谊堂本《周濂溪集》，这算是周家文献的

49

关系，张敦颐的《六朝事迹类编》则是仿宋复刻本，最是特别的则是一部《二酉堂丛书》了。这是武威张澍所刻的辑录的古书，与后来买到的茆泮林的十种古逸书同样地给予鲁迅以巨大的影响。鲁迅立意辑录乡土文献，古代史地文字，完全是二酉堂的一派，古小说则可以说是茆氏的支流了。《二酉堂丛书》还有一种特色，这便是他的字体，虽然并不完全依照"说文"来复原，写成楷书的篆字，但也写得很正确，因此有点别扭，例如"武"必定用"止戈"二字合成，他号"介侯"，第二字也必写作从户从矢。鲁迅刻《会稽郡故书杂集》的时候，多少也用这办法，只可惜印本难得，除图书馆之外无从看得到了。

鲁迅往南京以前的一年间的事情，据他当时的日记里说（这是我看过记得，那日记早已没有了），和本家会议本"台门"的事情，曾经受到长辈的无理的欺压。新台门从老台门分出来，本是智仁两房合住，后来智房派下又分为兴立成三小房，仁房分为礼义信，因此一共住有六房人家。鲁迅系是智兴房，由曾祖父苓年公算起，以介孚公做代表。这次会议有些与智兴房的利益不符合的地方，鲁迅说需要请示祖父，不肯签字，叔祖辈的人便声色俱厉地强迫他，这字当然仍旧不签，但给予鲁迅的影响很是不小，至少不见得比避难时期被说是"讨饭"更是轻微罢。还有一件，见于《朝花夕拾》第八篇《琐记》中，便是有本家的叔祖母一面教唆他可以窃取家中的钱物去花用，一面就散布谣言，说他坏话，这使得他决心离开绍兴，跑到外边去。只是这件事情我不大清楚，所以只能提及一下，无从细叙情由了。

鲁迅于戊戌（一八九八）年闰三月过杭州往南京。十七日到达，去的目的是进江南水师学堂，四月中考取了试读生，三个月后正式补了三班，据《朝花夕拾》上所说，每月可得津贴银二两，称曰赡银。水师学堂系用英文教授，所以全部正式需要九年，才得毕业，

50

前后分作三段，初步称曰三班，每三年升一级，由二班以至头班。到了头班，便是老学生老资格，架子很大，对于后辈便是螃蟹式的走路，挡住去路，绝不客气了。学生如此封建气，总办和监督自然更甚，鲁迅自己说过，在那里总觉得不大合适，可是无法形容出来，"现在是发现了大致相近的字眼了，'乌烟瘴气'，庶几乎其可也"。这乌烟瘴气的具体事实，并不单是中元给溺死的两个学生放焰口施食，或是国文出"咬得菜根则百事可做论"之类，还有些无理性的专制压迫。例如我的旧日记里所有的，一云驾驶堂学生陈保康因文中有老师一字，意存讽刺，挂牌革除，又云驾驶堂吴生扣发赡银，并截止其春间所加给银一两，以穿响鞋故，响鞋者上海新出红皮底圆头鞋，行走时吱吱有声，故名。这两件虽然都是方硕辅当总办时的事，距戊戌已有三年，但此种空气大概是一向已有的了。鲁迅离开水师学堂，便入陆师，不过并不是正式陆军学生，实在乃是矿路学堂，附设在陆师学堂里边，所以总办也由陆师的来兼任。不知道为什么缘故，陆师学堂的总办与水师学堂的一样的是候补道，却总要强得多。当初陆师总办是钱德培，据说是绍兴"钱店官"出身，却是懂得德文，那时办陆军是用德国式的，请有德国教官，所以他是有用的。后任是俞明震，在候补道中算是新派，与蒯光典并称，鲁迅文中说他坐马车中，手里拿一本《时务报》，所出国文课题自然也是"华盛顿论"而不再是论管仲或汉高祖了。矿路学堂的功课重在开矿，以铁路为辅，虽然画铁轨断面图觉得麻烦，但自然科学一部分初次接触到，实在是非常新鲜的。金石学（矿物学）有江南制造局的《金石识别》可用，地学（地质学）却是用的抄本，大概是《地学浅说》刻本不容易得的缘故罢，鲁迅发挥了他旧日影写画谱的本领，非常精密地照样写了一部，我在学堂时曾翻读一遍，对于外行人也给了不少好处。三年间的关于开矿筑路的讲义，又加上第三年中往句容青龙山煤矿去考察一趟，给予鲁迅的利益实在不小，不过这不是技术上的事情，乃是基本的自然科学知识，外加一点"天演论"，造成他唯物思想的基础。

鲁迅在矿路学堂十足地读了三年书，至辛丑（一九〇一）年末毕业，次年二月同了三个同学往日本留学，想起来该是前四名罢。这三年中我恰巧是在家里，到末一年的八月，才往南京进水师学堂，所以我所亲身闻见的事只是末了的五个月，因此所能清楚叙述的也就不多了。

一一　东京与仙台

鲁迅等人由江南督练公所派往日本留学，原来目的当然是继续学开矿去的罢，可是那时官场办事前后不接头，学生出去之后就全不管了。留学生到了外国，第一要赶学语文，同时还得学习普通科学知识，因为那时还是科举时代，去留学的人们中间尽有些秀才，做得上好的八股文或策论，至于别的"西学"，全未问津，须得从头搞起，像鲁迅他们在学堂里学过几年的人乃是例外，实际上很是吃亏，因为他们不能单独补习外国语，也得跟着上班，听讲已经学过了的功课。鲁迅在日本头两年便是在东京弘文学院里，那是普通科，期限二年，毕业后可以升考各专门学校，或是要进国立大学，还得另入高等学校三年，即是大学预科。但是留学生中极少去求学问的人，目的大抵只在仕进，觉得专门学校前后五年，未免太长了，想要有什么速成的办法，于是市上应了需要就出现了许多速成班，期限一年两年，也有只是六个月的，用翻译上课，来的人很多，这么一来就把留学界搞得稀糟了。一般留学生又觉得五年的期间很短，一会儿就要回去，如果剪了头发，一时不能留得起来，所以仍多留着辫发，只把他盘起来，用制帽盖住。有些特别是速成班的先生们，像道士似的梳上一个髻，从帽顶上突出来，样子很怪，大家给他诨名云"富士山"，而且有的还从帽檐下拖下好些发缕来，更是难看。鲁迅当初也是留发的，但是他把"顶搭"留得很小，不多的辫发盘在帽子里，不露出什么痕迹。及至看见了这些"富士山"的情形，着实生气，这时从庚子以后养成的民族革命思想也结了实，所以他决心剪去了头发，从新照了一张脱帽的照相，寄给我看，查旧日记是癸卯（一九〇三）年二月间的事。

鲁迅在弘文学院的两年，平稳无事地过去了，只有一次闹退学，乃是全体的事情，不久也就解决。鲁迅普通科毕业后，考进了仙台的医学专门学校。他学医的动机在《朝花夕拾》中自己说过，完全是因为父亲病中受了"名医"的欺骗，立志要学好医术，好治病救人。本来在千叶和金泽地方，也都设立有医学专门学校，但是他却特地去挑选了远在日本东北的仙台医专，这也是有理由的。因为他在东京看厌了那些"富士山"们，不愿意和他们为伍，只有仙台医专因为比千叶金泽路远天冷，还没有留学生入学，这是他看中了那里的唯一理由。他在那里住了两年，刚刚把医学校的前期功课即是基础学问搞完的时候，又呈请退学，回到东京来了。

鲁迅最初在东京的两年，以及在仙台的两年，这四年期间我都在南京，所以他的事情我直接知道的很少，除了他写信告知的那一点，而那些并不都记入日记里，所以所存的也不多了。但是关于在仙台的这一段落，幸而他在《朝花夕拾》里写有一篇《藤野先生》，对于他离开仙台的事情有所说明，我们这里也就以此为依据。鲁迅学医的目的本是为谋国人身体的健康，其往仙台的原因则是讨厌在东京的留学生，可是到了仙台，也仍多有不愉快的事情。虽然教员中间有藤野先生的人，热心照顾，但也引起了同学的妒忌，有检查讲义和写匿名信的事。最重要的是在看日俄战争的影片，有给俄军打听消息的中国人，被日军查获处刑，周围还站着好些中国人在那里呆看。这给予了他一个多么大的刺激！那影片里的人，被杀的和看杀人的有着很健康的身体，可是这有什么用呢？只有一个好身体，如果缺少了什么，还是不行。他想到这里，觉得他以前学医的志愿是错了。应该走什么救国的路才对，那是第二个问题，第一个问题则是学医无用，这样就够使他决定了离开仙台的医校了。

鲁迅从仙台退学，长与医学告辞了，可是对于藤野先生的好意却总是不能忘记，不但在他书房里一直挂着背后题有"惜别"二字的照片，而且还在十多年后写了一篇纪念文章，收在《朝花夕拾》里边。一九三五年日本岩波文库中要出《鲁迅选集》的时候，问他选什么文章好，回答说一切随意，但希望能把《藤野先生》选录进去。据说鲁迅的意思是，希望借此可以打听到藤野先生的一点消息。可是没有能够达到这个希望，直到鲁迅没后，才得知藤野那时还是健在，在他的故乡福井县乡下开着诊疗所，给附近的贫穷老百姓服务。鲁迅的同班生小林茂雄（现在已是医学博士了）写信告诉了他鲁迅的事情，他的回信里有这么一节话："我在少年时代，曾从来到酒井藩校的野坂先生，请教汉文，感觉尊敬中国的圣贤之外，对于那边的人也非看重不可。……不问周君是何等样的人，在那时前后，外国的留学生恰巧只是周君一人。因此给帮忙找公寓，下至说话的规则，也尽微力加以协助，这是事实。忠君孝亲这是本国的特产品也未可知，但是受了邻邦儒教的刺激感化，也似非浅鲜，因此对于道德的先进国表示敬意，并不是对于周君个别的人特别地加以照顾。"照这信看来，藤野先生乃是古道可风的人，自然决不会泄露试题，而且在小林博士那里又保留着一九〇五年春季升级考试的分数单，列有鲁迅的各项分数，照录于下：

解剖　五十九分三
组织　七十二分七

54

生理　六十三分三

伦理　八十三分

德文　六十分

物理　六十分

化学　六十分

平均为六十五分五，一百四十二人中间列第六十八名。仙台的同学们疑心鲁迅解剖学特别考得好，看到了这分数单，不禁要惭愧了罢。

一二　再是东京

鲁迅从仙台回到东京，在公寓里住了些时候，夏天回家去结了婚。那时适值我也得着了江南督练公所的官费，派往日本留学，所以先回家一走，随即同了他经上海到东京去。自一九〇六至一九〇九年这四年间，因为我和鲁迅一直在一起，他的事情多少能够知道，不过说起来也实在不多，因为年代隔得久了，是其一，其次是他过的全是潜伏生活，没有什么活动可记；虽然这是在做后年文艺活动的准备，意义也很是重大的。

鲁迅最初志愿学医，治病救人，使人都具有健全的身体，后来看得光是身体健全没有用，便进一步地想要去医治国人的精神，如果这话说得有点唯心的气味，那么也可以说是指我们现在所说的"思想"罢。这回他的方法是利用文艺，主要是翻译介绍外国的现代作品，来唤醒中国人民，去争取独立与自由。他决定不再正式地进学校了，只是一心学习外国文，有一个时期曾往"独逸语学协会"所设立的德文学校去听讲，可是平常多是自修，搜购德文的新旧书

55

报，在公寓里靠了字典自己阅读。本来在东京也有专卖德文的书店，名叫南江堂，丸善书店里也有德文一部分，不过那些哲学及医学的书专供大学一部分师生之用，德国古典文学又不是他所需要的，所以新书方面现成的买得不多，说也奇怪，他学了德文，却并不买歌德的著作，只有四本海涅的集子。他的德文实在只是"敲门砖"，拿了这个去敲开了求自由的各民族的文学的门，这在五四运动之后称为"弱小民族的文学"，在当时还没有这个名称，内容却是一致的。具体地说来，这是匈牙利、芬兰、波兰、保加利亚、波希米亚（德文也称捷克）、塞尔维亚、新希腊，都是在殖民主义下挣扎着的民族，俄国虽是独立强国，因为人民正在力争自由，发动革命，所以成为重点，预备着力介绍。就只可惜材料很是难得，因为这些作品的英译本非常稀少，只有德文还有，在瑞克阑姆小文库中有不少种，可惜东京书店觉得没有销路罢，不把他批发来，鲁迅只好一本本地开了账，托相识的书商向丸善书店订购，等待两三个月之后由欧洲远远地寄来。他又常去看旧书摊，买来德文文学旧杂志，看出版消息，以便从事搜求。有一次在摊上用一角钱买得一册瑞克阑姆文库小本，他非常高兴，像是得着了什么宝贝似的，这乃是匈牙利爱国诗人裴多菲所做唯一的小说《绞吏的绳索》，钉书的铁丝锈烂了，书页已散，他却一直很是宝贵。他又得到日本山田美妙所译的，菲律宾革命家列札尔（后被西班牙军所杀害）的一本小说，原名似是"社会的疮"，也很珍重，想找英译来对照翻译，可是终于未能成功。

鲁迅的文艺运动的计划是在于发刊杂志，这杂志的名称在从中国回东京之前早已定好了，乃是沿用但丁的名作《新生》，上面并写拉丁文的名字。这本是同人杂志，预定写稿的人除我们自己之外，只有许寿裳袁文数二人。袁在东京和鲁迅谈得很好，约定自己往英国读书，一到就写文章寄来，鲁迅对他期望最大，可是实际上去后连信札也没有，不必说稿件了。剩下来的只有三个人，固然凑稿也还可以，重要的却是想不出印刷费用来，一般官费留学生只能领到一年四百元的钱，进公立专门的才拿到四百五十元，因此在朋友中间筹款是不可能的事，何况朋友也就只有这三个呢？看来这《新生》的实现是一时无望的了，鲁迅却也并不怎么失望，还是悠然地做他准备的工作，逛书店，收集书报，在公寓里灯下来阅读。鲁迅那时的生活不能说是怎么紧张，他往德文学校去的时候也很少，他的用功的地方是公寓的一间小房里。早上起来得很迟，连普通一盒牛乳都不吃，只抽了几支纸烟，不久就吃公寓的午饭，下午如没有客人来（有些同乡的亡命客，也是每日空闲的），便出外去看书，到了晚上乃是吸烟用功的时间，总要过了半夜才睡。不过在这中间，曾经奋发过两次，虽是期间不长，于他的工作都有很大的帮助。其一是在一九〇七年夏季，同了许寿裳陶冶公等六个人去从玛利亚孔特（亡命的俄国妇女）学习俄文，可是不到半年就散了，因为每人六元的学费实在有点压手。用过的俄文读本至今保留着，鲁迅的一册放在故居，上边有他添注的汉字。其二是在一九〇八年约同几个人，到民报社去听章太炎先生讲文字学，其时章先生给留学生举办"国学讲习会"，借用大成中学的讲堂，开讲《说文》，这回是特别请他在星期日上午单给少数的人另开一班。《说文解字》已经讲完，民报社被封，章先生搬了家，这特别班也就无形解散了，时间大概也只是半年多罢，可是这对于鲁迅却有很大的影响。鲁迅对于国学本来是有根底的，他爱楚辞和温李的诗，六朝的文，现在加上文字学的知识，从根本上认识了汉文，使他眼界大开，其用处与发现了外国文学相似，至于促进爱重祖国文化的力量，那又是别一种作用了。

在这两年中间无意地又发生了两件事，差不多使得他的《新生》运动变相地得到了实现的机会。一九〇八年春间，许寿裳找了一所房子，预备租住，只是费用太大，非约几个人合租不可，于是来拉鲁迅，结果是五人共住，就称为"伍舍"。官费本来有限，这么一来自然更是拮据了，有一个时候鲁迅甚至给人校对印刷稿，增加一点收入。可巧在这时候有我在南京认识的一个友人，名叫孙竹丹，是做革命运动的，忽然来访问我们，说河南留学生办杂志，缺人写稿，叫我们帮忙，总编辑是刘申叔，也是大家知道的。我们于是都来动手，鲁迅写得最多，除未登完的《裴彖飞诗论》外，大抵都已收录在文集《坟》的里边。许寿裳成绩顶差，我记得他只写了一篇，题目似是"兴国精神之史耀"，而且还不曾写完。鲁迅的文章中间顶重要的是那一篇《摩罗诗力说》，这题目用白话来说，便是"恶魔派诗人的精神"，因为恶魔的文字不古，所以换用未经梁武帝改写的"摩罗"。英文原是"撒旦派"，乃是英国正宗诗人骂拜伦雪莱等人的话，这里把他扩大了，主要的目的还是介绍别国的革命文人，凡是反抗权威，争取自由的文学便都包括在"摩罗诗力"的里边了。时间虽是迟了两年，发表的地方虽是不同，实在可以这样地说，鲁迅本来想要在《新生》上说的话，现在都已在《河南》上发表出来了。

第二件事是编印《域外小说集》，这也是特别有意思，因为这两小册子差不多即是《新生》的文艺部分，只是时间迟了，可能选择得比较好些，至少文字的古雅总是比听过文字学以前要更进一步了！虽然这部小说集销路不好，但总之是起了一个头，刊行《新生》的志愿也部分地得以达到了，可以说鲁迅的文艺活动第一段已经完成，以后再经几年潜伏与准备，等候五四以后再开始来做第二段的活动了。正如《河南》上写文章是不意地由于孙竹丹的介绍一样，译印《域外小说集》也是不意地由于一个朋友的帮助。这人叫蒋抑卮，原是秀才，家里开着绸缎庄，又是银行家，可是人很开通，他来东京医病，寄住在我们和许寿裳的寓里，听了鲁迅介绍外国文艺的话，大为赞成，愿意借钱印行。结果是借了他一百五十元，印了初集一千册，二集五百册，但是因为收不回本钱来印第三集，于是只好中止。同时许寿裳回杭州去，在浙江两级师范学堂做教员，不久也介绍鲁迅前去，这大概是一九〇九年秋天的事情罢。

　　我写这篇文章，唯一的目的是报告事实。如果事实有不符，那就是原则上有错误，根本地失了存在的价值了。只可惜事隔多年，记忆不能很确，而亲友中又已少有能够指出我的遗漏或讹误的人，这是我所有的唯一的悲哀了。

鲁迅与弟兄

前几时有画家拿了所画鲁迅像的底稿来给我看，叫提意见，我对于艺术是外行，但单说像不像，那总是可能的。这像不像也有区别，大概可以分作两点来说，即一是形状，二是精神，假如这说得有点唯心，或者可以说是神气罢。老实说来，我看见有些鲁迅画像连形状都不大像，有些容貌像了，而神气不很对，换句话说是不够全面的。因为鲁迅对人有两种神气，即是分出敌与友来，表示得很明显，其实平常人也是如此，只是表现得要差一点罢了。他对于伪正人君子等敌人，态度很是威猛，如在文章上所看见似的，攻击起来一点不留情，但是遇见友人，特别是青年朋友的时候，他又是特别的和善，他的许多学生大抵都可以做证。平常的鲁迅画像大抵以文章上得来的印象为依据，画出来的是战斗的鲁迅一面，固然也是真相，但总不够全面。这回画家拿来给我看的，我觉得却能含有上边所说的两样神气，那时便把这外行人的赞语献给了画家了。不但是画像，便是在文章上，关于鲁迅也应该说得全面一点，希望和他有过接触的人，无论同僚（现在大概绝无仅有了）、学生，做过文学、艺术、革命运动的同志，诚实地根据回忆，写出他少有人知道的这一方面，来做纪念。家属来写这类文章，比较不容易，许多事情中间挑选为难，是其一；写来易涉寒伧，是其二，也是最重要的一点。现在且就鲁迅所写的两篇作品来加以引申，挑选的问题可以没有了，余下的问题是看能不能适当地写下来。

第一篇文章是散文集《野草》里的《风筝》。这篇文章流传得很广，因为我记得曾经选入教科书选本之类，所以知道的人很多，有教师写信来问，这小兄弟是谁，到底是怎么一回事？我只能回答说明，这类文章都是歌德的所谓"诗与真实"，整篇读去可以当作诗和文学看，但是要寻求事实，那就要花一点查考分别的工夫了。文中说他不爱放风筝，这大抵是事实，因为我的记忆里只有他在百草园里捉蟋蟀，摘覆盆子等事，记不起有什么风筝。但是他说也不许小兄弟去放，一天发现小兄弟松寿在偷偷地糊蝴蝶风筝，便发了怒，将蝴蝶的一支翅骨折断，又将风轮掷在地下，踏扁了。事隔多年之后，了解了游戏是儿童的正当的行为，心里觉得很抱歉，想对小兄弟说明这意思，可是后来谈及的时候，小兄弟却是像听着别人的故事一样，说："有过这样的事么？"什么也不记得了。这里主要的意思是说对于儿童与游戏的不了解，造成幼小者的精神上的虐待（原文云虐杀），自己却也在精神上受到惩罚，心里永远觉得沉重。作者原意重在自己谴责，而这些折毁风筝等事乃属于诗的部分，是创造出来的。事实上他对于儿童与游戏并不是那么不了解，虽然松寿喜爱风筝，而他不爱放风筝也是事实。据我所记忆，松寿不但爱放风筝，而且也的确善于糊制风筝，所糊有蝴蝶形老鹰形的各种，蝴蝶的两眼不必说，在腿的上下两部分也都装上灵活的风轮（术语称风盘），还有装"斗线"，即风筝正面的倒三角形的线，总结起来与线索相连接处，也特别巧妙，几乎超过专家，因为自制的风筝大抵可以保险，不会在空中翻筋斗的。我曾经看，也帮助他糊过放过，但是这时期大概在戊戌（一八九八）年以后，那时鲁迅已进南京学堂去了。鲁迅与小兄弟松寿的事情还有一件值得记述一下。大概是乙未（一八九五）年的正月，鲁迅和我和松寿三人（那时四弟椿寿尚在，但年只三岁）各从压岁钱内拿出五十文来，合买了一本《海仙画谱》。原来大概是由于小兄弟动议，愿意加入合作的罢，可是后来不知道是因为书没有意思，还是不能随意取阅的缘故呢，他感觉不

61

满意，去告诉了父亲伯宜公。伯宜公正躺在小榻上抽鸦片烟，便叫拿书来看，鲁迅当时颇有点儿惶恐，因为那时买书还是瞒着大人们的。可是伯宜公对于小孩却是颇有理解，他拿过去翻阅了一遍，并不说什么话，仍旧还了我们了。鲁迅刚读过《诗经》，小雅里《巷伯》一篇大概给他很深的印象，因此他有一个时候便给小兄弟起了一个绰号，便是"谗人"。但是小兄弟既然还未读书，也不明白他的意义，并不介意，不久也就忘了。此外又给小兄弟起过别的绰号，叫作"眼下痣"，因为他在眼睛底下有一个黑痣，这个别号使用得相当久，比较复杂地含有滑稽与亲爱的意味。

第二篇小说是在《彷徨》里边，题目便叫作"弟兄"。这篇既然是小说，论理当然应该是诗的成分加多了，可是事实却并不如此，因为其中主要关于生病的事情都是实在的，虽然末后一段里梦的分析也带有自己谴责的意义，那却可能又是诗的部分了。文中说张沛君因为他的兄弟靖甫生病，很是着急，先请同寓白问山看，说是红斑痧，他更是惊惶，竭力设法请了德国医生来，诊断是疹子，这才放了心。沛君与靖甫很是友爱，但在心里沛君也不能没有私心，他怕靖甫死后遗族要他扶养，怕待子侄不能公平，于是造成了自己谴责的恶梦。事实上他也对我曾经说过，在病重的时候"我怕的不是你会得死，乃是将来须得养你妻子的事"。但是这些都不重要，我们要说的是那中间所有的事实。先在这里来摘录我旧日记的一部分，这是从一九一七年五月八日起头的。

八日，晴。上午往北大图书馆，下午二时返。自昨晚起稍觉不适，似发热，又为风吹少头痛，服规那九四个。

九日，晴，风。上午不出门。

十一日，阴，风。上午服补九五个令泻，热仍未退，又吐。

十二日，晴。上午往首善医院乞诊，云是感冒。

十三日，晴。下午请德国医生格林来诊，云是疹子，齐寿山君来为翻译。

十六日，晴。下午请德国医生狄博尔来诊，仍齐君通译。

二十日，晴。下午招匠来剪发。

廿一日，晴，风。上午写日记，自十二日起未写，已阅二星期矣。下午以小便请医院检查，云无病，仍服狄博尔药。

廿八日，晴。下午得九善十五日寄小包，内梭罗古勃及库普林小说集各一册。

我们根据了前面的日记，再对于本文稍加说明。小说中所称"同兴公寓"，那地方即是绍兴县馆，但是那高吟白帝城的对面的寓客却是没有的，因为那补树书屋是个独院，南边便是供着先贤牌位的仰蕺堂的后墙。其次，普悌思大夫当然即是狄博尔，据说他的专门是妇科，但是成为北京第一名医，一般内科都看，讲到诊金那时还不算顶贵，大概出诊五元是普通，如本文中所说。请中医来看的事，大概也是实有的，但日记上未写，有点记不清了，本文加上一句"要看你们的家运"的话，这与《朝花夕拾》中陈莲河说的"可有什么冤愆"互为表里，作者遇到中医是不肯失掉机会，不以一矢相加遗的。其三，医生说是疹子，以及检查小便，都是事实，虽然后来想起来，有时也怀疑这恐怕还是猩红热罢。其四，本文中说取药来时收到"索士"寄来的一本《胡麻与百合》，实在乃是两册小说集，后来便译了两篇出来，都登在《新青年》上，其中库普林的《皇帝的公园》要算是顶有意思。本文中说沛君转脸去看窗上挂着的日历，只见上面写着两个漆黑的隶书：廿七。这与日记上所记的廿八只是差了一天。

以上是我在"彷徨衍义"中的一节，现在几乎全抄了来，再稍为补充一点儿。当时鲁迅所用的听差即是会馆里的"长班"的儿子，鲁迅送他一个外号曰公子，做事有点马虎，所以看病的事差不多由他下班后自己来办。现在只举一例，会馆生活很是简单，病中连便器都没有，小便使用大玻璃瓶，大便则将骨牌凳放翻，洋铁簸箕上厚铺粗草纸，姑且代用，有好多天都由鲁迅亲自拿去，倒在院子东南角的茅厕去。这似乎是一件琐屑的事，但是我觉得值得记述，其余的事情不再多说也可以了。

此外还有一点，虽然与小说无关，似可附带地一说，便是鲁迅的肯给人家看稿，修改，抄录。对于一般青年朋友，他也是一样，我现在只是根据自己的记忆来说罢了。过去在东京的时候，我们翻译小说卖钱，如《红星佚史》以至《劲草》，又编刊《域外小说集》，所译原稿都由他修正一过，再为誊清。后来在绍兴县馆，我在北大教书的讲义，给《新青年》翻译的小说，也是如此，他总叫起了草先给他一看，又说你要去上课，晚上我给你抄了罢。这些事情已经过去久远了，现在似乎也无须再提，可是事有凑巧，前几时在故纸堆中找着了若干页旧稿，乃是《域外小说集》第三册的一部分稿子，这就令我又想起旧事来了。《域外小说集》第二册的末页登有预告，其中一项是匈牙利密克札特的《神盖记》，那时译出了第一卷，经鲁迅修改过，这篇稿这回找了出来了。我们找到了英文译本，又在德国舍耳的《世界文学史》上见到作者的照相，更是喜欢，发心译他出来，可是《域外小说集》第二册以后不能出版，所以这译稿也只有那第一卷。英译原书前年借给了康嗣群君，由他译成中文，沿用原书名字曰"圣彼得的伞"，在上海出版了。这是很可喜的一件事，如今旧译稿第一卷又于无意中发现，不但是《域外小说集》有关的唯一的资料，而且还可以看出鲁迅亲笔的绵密修改的痕迹，更是可以珍重了。原稿寄给上海的唐弢先生，由他转交鲁迅纪念馆，读者当可以看得到罢。

鲁迅的笑

鲁迅去世已满二十年了，一直受到人民的景仰，为他发表的文章不可计算，绘画雕像就照相所见，也已不少。这些固然是极好的纪念，但是据个人的感想来说，还有一个角落，似乎表现得不够充分，这便不能显出鲁迅的全部面貌来。这好比是个盾，他有着两面，虽然很有点不同，可是互相为用，不可偏废的。鲁迅最是一个敌我分明的人，他对于敌人丝毫不留情，如果是要咬人的巴儿狗，就是落了水，他也还是不客气地要打。他的文学工作差不多一直是战斗，自小说以至一切杂文，所以他在这些上面表现出来的，全是他的战斗的愤怒相，有如佛教上所显现的降魔的佛像，形象是严厉可畏的。但是他对于友人另有一副和善的面貌，正如盾的向里的一面，这与向外的蒙着犀兕皮的大不相同，可能是为了便于使用，贴上一层古代天鹅绒的里子的。他的战斗是有目的的，这并非单纯地为杀敌而杀敌，实在乃是为了要救护亲人，援助友人，所以那么地奋斗，变相降魔的佛回过头来对众生的时候，原是一副十分和气的金面。鲁迅为了摧毁反革命势力——降魔——而战斗，这伟大的工作，和相随而来的愤怒相，我们应该尊重，但是同时也不可忘记他的别一方面，对于友人特别是青年和儿童那和善的笑容。

我曾见过些鲁迅的画像，大都是严肃有余而和蔼不足。可能是鲁迅的照相大多数由于摄影时的矜持，显得紧张一点，第二点则是画家不曾和他亲近过，凭了他的文字的印象，得到的是战斗的气氛为多，这也可以说是难怪的事。偶然画一张轩眉怒目，正要动手写反击"正人君子"的文章时的像，那也是好的，但如果多是紧张严肃的这一类的画像，便未免有单面之嫌了。大凡与他生前相识的友人，在学校里听过讲的学生，和他共同工作，做过文艺运动的人，我想都会体会到他的和善的一面，多少有过些经验。有一位北京大学听讲小说史的人，曾记述过这么一回事情。鲁迅讲小说到了《红楼梦》，大概引用了一节关于林黛玉的本文，便问大家爱林黛玉不爱。大家回答，大抵都说是爱的罢。学生中间忽然有人询问，周先生爱不爱林黛玉？鲁迅答说，我不爱。学生又问，为什么不爱？鲁迅道，因为她老是哭哭啼啼。那时他一定回答得很郑重，可是我们猜想在他嘴边一定有一点笑影，给予大家很大的亲和之感。他的文章上也多有滑稽讽刺成分，这落在敌人身上，是一种鞭打，但在友人方面看去，却能引起若干快感。我们不想强调这一方面，只是说明也不可以忽略罢了。本来这两者的成分也并不是平均的，平常表现出来还是严肃这一面为多。我对于美术全是门外汉，只觉得在鲁迅生前，陶元庆给他画过一张像，觉得很不差，鲁迅自己当时也很满意，仿佛是适中地表现出了鲁迅的精神。

附　回忆伯父鲁迅

周静子

回忆幼年时代的往事，不，尤其回忆我幼年时代那短短几年与伯父的同居生活，的确是件快乐的事。我要在这回忆中重新回到那快乐的往事中去，再一次与伯父会见。但是写文章对我来说是件难

66

事，因为自己对于写东西是非常生疏的，再加上自己的健忘，写出来就不会像样子，不过为了纪念伯父逝世二十周年，我就边想边写罢。

我家和伯父在北京同居的时候，我年纪很小，等到懂事了，伯父又搬走了，之后他又久住上海，所以见面也就更难了。

在同住的那时候，我们是很快乐很热闹的大家庭，兄弟姊妹很多（那时伯父没有小孩），家里便买了一对白兔（见鲁迅小说《兔和猫》），供我们玩，当然这是我们所欢迎的。大兔生了小兔，更使我们欢喜，然而却也给我们带来了不幸。小兔一个一个地被猫吃了，引起了我们的激愤。婶母用短棒支着大木盆来捉猫，伯父见了猫也去打，因为伯父对于强者欺弱者，折磨弱者总是仇恨的。他在《朝花夕拾》第一篇《狗，猫，鼠》中说："说起我仇猫的原因来，自己觉得是理由充足，而且光明正大的。一，他的性情就和别的猛兽不同，凡捕食雀鼠，总不肯一口咬死，定要尽情玩弄，放走，又捉住，……颇与人们的幸灾乐祸，慢慢地折磨弱者的坏脾气相同。二，他不是和狮虎同族的么？可是有这么一副媚态！"我们因而也恨上了猫，到如今我见了猫还很讨厌！

在我的记忆里，伯父工作是很紧张的，白天很少见他，不是到教育部上班，到各大学上课或外出，便是在屋里写文章，差不多每到晚上我们都上床睡觉了，伯父才到我们屋来找父亲谈话。

伯父是很尊敬劳动人民的，记得那时家里用着一位工友名叫齐坤，伯父便不许我们小孩子叫他齐坤，要叫他齐爷。当时在我小小心灵中就觉得很不自然，心想着"齐坤又不是我们的爷爷，为什么要叫他齐爷？"就跑到伯父跟前去问，伯父便拉着我的手说道："你不知道小孩要尊敬大人么？齐坤比你们年长一辈，那么就该尊敬称呼他为齐爷，明白了么？"我说："啊，明白了！"说完便蹦跳着远去了。

顺便我再谈一下伯父的一位俄国朋友盲诗人爱罗先珂的事情。

67

他曾在我家住过一个时期，他会说很流利的日本语，时常听到他弹琴（小俄罗斯的琵琶）和他的歌声。他虽然双目失明，但是对于一切都很乐观，他很爱游玩，到公园、动物园或庙会（例如护国寺十天两次的市集）去逛，兴致很高。他很喜欢小孩，但是我们见了他就躲避，因为他有很大的力气，他可以把小孩抱到怀里，用他的手叉过来到肚上，再架起来。伯父见了总要问我们："不很好受罢?"大概伯父看出孩子脸上的表情是不大舒服的。好玩虽是好玩，不过架了之后肚子就觉着痛，所以远远见了他就躲起来，有时不提防被他抓着，那就活该倒霉了。

想起那时家里也实在热闹，人多而且还养着很多家畜，院子里有一个小池养着鱼、蝌蚪和鸭子。因为池边和地面是差不多高低，所以孩子也就容易掉到池子里去，一听到"扑通"的声音，爱罗先珂总是大声地问："又是哪一个孩子掉进池子里去啦?"他的问就引起大家的哄笑。其他可笑的有趣的事情还很多，已见他所做小说《鸭的喜剧》。

我从小就很不喜欢听大人们谈话，伯父和父亲的谈话根本就不听，再说也很难懂，对孩子说来是全然干燥无味的。

我记得伯父很不爱剃头。我曾经很好奇地问过他："大爹，大爹，为什么你老不剃头?"伯父把眉头一皱而后又笑了，说道："是的，大爹要留长头发，梳你们一样的小辫子呀!"的确伯父是很不好理发的，大概是工作太忙，专心学问的研究，不多想自己的生活罢。总之，在那时伯父给我的印象是，工作紧张，生活朴素，头发很长，态度和蔼。

我和我亲爱的伯父虽然相处不久，但是从他的言行和遗著里，我得到的教育确实不少。假如他今日仍然健在的话，能看到祖国这样一日千里的进步情况，将要怎样地快乐呀!能看到我生活在自由幸福的天地中，将要怎样地快乐呀!

老　师

　　汉文老师我在学堂里只有一个，张然明名培恒，是本地举人，说的满口南京土话，又年老口齿不清，更是难懂得很，但是他对于所教汉文头班学生很是客气，那些汉文列在三等，虽然洋文是头班，即是那螃蟹似的那么走路的仁兄，在他班里却毫不假以辞色，只为他是只以汉文为标准来看的。说到教法自然别无什么新意，只是看史记古文，做史论，写笔记，都是容易对付的，虽然用的也无非是八股做法。辛丑十一月初四日课题是："问汉事大定，论功行赏，纪信追赠之典阙如，后儒谓汉真少恩，其说然欤？"

　　我写了一篇很短的论，起头云：

　　　　史称汉高帝豁达大度，窃以为非也，帝盖刻薄寡恩
　　人也。

　　张老师加了许多圈，发还时还夸奖说好，便是一例。那时所使用的，于正做之外还有反做一法，即是翻案，更容易见好，其实说到底都是八股，大家多知道，我也并不是从张老师学来的，不过在他那里应用得颇有成效罢了。所以我在学堂这几年，汉文这一方面未曾学会什么东西，只是时时要点拳头给老师看，骗到分数，一年两次考试列在全堂前五名的时候，可以得到不少奖赏，要回家去够做一趟旅费，住在校里大可吃喝受用。所看汉文书籍于后来有点影响的，乃是当时

69

书报，如《新民丛报》《新小说》，梁任公的著作，以及严几道林琴南的译书，这些东西那时如不在学堂也难得看到，所以与学堂也可以说是间接地有点儿关系的。

我说在学堂里不曾学到什么汉文，那么我所有的这一点知识是从哪里来的，难道是在书房里学的么？书房里的授业师，有三味书屋的寿鉴吾先生和洙邻先生父子两位，那是很好的先生，我相当地尊敬他们，但是实在也没有传授给我什么。老实说，我的对于汉文懂得一点，这乃是从祖父那里得来的。他是个翰林出身的京官，只懂得做八股文章，而且性情乖僻，喜欢骂人，那种明比暗喻，指桑骂槐的说法，我至今还很是厌恶，但是他对于教育却有特殊的一种意见，平常不禁止小孩去看小说，而且有点奖励，以为这很能使人思路通顺，是读书入门的最好方法。他时常同我讲《西游记》，说是小说中顶好的作品。猪八戒怎样地傻，孙行者怎样地调皮，有一次战败逃走，摇身一变，变作一座古庙，就只有一根尾巴无处安放，乃把他变成一支旗杆，竖在庙后面。哪里有光是一支旗杆，而且竖在庙后面的呢，他又被人所识破了。讲这故事时似乎是很好笑的样子，他便自己呵呵地笑了起来了。不过在杭州寓里，他只有一部铅印的《儒林外史》，我们所常拿来看的。等到戊戌秋间回到家里，我就找各种小说来乱看，在母亲的大厨角落里，发现一部《绿野仙踪》，这就同《七剑十三侠》一起地看。及到南京时差不多大旨已经毕业，只有《野叟曝言》未曾寓目，但从同学借来石印的半部，没有看完，却还了他了。我的读书的经验即是这样地从看小说入门的，这个教会我读书的老师乃是祖父，虽然当初他所希望的"把思想弄通"，到底是怎样一个情形，而且我的思想算不算通，在他看来或者也还是个疑问，不过我总觉得有如朱颖叔批的考卷，所谓"文气近顺"罢了。一九二六年我曾写过一篇《我学国文的经验》，叙说这一段情形，里边说道：

我在南京的五年，简直除了读新小说以外，别无什么可以说是国文的修养。

这便是继承了上边的经验，由旧小说转入新小说的一个段落了。

老寿先生

　　老寿先生是本城中极方正、质朴博学的人，可是并不严厉，他的书房可以说是在同类私塾中顶开通明朗的一个：他不打人，不骂人，学生们都到小园里去玩的时候，他只大声叫道："人都到哪里去了？"到得大家陆续溜回来，放开喉咙读书，先生自己也朗诵他心爱的赋，说什么"金叵罗，颠倒淋漓伊，千杯未醉荷……"这情形在《朝花夕拾》上描写得极好，替镜吾先生留下一个简笔的肖像。先生也替大学生改文章即是八股，可是没有听见他自己念过，桌上也不见《八铭塾钞》一类的东西，这是特别可以注意的事。先生律己严而待人宽，对学生不摆架子，所以觉得尊而可亲，如读赋时那么将头向后拗过去。拗过去，更着实有点幽默感。还有一回先生闭目养神忽然举头大嚷道："屋里一只鸟（都了切），屋里一只鸟！"大家都吃惊，以为先生着了魔，因为那里并没有什么鸟，经仔细检查，才知道有一匹死笨的蚊子定在先生的近视眼镜的玻璃外边哩。这蚊子不知是赶跑还是捉住了，总之先生大为学生所笑。他自己也不得不笑了。

　　《朝花夕拾》上说学生上学，对着那三味书屋和梅花鹿行礼，因为那里并没有至圣先师或什么牌位，共拜两遍，第一次算是拜孔子，第二次是拜先生，那时先生便和蔼地在一旁答礼。行礼照例是"四跪四拜"，先生站在右边，学生跪下叩首时据说算在孔子账上，可以不管。等站起作揖，先生也回揖，凡四揖礼毕。元旦学生走去贺年，到第二天老寿先生便来回拜。穿着褪色的红青棉外套（前清的袍套），手里拿着一叠名片，在童前大声说道："寿家拜岁。"伯宜公生病，医生用些新奇的药引，有一回要用三年以上的陈仓米，没有地方去找，老寿先生不知道从哪里弄到了一两升，装在钱褡里，亲自肩着送来：他的日常行为便是如此，但在现今看去觉得古道可风，值得记载下来，还有些行事出自传闻，并非直接看见，今且从略。

三味书屋

    旧日书房有各种不同的式样，现今想约略加以说明。这可以分作家塾和私塾，其设在公共地方，如寺庙祠堂，所谓"庙头馆"者，不算在里边。上文所述的书房，即是家塾之一种，——我说一种，因为这只是具体而微，设在主人家里，请先生来走教，不供膳宿，而这先生又是特别地麻胡，所以是那么情形。李越缦有一篇《城西老屋赋》，写家塾情状的有一段很好，其词曰：

    维西之偏，实为书屋。榜曰水香，逸民所目。窗低迫檐，地窄疑舻。庭广倍之，半割池渌。隔以小桥。杂莳花竹。高柳一株，倚池而覆。予之童骏，踞舻而读。先生言归，兄弟相速。探巢上树，捕鱼入湫。拾砖拟山，激流为瀑。编木叶以作舟，揉筱枝而当轴。寻蟋蟀而劂墙，捉流萤以照牍。候邻灶之饭香，共抱书而出塾。

    这里先生也是走教的，若是住宿在塾里，那么学生就得受点苦，因为是要读夜书的。洪北江有《外家纪闻》中有一则云：

    外家课子弟极严，自五经四子书及制举业外，不令旁及，自成童入塾后晓夕有程，寒暑不辍，夏月别置大瓮五六，令读书者足贯其中，以避蚊蚋。

鲁迅在第一次试做的文言小说《怀旧》中描写恶劣的塾师"秃先生"，也假设是这样的一种家塾，因为有一节说道：

> 初亦尝扳王翁膝，令道山家故事，而秃先生必继至，作厉声曰，孺子勿恶作剧，食事既耶，盍归就尔夜课矣！稍怃，次日即以戒尺击吾首，曰，汝作剧何恶，读书何笨哉！我秃先生盖以书斋为报仇地者，遂渐弗去。

第二种是私塾，设在先生家里，招集学生前往走读，三味书屋便是这一类的书房。这是坐东朝西的三间侧屋，因为西边的墙特别的高，所以并不见得西晒，夏天也还过得去。《从百草园到三味书屋》里说明道：

> 出门向东，不上半里，走过一道石桥，便是我的先生的家了。从一扇黑油的竹门进去，第三间是书房。中间挂着一块匾道：三味书屋。匾下面是一幅画，画着一只很肥大的梅花鹿伏在古树下。没有孔子牌位，我们便对着那匾和鹿行礼。第一次算是拜孔子，第二次算是拜先生。
>
> 三味书屋后面也有一个园，虽然小，但在那里也可以爬上花坛去折蜡梅花，在地上或桂花树上寻蝉蜕。最好的工作是捉了苍蝇喂蚂蚁，静悄悄的没有声音。然而同窗们到园里的太多，太久，可就不行了，先生在书房里便大叫起来：
>
> "人都到哪里去了！"人们便一个一个陆续走回去，一同回去也不行的。他有一条戒尺，但是不常用，也有罚跪

的规则，但也不常用，普通总不过瞪几眼，大声道：

"读书！"

从这里所说的看来，这书房是严整与宽和相结合，是够得上说文明的私塾罢。但是一般地看来，这样的书房是极其难得的，平常所谓私塾总还是坏的居多，塾师没有学问还在其次，对待学生尤为严刻，仿佛把小孩子当作偷儿看待似的。譬如用戒尺打手心，这也罢了，有的塾师便要把手掌拗弯来，放在桌子角上，着实地打，有如捕快拷打小偷的样子。在我们往三味书屋的途中，相隔才五六家的模样，有一家王广思堂，这里边的私塾便是以苛刻著名的。塾师当然是姓王，因为形状特别，以绰号"矮癞胡"出名，真的名字反而不传了，他打学生便是那么打的，他又没收学生带去的烧饼糕干等点心，归他自己享用。他设有什么"撒尿签"的制度，学生有要小便的，须得领他这样的签，才可以出去。这种情形大约在私塾中间，也是极普通的，但是我们在三味书屋的学生得知了，却很是骇异，因为这里是完全自由，大小便时径自往园里走去，不必要告诉先生的。有一天中午放学，我们便由鲁迅和章翔耀的率领下，前去惩罚这不合理的私塾。我们到得那里，师生放学都已经散了，大家便攫取笔筒里插着的"撒尿签"撅折，将朱墨砚覆在地下，笔墨乱撒一地，以示惩罚，矮癞胡虽然未必改变作风，但在我们却觉得这股气已经出了。

下面这件事与私塾不相干，但也是在三味书屋时发生的事，所以连带说及。听见有人报告，小学生走过绸缎衖的贺家门口，被武秀才所骂或者打了，这学生大概也不是三味书屋的，大家一听到武秀才，便不管三七二十一地觉得讨厌，他的欺侮人是一定不会错的，决定要打倒他才快意。这回计划当然更大而且周密了，约定某一天分作几批在绸缎衖集合，这些人好像是《水浒》的好汉似的，分散

76

着在武秀才门前守候，却总不见他出来，可能他偶尔不在，也可能他事先得到消息，怕同小孩们起冲突，但在这边认为他不敢出头，算是屈服了，由首领下令解散，各自回家。这些虽是琐屑的事情，但即此以观，也就可以想见三味书屋的自由的空气了。

娱　园

有三处地方，在我都是可以怀念的——因为恋爱的缘故。第一是《初恋》里说过了的杭州，其二是故乡城外的娱园。

娱园是"皋社"诗人秦秋渔的别业，但是连在住宅的后面，所以平常只称作花园。这个园据王眉叔的《娱园记》说，是"在水石庄，枕碧湖，带平林，广约顷许。曲构云缭，疏筑花幕。竹高出墙，树古当户。离离蔚蔚，号为胜区"。园筑于咸丰丁巳（一八五七年），我初到那里是在光绪甲午，已在四十年后，遍地都长了荒草，不能想见当时"秋夜联吟"的风趣了。园的左偏有一处名叫潭水山房，记中称他"方池湛然，帘户静镜，花水孕毂，笋石饾蓝"的便是。《娱园诗存》卷三中有诸人题词，樊樊山的《望江南》云：

　　冰縠净，山里钓人居。花覆书床偎瘦鹤，波摇琴幌散
文鱼：水竹夜窗虚。

陶子缜的一首云：

　　澂潭莹，明瑟敞幽房。茶火瓶笙山蛎洞，柳丝泉筑水
凫床：古幨写秋光。

这些文字的费解虽然不亚于公府所常发表的骈体电文，但因此

78

总可约略想见他的幽雅了。我们所见只是废墟，但也觉得非常有趣，儿童的感觉原自要比大人新鲜，而且在故乡少有这样游乐之地，也是一个原因。

娱园主人是我的舅父的丈人，舅父晚年寓居秦氏的西厢，所以我们常有游娱园的机会。秦氏的西邻是沈姓，大约因为风水的关系，大门是偏向的，近地都称作"歪摆台门"。据说是明人沈青霞的嫡裔，但是也已很是衰颓，我们曾经去拜访他的主人，乃是一个二十岁左右的青年，跛着一足，在厅房聚集了七八个学童，教他们读《千家诗》。娱园主人的儿子那时是秦氏的家主，却因吸烟终日高卧，我们到傍晚去找他，请他画家传的梅花，可惜他现在早已死去了。

忘记了是哪一年，不过总是庚子以前的事罢。那时舅父的独子娶亲（神安他们的魂魄，因为夫妇不久都去世了），中表都聚在一处，凡男的十四人，女的七人。其中有一个人和我是同年同月生的，我称她为姊，她也称我为兄，我本是一只"丑小鸭"，没有一个人注意的，所以我隐秘地怀抱着对于她的情意，当然只是单面的，而且我知道她自小许给人家了，不容再有非分之想，但总感着固执的牵引，此刻想起来，倒似乎颇有中古诗人（Troubadour）的余风了。当时我们住在留鹤庵里，她们住在楼上。白天里她们不在房里的时候，我们几个较为年少的人便"乘虚内犯"走上楼去掠夺东西吃。有一次大家在楼上跳闹，我仿佛无意似的拿起她的一件雪青纺绸衫穿了跳舞起来，她的一个兄弟也一同闹着，不曾看出什么破绽来，是我很得意的一件事。后来读木下杢太郎的《食后之歌》，看到一首《绛绢里》不禁又引起我的感触。

> 到龛上去取笔去，
> 钻过晾着的冬衣底下，
> 触着了女衫的袖子。
> 说不出的心里的扰乱，

"呀"地缩头下来：

南无，神佛也未必见罪罢，

因为这已是故人的遗物了。

在南京的时代，虽然在日记上写了许多感伤的话（随后又都剪去，所以现在记不起他的内容了），但是始终没有想及婚嫁的关系。在外边漂流了十二年之后，回到故乡，我们有了儿女，她也早已出嫁，而且抱着痼疾，已经与死当面立着了，以后相见了几回，我又复出门，她不久就平安过去。至今她只有一张早年的照相在母亲那里，因她后来自己说是母亲的义女，虽然没有正式的仪节。

自从舅父全家亡故之后，二十年没有再到娱园的机会，想比以前必更荒废了。但是她的影像总是隐约地留在我脑底，为我心中的火焰（Fiammetta）的余光所映照着。

补树书屋的生活

补树书屋是一个独院，左右全没有邻居，只有前面是仰蕺堂，后边是希贤阁，那里我没有进去看过，听说阁上是供着魁星，差不多整个书屋包围在鬼神窝中，原是够偏僻冷静的，可是住了看也并不坏，槐树绿荫正满一院，实在可喜，毫无吊死过人的迹象，缺点只是夏秋之交有许多的槐树虫，遍地乱爬，有点讨厌。成虫从树上吐丝挂下来的时候，在空中摆荡，小孩们都称之为"吊死鬼"，这又与那故事有点关联了，不过他并不"吊死"，实在是下地来蜕化的，等到他钻到土里去，变成小蝴蝶出来的时候，便并不觉得讨厌了。"补树"不知道是什么故典，难道这有故事的槐树原是补的么？总之这院子与树那么有关系，是很有意思的一件事。在房屋里边有一块匾写这四个字，也不晓得是谁所写的，因为当时不注意，不曾看得清楚，现在改作工场的车间，怕早已不见了罢。

这三间补树书屋的内部情形且来说明一下。中间照例是"风门"，对门靠墙安放一顶画桌，外边一顶八仙桌，是吃饭的地方，桌子都极破旧，大概原是会馆里的东西。南偏一室原是鲁迅住的，我到北京的时候他让了出来，自己移到北头那一间里去了。那些房屋都是旧式，窗门是和合式的，上下都是花格糊纸，没有玻璃，到了夏季，上边糊一块绿色的冷布，做成卷窗。我找了一小方的玻璃，贴在自己房的右手窗格里面，可以望得见圆洞门口的来客，鲁迅的房里却是连冷布的窗也不做，说是不热，因为白天反正不在屋里。

补树书屋里的确不大热，这大概与那槐树很有关系，他好像是一顶绿的大日照伞，把可畏的夏日都给挡住了。这房屋相当阴暗，但是不大有蚊子，因为不记得用过什么蚊香，也不曾买有蝇拍子，可见没有苍蝇进来，虽然门外面的青虫很有点儿讨厌。那么旧的屋里该有老鼠，却也并不见，倒是不知道谁家的猫常来屋上骚扰，往往叫人整半夜睡不着觉。查一九一八年旧日记，里边便有三四处记着："夜为猫所扰，不能安睡。"不知道鲁迅在日记上有无记载，事实上在那时候大都是大怒而起，拿着一支竹竿，我搬了小茶几，在后檐下放好，他便上去用竹竿痛打，把他们打散，但也不能长治久安，往往过了一会儿又回来了。《朝花夕拾》中间有一篇讲到猫的文章，其中有些是与这有关的。

南头的一间是我的住房兼作客室，床铺设在西南角上，东南角窗下一顶有抽屉的长方桌，迤北放着一只麻布套的皮箱，北边靠板壁是书架，里边并不放书，上隔安放茶叶火柴杂物以及铜圆，下隔堆着些新旧报纸。书架前面有一把藤的躺椅，书桌前是藤椅，床前靠壁排着两个方凳，中间夹着狭长的茶几，这些便是招待客人的用具，主客超过四人时，可以利用床沿。平常吃茶一直不用茶壶，只在一只上大下小的茶盅内放一点茶叶，泡上开水，也没有盖，请客人吃的也只是这一种。饭托会馆长班代办，菜就叫长班的儿子随意去做，当然不会得好吃，客来的时候则到外边去叫了来。在胡同的口外有一家有名的饭馆，就是李越缦等有些名人都赏识过的广和居，有些拿手好菜，例如潘鱼、砂锅豆腐、三不粘等，我们大抵不叫，要的只是些炸丸子、酸辣汤，拿进来时如不说明，便要怀疑是从什么蹩脚的小饭馆里叫来的，因为那盘碗实在坏得可以，价钱也便宜，只是几个铜圆罢了。可是主客都不在乎，反正下饭这就行了，擦过了脸，又接连谈他们的天，直至深夜，用人在煤球炉上预备足了开水，便也径自睡觉去了。

我们在补树书屋所用的听差即是会馆里老长班的大儿子，鲁迅戏称之为"公子"，而叫长班为"老太爷"，这两个诨名倒是适如其分，十分确切的。公子办事之巧妙而混，我在前回的挂号寄一片《群强报》这一件事里已经领教过了，长班的徽号则是从他的整个印象得来的，他状貌清瘦，显得是吸鸦片烟的，但很有一种品格，仿佛是一位太史公出身的京官。他姓齐，自称原籍绍兴，这可能是真的，不过不知道已在几代之前了，世袭传授当长班的职务，所以对于会馆的事情是非常清楚的。他在那时已经将有六十岁了，同治光绪年间的绍兴京官他大概都知道，对于鲁迅的祖父介孚公的事情似乎知道得更多。介孚公一时曾住在会馆里，或者其时已有不住女人的规定，他蓄了妾之后就移住在会馆近旁了。鲁迅初来会馆的时候，老长班对他讲了好些老周大人的故事，家里有两位姨太太，怎么的打架等等。这在长班看来，原是老爷们家里的常事，如李越缦也有同样情形，王止轩在日记里写得很热闹，所以随便讲讲，但是鲁迅听了很不好受，以后便不再找他来谈，许多他所知悉的名人逸事都失掉了，也是一件无可补偿的，很可惜的事情。

北京大学

　　我于丁巳年四月一日晚上到了北京，在绍兴县馆找好了食宿的地方，第二天中午到西单牌楼教育部的近旁益锠大菜馆同鲁迅吃了西餐，又回会馆料理私事，三日上午叫了一辆来回的洋车，前往马神庙北京大学，访问蔡孑民校长，接洽公事。从南半截胡同坐洋车到马神庙，路着实不少，大约要走上一个钟头，可是走到一问，恰巧蔡校长不在校里，我便问他家在什么地方，这其实是问得很傻的，既然不在学校，未必会在家里的，不过那时候糊涂地问了，答说是在遂安伯胡同多少号。我便告诉车夫转到那里去，不过我的蓝青官话十分蹩脚，说至再三也听不懂，后来忽然似乎听懂了，捏起车把来，便往西北方面走去。假如其时我知道一点北京地理，便知道这方向走得不对，因为遂安伯胡同是在东城，那么应该往东南方向才是，可是当时并不知道，只任凭着他拉着就是了。后来计算所走的路线是，由景山东街往北，出了地安门，再往西顺着那时还有的皇城，走过金鳌玉𬟽桥，——提起这桥来，有一段故事应当说一说，民国成立后这一条走路是总算开放了，但中南海还是禁地，因为这是大总统府所在，照例不准闲人窥探，而金鳌玉𬟽桥却介在北海与中海之间，北海不得已姑且对于人民开放了眼禁，但中南海却断乎不可，所以在南边桥的上面筑起一堵高墙来，隔断了人们的视线，这墙足有一丈来高，与皇城一样的高，我们并不想偷看禁苑的美，但在这样高墙里边走着，实在觉得不愉快得很。感谢北伐成功，在一九二九年的秋天这墙才算拆除，在金鳌玉蝀桥上的行人于是可以望得见三海了。且说那天车子过了西压桥，其时北海还没有开放作公园，向北由龙头井走过护国寺街，出西口到新街口大街，随后再往西进小胡同，说是到达地点了。我仔细一看，乃是四根柏胡同，原来是车夫把地名听错了，所以拉到这地方来，这倒也罢了，而这四根柏胡同乃是离我现在的住处不远，只隔着一两条街，步行不要三五分钟可到，所以来时的这一条路即是我后来往北大去的道路，实在可以说是奇妙的巧合了。从四根柏回南半截胡同去，只是由新街口一直往南，走过西四牌楼和西单牌楼（那些牌楼现今都已移到别处去，但名称还是仍旧留下）出宣武门，便是菜市口了。

四月三日上午到遂安伯胡同访蔡校长，又没有见到，及至回到寓里，已经有信来，约明天上午十时来访，遂在寓等候，见到了之后，则学校功课殊无着落，其实这也是当然的道理，因为在学期中间不能添开功课，还是来担任点什么预科的国文作文罢。这使我听了大为丧气，并不是因为教不到本科的功课，实在觉得国文非我能力所及，但说的人非常诚恳，也不好一口拒绝，只能含混地回答考虑后再说。这本是用不着什么考虑，所以回来的路上就想定再在北京玩几天，还是回绍兴去。十日下午又往北大访蔡校长，辞教国文的事，顺便告知不久南归，在校看见陈独秀沈尹默，都是初次相见，竭力留我担任国文，我却都辞谢了。到了第二天，又接到蔡校长的信，叫我暂在北大附设的国史编纂处充任编纂之职，月薪一百二十元，那时因为袁世凯筹备帝政，需要用钱，令北京的中国交通两银行停止兑现，所以北京的中交票落价，一元只作五六折使用，却也不好推辞，便即留下，在北京过初次的夏天，而这个夏天却是极不平常的，因为在这年里就遇见了复辟。

十二日上午又至北京大学，访问蔡校长，答应国史编纂处的事情，说定从十六日开始，每日工作四小时，午前午后各二小时，在校午餐。这时大约因为省钱，裁撤国史馆，改归北大接办，除聘请几位历史家外，另设置编纂员管理外文，一个是沈兼士，主管日本文，一个是我，命收集英文资料，其实图书馆里没有什么东西，这种职务也是因人而设，实在没有什么成绩可说的。其时北京大学只有景山东街这一处，就是由四公主府所改造的，设有本科，北河沿的译学馆乃是预科，此外是汉花园的一所寄宿舍，通称东斋，后来做文科的"红楼"尚在修建未成，便是大学（即后来的第一院）的大门也还在改修，进出都是从西边旁门，其后改作学生宿舍，所谓西斋的便是。但是校中并没有我们办事的地方，沈兼士是在西山养病，我只是一个人，结果在图书馆的堆放英文杂志的小屋里，收拾出地方来，放上桌椅，暂作办公之用，一切由馆员胡质庵商契衡招呼，午饭也同商君一起在庶务课品吃，所以说也奇怪，我在北大为时甚久，但相识最早的乃是庶务课的各位职员，这可以说是奇缘了。我还记得在那里等待开饭，翻看《公言报》与《顺天时报》，一面与盛伯宣诸君谈论时局的情形，如今已事隔四十余年，盛君也已早归道山了罢。

北大的南迁

九一八以后东北整个沦陷，国民党政府既决定采用不抵抗主义，保存实力来打内战，于是日寇逐渐行蚕食，冀东一带成为战区，及至七七之变，遂进占平津了。国民党政府成竹在胸，军政机关早已撤离，值钱的文物亦已大部分运走了，所以剩下来的一着就是搬动这几个大学了。我所在的北京大学是最初迁到湖南长沙，后来又到了云南昆明，与清华大学组成了联合大学。北大专任的教职员本应该一同前去，但是也可以有例外。即是老或病，或家累重不能走的，也只得不去。我那时并不算怎么老，因为那年是五十三岁，但是系累太多，所以便归入不能走的一边。当时不记得是在什么地方开会的，因为那一年的旧日记散失了，所以无从查考，只记得第二次集会是廿六年（一九三七）十一月廿九日，在北池子一带的孟心史先生家里，孟先生已经卧病，不能起床，所以在他的客房里做这一次最后的聚谈，可是主人也就不能参加谈话了。随后北大决定将孟心史马幼渔冯汉叔和我四人算作北大留平教授，每月寄津贴费五十元来，在那一年的年底蒋校长还打一个电报给我，叫我保管在平校产，可是不到两个月工夫，孟心史终于病逝了。

学校搬走了，个人留了下来，第一须得找得一个立足之处，最初想到的即是译书。这个须得去找文化基金的编译委员会，是由胡适之所主持，我们以前也已找过他好几回了，《现代小说译丛》和《现代日本小说集》，都是卖给他的，稿费是一千字五元，在那时候

87

是不算很低了。民国廿一年（一九三二）夏天我还和他有一次交涉，将译成的《希腊拟曲》卖给他，其间因梁实秋翻译莎士比亚，价值已经提高为千字十元，我也沾了便宜，那一本小册子便得了四百块钱。当时我想在北京近郊买一块坟地，便是用这钱买得的，在西郊板井村，给我的次女若子下了葬，后来侄儿丰三，先母亡妻也都葬在那里。这是那一本书，使我那时学了预备翻译四福音书的，却并没有用过的希腊文，得有试用的机会，因而得到了这块坟地，是很可纪念的事。原本系海罗达思的拟曲七篇，后面又添上了谛阿克列多思的牧歌里类似拟曲的五篇，一总才只是十二篇，而且印本又是小字大本，所以更显得是戋戋小册了。因为是描写社会小景的，所以有地方不免大胆一点，为道学家们所不满意，容易成为问题。海罗达思拟曲的第六篇《昵谈》中便有些犯讳的地方，里边女客提出熟皮制成的红色的"抱朋"，许多西方学者都想讳饰，解作鞋帽或是带子，但是都与下文有了矛盾，实在乃是中国俗语所谓"角先生"，这我在译文中给保存下来了。后来在未发表的笔记中，有一则记之云：

往年译《希腊拟曲》，《昵谈》篇中有抱朋一语，曾问胡适之君，拟译作角先生，无违碍否，胡君笑诺，故书中如是写，而校对者以为是人名，在角字旁加了一直画，可发笑也。民间虽有此称，却不知所本，疑是从明角来，亦未见出处。后读《林兰香》小说，见第廿八回中说及此物，且有寄旅散人批注云："京师有朱姓者，丰其躯干，美其须鬓，设肆于东安门之外而货春药焉，其角先生之制尤为工妙。闻买之者或老媪或幼尼，以钱之多寡分物之大小，以盒贮钱，置案头而去，俟主人措办毕，即自来取，不必更交一言也。"按此说亦曾经得之传闻，其见诸著录者殆止此一节乎。《林兰香》著书年月未详，余所见本题道光戊戌刊，然则至今亦总当是百年前事矣。友人蔡谷清君民国初

88

年来北京，闻曾购得一枚，惜蔡君久已下世，无从问询矣。

文人对于猥亵事物，不肯污笔墨，坐使有许多人生要事无

从征考，至为可惜。寄旅散人以为游戏笔墨无妨稍纵，故

偶一着笔，却是大有价值，后世学人皆当感激也。

因为这个因缘，我便去找编译委员会商量，其时胡适之当然已经不在北京了，会里的事由秘书关琪桐代理，关君原是北大出身，从前也有点认识，因此事情说妥了，每月交二万字，给费二百元，翻译的书由我自己酌量，我便决定了希腊人著的希腊神话。我老早就有译这书的意思，一九三四年曾经写过一篇，后来收在《夜读抄》里，便是介绍这阿波罗多洛斯所著的原名叫作"书库"的希腊神话，如今有机会来翻译他出来，这实在可以说塞翁失马的所得来的运气了。不记得从那年的几月里起头了，总之是已将原书本文译出，共有十万多字，在写注解以前又译了哈理孙女士的《希腊神话论》，和佛雷则的十五六篇研究，一共也有十万字左右，回过头来再写注解，才写到第二卷的起头，这工作又发生了停顿，因为编译委员会要搬到香港去了。我那些译稿因此想已连同搬去，他的行踪也就不可得而知了。但是我与希腊神话的因缘并不就此断绝了，在解放后我将《伊索寓言》译出之后，又从头来搞这神话的翻译，于一九五一年完成，原稿交给人民文学出版社，只是因为纸张关系，尚未刊行。说起我与神话的因缘真是十二分的奇妙的。英国人劳斯所著的《希腊的神与英雄与人》，是学术与趣味结合的一册给少年人看的书，我于民国廿四年写过一篇介绍，后来收在《苦茶随笔》里头，原书则在一九四七年顷译出，其时浙江五中旧学生蒋志澄在正中书局当主任，由他的好意接受了，但是后来正中书局消灭，这部稿子也就不可问了。第二次的新译是一九四九年在北京起头的，他的名字第一次是"希腊的神与人"，第二次的却是"希腊的神与英雄"，这一回从文化生活出版社刊行，并且印了好几版，末了还由天津人民出版社印

行过一版，但是名字是改为"希腊神话故事"了。一部书先后翻译过两次，这在我是初次的经验，而且居然有了两次，又凑巧都是希腊神话，这如果不是表示他于我特别有缘，便是由于我的固执的，偏颇的对于希腊神话的爱好了。

红楼内外（节选）

读了茑公的《红楼一角》，觉得很有兴趣，因为所记的事有些也是我所亲自见闻的。我于民六到了北大，那正是文学革命与新文化运动的前夜，我出了课堂，却又进了办公室，当一名职员，与学生教员一直保持着接触，所以这以后的许多事情，如五四、六三事件，八校教员索薪，以至三一八事件，我都在旁看着听着，如今事隔二十多年，虽然大半有点忘记了，但约略记得的也还不少。这回因了《红楼一角》的文章，引起了我的记忆，零碎地记了下来，聊以当豆棚瓜架下的消暑资料罢。

古今中外的蔡校长和辜鸿铭

蔡校长办学是主张兼容并包的，所以当时有些人给他一个四字的批语，叫作古今中外，这四个字虽然似乎散漫，但很足以表示他独有的自由思想的精神，在他以外没人赶得上，就是现今美国叔叔十分恭维的胡博士，也恐怕还要差一点儿罢。他所请的各教授中，第一个有特色的，大概中外一致地要推辜鸿铭了，他是福建的闽南人，他的母亲本是西洋人罢，所以生得一副深眼睛高鼻子的洋人相，头上一撮黄头毛，却编作一条小辫子，冬天穿枣红宁绸的大袖方马褂，上戴瓜皮小帽，不要说在民国十年前后的北京，就是在前清时代，马路上遇见这样一位小城市里的华装教士似的人物，大家也不免要张大了眼睛看得出神的罢。尤其妙的是他那包车的车夫，不知是从哪里乡下去找了来的，也是一个背拖大辫子的汉子，正同课堂上的主人一样，他在红楼的大门外坐在车兜上等着，也不失为车夫队中一个特出的人物。辜鸿铭早年留学苏格兰，归国后有一时也是西装革履，显出是高等华人，可是后来却变得那一副怪相，嘴里也满口春秋大义，成了十足的保皇党了。他在北大教的是拉丁文等功课，不能发挥他的正统思想，可是他总随时随地想要找机会发泄。例如有一次北大开文科教授会，讨论功课，各人纷纷发言，蔡校长也站起来想要说话，辜鸿铭一眼看见首先大声说道，现在请大家听校长的吩咐！这是他原来的语气，他的精神也就充分表现在里边了。

新青年与国故

　　北大文科教员中，有《新青年》《国故》新旧两派对立，这原是事实，但是对立着而并未正式开过火。《国故》以旧派学生为主体，办得也不很出色，教员中只有黄季刚在课堂内外对学生骂骂而已，向不执笔，刘申叔写些文章，也只谈旧学，却未骂人。《新青年》上写文章的都是教员，积极地取攻势，猛厉无比，刘半农复王敬轩书最为痛快，至于王敬轩原是社内"某君"的化名，后来也成为公开秘密了。随感录与通信也是一种匕首似的战斗文章，以钱玄同的为多，因为他的意见多以通信随感发表，不写正式文章，直到《语丝》时代这才以"废话"的题目写些小文，但实在也还是杂感的性质。随感录中又有一件逸事，不知道哪一期上登有一则，署名"二十八画生"，这是后来非常有名的人物，姓名暂不便发表，只是三个字总算起来是二十八笔，所以他用了这别号，至于内容则已忘记，大概很是平常，总之不是谈社会主义的。这逸事恐怕知道的人不大多，我也还是在二十年前，偶然遇见疑古先生，听他谈起才知道的，他记得这一类的新掌故真多，可惜故去了，没有笔录一部分下来。《新青年》本来名叫"青年杂志"，是极平凡的一种学生读物，归陈独秀编辑后始改名，经胡博士从美国投稿帮忙，成为文学革命的先锋。民七时又由北大教员几个人每月捐出一点钱来，创办了《每周评论》，在五四时很发挥了些力量，但是不久给政府禁止了，只出了三十六期。其时陈独秀因为在市场发传单，早已拘禁在警厅，这周刊虽然由胡博士代任编辑，亦已成了强弩之末，停刊也觉得没有什么可惜了。胡博士向来写文章的态度很是严肃，不主张用别号，也不说游戏话或激烈一点的话。但是他代编的时期，他用过好几个别号，如 QV 即 Quo Vddis 的缩写，写示你往何处去，为胡适二字的意译，又如天风，则不知道是什么用意，陈独秀的笔名是只眼，李守常的似是一个明字。独秀被捕后，《每周评论》随感录栏上有一则云，出研究室进监狱，出监狱进研究室，是学者的任务，这也是胡博士的手笔。这种文句在他平时著作中绝不容易找得出，所以不失为逸闻的好资料，上十四字确是原文如此，下一句有点儿模糊了。学生中间所办的新刊物则有《新潮》，是响应《新青年》的文学革命运动而起来的，由国文系傅某英文系罗某主持其事。傅本是黄季刚派的重要学生，这时来了一个两直角的转变，陈独秀当时便很有点怀疑，是不是那方面的第五纵队呢。那时候北大内有反朱案，余波未了，外有林派的反动势力，形势未可乐观，这种疑虑实在也不是无理由的。这中间的事只是得诸传闻，大概由于胡博士的保驾，学校对于傅罗的计划加以赞可，为之垫款印刷发行，前后一共出了三卷。上文所说的事情大抵至五四那一年为止，其时北大文科已经移在汉花园的新建宿舍内，就是世间所说的红楼，马神庙的校舍作为理科，校长办公处也在里边，卯字号也早已不存在，那一部分地方似乎改做了校医室，有一个时候又做过女生寄宿舍，与我们所讲的故事便没有什么关系了。

钱玄同与刘半农

　　说起逸事来，当以钱玄同刘半农二人为最多，但琐屑而近于笑话的也多不宜于记录，现在且挑选两件事，都是关于鞋子的来一说罢。疑古先生的逸事是马九先生所常讲的，疑古也听着微笑，大概并非假作，不过多一点文饰当然也是有的。马九先生是马氏兄弟中最小的一个，专门研究明代小说，很有功夫，少时写有《劳久笔记》，讲小说戏曲的考据书中常有征引，云著者不详，其实这原只是老九二字的变化罢了。据说疑古先生有一天，大约还在民十以前罢，从什么地方以廉价买得一双夹鞋，说是枣红宁绸的，这自然是说话人的夸张，恐怕也就是黑色哔叽之类而已。及至拿回来一看，却是左右两只脚一样的，旧式鞋子本来都是如此，而这乃是原分左右，是认脚穿的，但如今却是两只一样，即是说两只鞋都是左脚，或者都是右脚的。我们推想这鞋不是从什么有招牌的店铺里买来的，所以疑古先生无法去退换。觉得很窘，这并不因了块把钞票的损失，那是小事，窘的是没法子处分这两只一样的鞋子。假如扔在垃圾堆废纸篓里，也会有人发现，而且看了要发笑，不免传扬开去。情急计生，等到晚间，他拿起鞋子的纸包，出门雇了洋车走到市场，下车时故意将鞋包留在车上，心想溜走，不料这车夫是个规矩老实人，一眼看见了便即把他叫住，说先生你忘了东西了。疑古先生于是不得不哭丧着脸回转去，向车夫道了谢，仍将那鞋子带了回来。到了第二天清早，想出了更好的办法，他走到中央公园，花了五分钱门票，一径往公共厕所去，恰巧没有人，便赶紧将鞋包放将角落里，小偷似的（这是马九先生原来的口气）心惊胆战地踅了出来，一溜烟地从后门走出公园，奔回宿舍去了。至于刘半农的事情，说来极其简单，并无这些曲折。在民国六七年顷，还只有二十七八岁，当

94

然很是时髦的，平时衣着怎样大家当时看过也忘记了，只有一回，他打扮得有点特别，手里拿着一根长只二尺的短棍，脚上着了一双时式新鞋。材料不知道是什么东西，总是一种绸类罢，颜色很奇怪，仿佛是俗称霞色的有似出炉银而更浓厚，上边又有鱼鳞似的花纹模样。熟朋友嘲笑他，说他穿鱼皮鞋子，这事就成了故实，刘半农的"鱼皮鞋子"说起来大家多知道，不过这已经是三十年前的故事，刘博士于二十三年去世，这些事情以后也就少有人知道了。刘半农于那一年夏天往内蒙古一带调查语音，在蒙古包内被虱子咬了几口，竟得了回归热，回北平来医治。这回归热大概七天发一转，比"四日两头"的疟疾还要来得凶恶，其螺旋形的病菌却是同梅毒的是一类的，所以如用了六零六或九一四之类注射就可以治好。但是刘半农的病却有点耽误了，即使病治好了，而血细胞太被破坏，心脏出了危险，也已不能挽救了。刘半农殁于廿三年七月，年四十四。钱玄同则于廿八年一月去世，年五十三岁，原因是脑溢血，旧称中风，今则一般称为脑冲血，却是新旧医学上所没有的名字。钱刘都很有风趣，又各具绝学，在北大中是很不易得的教授，他们的早死实在是学问上的一个大损失，我想同意的人一定也很不少，不单只是认识的人觉得如此罢。

戏曲与印度哲学

大学文学系里有戏曲的功课，始于北大，大概也是民六罢，当时文化界听了还议论纷然，记得上海的《时事新报》有过嘲骂的话，这还是在研究系参加文化运动之前，所以也是不足为怪的。最初的教员是吴梅，号瞿安，他回南京之后始推荐许之衡继任。吴瞿安很喜欢饮酒，不记得是哪一年，我在红楼上看见他，问他近来酒兴如何，他说因为有病，听医生劝告，不喝酒了，可是晚上不喝便睡不着，所以还喝一点。我问喝多少呢，他笑嘻嘻地说道，不过就是一斤。这话说得很有点幽默，可是他的意见与思想却是很正统的，虽然所教的功课是戏曲，后来见到卢冀野所编《清都散客二种》，有吴瞿安的跋语，硬拉六一居士做陪客说赵梦白的有些散曲小令是人家伪托的，其实这真是赵忠毅公有魄力有情性的所在，也是那集子里极有意思的几篇作品。哲学系里也有一门新功课，即是印度哲学史，讲的是婆罗门及外道六师的哲学，大约也颇为正统派佛教徒所不满，教师是许丹，字季上，所编讲义很古雅可诵。蔡校长最初想请万慧法师来教，他是谢无量的兄弟，出家为僧，在印度留学，但是他回信谢绝了，不愿意回来，所以改请了许季上。许君教了一两年，也坚决地辞职了，理由是依照佛法不能以道法卖钱，他是佛教密宗的信徒，所以我们怀疑他所说的理由只是一半，还有一半恐怕也是因为不愿意讲外道的学问的缘故罢。后任的教师是梁漱溟，他讲印度哲学不记得多久，但也随即变向，由佛教转入儒教，有名的著书《东西文化及其哲学》即是在北大讲学的一部分结果。梁君现尚健在，不宜随便评论他，这里所说只以校事为限，总之印度哲学在北大的运气不大好，不能得到专家予以介绍发挥，近来吴晓铃金克木诸君听说从印度回来，不知对于此事有无兴趣，或者能介绍印度哲学文学进来，总之是颇有希望的事罢。

张竞生博士

　　北大教员中有一个人，我们总不宜忽略不提的，那便是张竞生博士。他在社会上批评现在不管是如何，总之在北大讲"美的生活"的时候，他的态度是诚实的，所主张的话也多合理，虽然不免有好些浪漫的地方。他的《性史》第一集，在出版以前曾经同我谈及，印成后送给我一册，这是原版初印的真本，以后在上海续出的各集真假如何，不曾研究，也没有见到，所以无从说起，大概更是每下愈况了。《性史》第一集不能说写得好，只是当初本意原是不坏的。英国人的《性心理研究》七册中，常常附有调查来的各人性史，男女都有，长短详略不同，却都是诚实的报告，也是一种很有价值的研究资料，张君自己谈的原意即是想照样地来一下，所以我说这本不坏，不过写的人太不高明了，这里边有没有张君的大作我不知道，总之如看过《性心理研究》上的记录的人总不应当那么乱写，特别是小江平那样的描写，平白地把性史的名字糟蹋了，实在是可惜的事。张君自己的文章，到了上海以后也就随之而下落，所广告的《第三种水》不知真出版了没有，单就他所说的话看来，就够荒唐无稽了，只要查考英蔼理斯，以及奥大利勃劳厄耳，荷兰凡特威耳台诸人的书，并无所谓第三种水那么样的东西，这真可以算是张君独自的发明，却未免有卖野人头的嫌疑，一时满天下（说得夸大一点。实在只是说全国而已）读者上了他的当，被他暗笑为阿木林，可以说是很大的一个恶作剧。他的影响至今还普遍存在，《子曰》上讲西北的文章里说起，还使得姓水的"水先生"很受其窘，真是池鱼之殃，张君原来也是预料不到的罢。人们对于性生活感到好奇，也是人情之常，要想知道，不难从正当书籍上去觅取，多少年前有北新出版的一本朗医生的书，说得好，书名及译者姓名都已忘却，现在事隔二十余年，也不知道绝版了没有。

五四与三一八

当作《红楼内外》的续稿，我们这里来讲另外一件更为严肃的事，这便是关于北大教授中几个人的死。说起发源于北大的新文化运动，即是中国知识阶级的斗争史来，实在是很可悲的。这有如一座小山，北面的山坡很短，一下子就到了山顶，这算甲点，从甲点至乙点是小小一片平地，南边乙点以下则是下山的路，大约很长也很陡，底下是什么地方还没有人知道。假如是五十岁的人，从二十岁时即民国七八年起，留心看下来，到了现时来总结一下，一定都有同感，觉得这其间的知识阶级运动的兴衰史的书页是很暗淡的——自然，这是中国现代全面史的一页，其暗淡或者不足为奇，不过这总是可悲的一件事。如前文所述我于民初就在北大，所见所闻很是不少，但说来似乎矛盾，因此也就记得很少了，就所记忆的说来，我觉得五四与三一八这两件是顶重大的事，就是刚才所说的那甲点与乙点。五四的意义是很容易明白的。如说远因，自东汉南宋的太学生，以及明末的东林，清末的公车上书等，都有关系，但在民国实在酝酿并不久，积蓄也并不深，却是一飞冲天，达到了学生运动的顶点，其成功的迅速是可惊异的。可是好景不长，转瞬过了七年，就到了下坡的乙点，民国十五年三月十八日在执政府门前死的那些男女学生和工人市民，都当了牺牲品，纪念这大转变的开始。我真觉得奇怪，为什么世间对于三一八的事件后来总是那么冷淡或是健忘，这事虽然出在北京一隅，但其意义却是极其重大的，因为正如五四是代表了知识阶级对于北京政府进攻的成功，三一八乃是代表北京政府对于知识阶级以及人民的反攻的开始，而这反攻却比当初进攻更为猛烈，持久，他的影响说起来真是更仆难尽。我这里并不要谈过去三十年的事情，只因要说北大几个教授之死，不得不附带地说明几句，因为他们正是死于三一八以后政府的反攻中间，以政治关系而被害的。在三一八那年之前，学生和教授在社会上似乎保有一种权威和地位，虽然政府讨厌他们，但不敢轻易动手，只有民八陈独秀因为在市场发传单，被警厅捉去关了几个月，民七教员索薪代表马叙伦沈士远等在总统府门外被军警打伤，结果北京政府也抵赖，硬说是自己碰伤，和解了事。及至三一八那时，执政府卫队公然对了学生群众开排枪，这情形就不同了，对知识阶级的恐怖时代可以说就此开始了。到了第二年里，北大的教授就有两个人遭了毒手，这即是李守常与高仁山。

图书馆长李守常

李守常原任北大图书馆长，在他的属下出过几个名人，助理有张申府（崧年），书记里有以办副刊成名的孙伏园（福源）以及"二十八画生"。他在校本来也兼教功课，可是在北伐的前几时，他隐藏了起来专在做党的地下工作了，虽然在三一八那天，还有人看见他也在执政府的人群中间。民国十六年四月六日，张作霖已经做了大元帅，与东交民巷的公使团联络，突然派军警查抄俄国大使馆捉去党务人员十九名，不久便把主要的五个人处了绞刑，李君之外只记得有路友于张挹兰二人。张系北大女生，她担任国民党部的妇女部长，本系女师大的某君（姓名从略）所担任，后来离开北京，乃由她继任，没有多久便殉了难。她的兄弟也是北大出身，曾译有英国吉卜林的小说，我也是认识的，我听说她遇难之后老母非常哀伤，我每看见张君，常觉得难过，想安慰一两句话，可是想不出话来，觉得还不如不说好，所以始终不曾提及一个字，虽然在那一年内遇见的次数并不少。这事件的内情如何，我们局外人不能详知，可以知道的部分当时新闻上多已报道过，不用重说，也实在记不清楚了。现在所要讲的只是附属一点小事情，知道的人却并不多，所以够得上说真是逸事，虽然我原来也是听来的。告诉我这故事的人是我长辈，他的话是靠得住的，至少像我觉得自己的话的可靠一样，他本来别有名字，但在北大一小部分同人中通称他为方六，所以这里便这样地写了。

99

从四月六日说起

　　这事就是从四月六日说起。当天是星期日，北大有几教授约好了往海甸去玩一天，同去的有明君，审君，方六，一共五六人罢，其中也有金心异，或者还有刘半农。审君有一位哥哥，我们姑称之为审甲，在燕京大学教书，大家就跑到那里去，吃过中饭后，谈到傍晚方散，赶回城里来。李君的大儿子，假设名为羽英，恰巧与这班教员的儿子们都是中学同学，所以他们也约会了去玩，当晚他一个人不曾进城，便寄宿在审甲的家里。到了第二天早晨，大家打开报纸来看时，大吃一惊，原来李君一行人正于那个星期日被捕了。审君赶紧打电话给他哥哥，叫他暂留羽英住在燕大，以避追捕。北京官方查问家属，只找到李君的赵夫人，羽英的妹子辰英等二人，小兄弟才几岁而已，都与党事没有什么关系。这样地过了几天，审君觉得羽英留在海甸也不是好办法，因为燕大的南门外就是侦缉分队，未免多危险，于是打电话给方六，叫他到燕大去上课的时候顺便带他进城来，留在方家暂住，那里比较地偏僻安稳点。方君就这样地办了，叫他住在里院东边的屋内，那间屋空着，在那时节曾经前后住过好些避难的人。方君将这事由电话告知了审君，彼此刚放了心的时候，想不到次日就会得遇见极棘手的困难问题的。据方君告诉我，他往燕大上课去的那天大概是星期五，那么应当是四月十一罢，但是假如这不是星期五而是星期二，则须得顺延四天下去，这的确的日子有点不容易说定，总之是在那一天的次日，见到报纸，一眼就瞥见李君几个人的相片，原来他们都已于前一天里执行死刑了。方君这时候的狼狈是可以想象得来的。叫不叫羽英知道，怎么能够叫他不知道？这是不可能的，那么要告诉他又怎么说？他急忙打电话给审君，审君立即同了明君赶了来。审君在朋友中最有智谋，刘半农曾戏呼他为鬼谷子的，他想了一想，便说这事非告诉他不可，让我来同他说罢。羽英正在里院同小孩们闲玩，被叫到书房里来之后，审君郑重其事地开始说话，说你老太爷投身革命运动，为中国人民谋福利，其为主义而牺牲自己，原是预先觉悟的事，这次被反动政府所捕，本是凶多吉少，现今如此情形，你也不必过于悲伤，还是努力前进，继承遗志云云。羽英听着，从头至末一声不响，颜色也并不变，末了只嗯嗯地答应了几声，拿起桌上的报纸来，把记事和照相仔细看了，很镇静地退了出去，仍到后院同小朋友们去玩去了。鬼谷子的说话当初很费了一番安排，可是在他面前却失了效果，也觉得是出于意外的事。据方君说，在北大所见师生中，这样沉毅的人不曾多见，连他在内只可说见过两个罢了。过了两三个月，审君设法送羽英东京去留学，用他姨夫的姓名为杨，考进在高等师范读书，但是到了民国二十年，九一八事件发生，他也跟了几个旧中学同学一起归国，以后不曾再遇见他，虽然他的小兄弟喜英直至民国三十一二年顷我还是见到他的。李君故后，停棺地安门外西皇城根嘉兴寺，至民国二十二三年左右，国民党故友寄赠一千元去为安葬之费，另外又捐集了若干，遂下葬于西山万安公墓，后来赵夫人去世，也合葬在那里。遗文散见于各杂志报章，后由其族侄为之搜集，编为四卷，历兵火盗贼之劫，未曾毁失，将来或有出版的希望亦未可知云。

高仁山其人

关于高仁山的事，我知道得不多。最初在北大出版的刊物上，大概是《史学季刊》罢，看到有一篇介绍美国人房龙所著《人类的故事》的文章，觉得很有意思，署名高宝寿，这是我知道他的第一次。后来我在孔德中学教国文，高君以北大教育系教授的资格，来担任中学的指导工作，于开会时见过几次，也记不得是哪一年的事情了。三一八之后，北大教授星散，多数南行，只剩若干肯冒点险的留在北京，高君也是其一，听说也是在做党务地下工作。大概也是在李君遇难的那一年，他终于被张作霖的部下所逮捕，关了不少日子，有一时传说有什么人疏通的关系，可以没有什么事。忽然有一天，内人往东城买东西去，回家时慌张地说道，高仁山先生不行了！据说她在路上看见有一队军警簇拥着一辆大车往南去，知道是送往天桥去的。及至看大车上面却见高仁山一人端然坐着。记得那时内人说，高君戴着一顶皮帽子，那么这当是民国十六年的冬天或十七年的春天罢。大概这时候北伐军节节胜利，张大帅的形势日非，所以老羞成怒，便又把高君杀害，聊以出他一口心头的闷气，也未可知。除了袁世凯末期之外，这样地杀戮知识阶级特别是教员，就是在北京政府近十年间（民五至十五）也是没有的，自从三一八动了手之后，学生既然整批地被枪击，教员也陆续地捉去杀害，孙传芳在上海也大开其刀，这事在南方人士自然都还清楚记得，所以我说三一八的意义很大，古人云，履霜坚冰至，三一八正是冬初的严霜，而李高二君则成了以后众多牺牲之先驱，此所以值得纪念，初不仅为他们个人的关系也。

黄晦闻与孟心史之死

末了我们再来讲两个人，他们并不是为政治而牺牲，但是尽心于教育，也是可以令人佩服的。照年月不照年岁来讲，其一是北大中国文学系教授黄晦闻。前清光绪年间，上海出版《国粹学报》，黄节的名字同邓实（秋枚）刘师培（申叔）马叙伦（夷初）等常常出现，跟了黄黎洲吕晚村的路线，以复古来讲革命，灌输民族思想，在知识阶级间很有些势力。及至民国成立之后，虽然他是革命老同

102

志，在国民党中不乏有力的朋友，可是他只做了一回广东教育厅长，以后就回到北大来教他的书，不复再出。北伐成功以来，所谓吃五四饭的飞黄腾达起来，都做了新官僚，黄君是老辈却那样地退隐下来，岂不正是落伍之尤，但是黄君是自有见地的。他平常愤世嫉俗觉得现时很像明季，为人写字常钤一印章，文曰"如此江山"。又于民国廿三年秋季在北大讲顾亭林诗，感念往昔，常对诸生慨然言之。次年一月廿四日病卒，所注亭林诗终未完成。所作诗集曰"蒹葭楼诗"曾见有仿宋铅印本，番禺汪氏为之出资印行者，今不知市上有之否。（《书房一角》中云，晦闻卒余撰一挽联曰，如此江山，渐将日暮途穷，不堪追忆索常侍。及今归去，等是风流云散，差幸免做顾亭林。附以小注云，近来先生常用一印云，如此江山，又在北京大学讲亭林诗，感念古昔，常对诸生慨然言之。）

其二是史学系的孟心史。孟君在北大教书多年，兼任研究所工作，著书甚多，但是我所最记得最喜欢读的，还是民国五六年顷所出的《心史丛刊》，共有三集，搜集零碎材料，贯串成为一篇，对于史事既多所发明，亦殊有趣味。其记清代科场案，多有感慨语，如云："凡汲引人材，从古无以刀锯斧钺随其后者。至清代乃兴科场大案，草菅人命，无非重加其罔民之力束缚而驰骤之。"又云："汉人陷溺于科举至深且酷，不惜借满人屠戮同胞，以泄多数侥幸未遂之人年年被摈之愤，此所谓天下英雄入我彀中者也。"孟君耄年宿学，而其意见明达，前后不变，往往出后辈贤达之上，可谓难得矣。廿六年华北沦陷，孟君仍留北平，至冬卧病入协和医院，十一月中我曾去访问他一次，给我看日记中有好些感愤的诗，至次年一月十四日乃归道山，年七十二。三月十三日开追悼会于城外法源寺，到者可二十人，大抵皆是北大同人，别无仪式，只默默行礼而已。我曾撰了一副挽联，文曰，野记偏多言外意，新诗应有井中函，因字数太少不好写，又找不到人代写，亦不果用。这里所说黄孟二君，比起上边李高二君来显得质朴无华，似乎要差一筹了，其实也不尽然，

103

这只是情形不同罢了，其坚守岗位而死，这一点却是没有多大差别的。中国新文化与学术之没有成绩与进步，其原因固然很多，但是从事于此的太不专心亦是其一。做官去的人不必说了，有些人就是不求富贵也求安乐，向着生活比较舒服处去，向着靠近家乡处去，向着少危险处去，这虽不能说是怎么不好，但是这样地移动下去，就影响到事业不能专一，这并不是一件什么微小的毛病。这样看起来，像黄孟二君的事，虽然看去似乎平常，却实在也是很有重大的意义的。如要吹毛求疵地来说，则为了教育与学校去牺牲自己的幸福，纵说是难能可贵，也只是为了知识阶级换句话说就是士大夫阶级的利益，于民众并无多大好处，所以亦无足取，话虽说得苛刻，细想起来也或不无理由，那么应当后悔的人正是不少，即如我辈亦当知所警惕罢。

在病院中

民国九年（一九二○）我很做了些文学的活动，十一月廿三日下午到东城万宝盖胡同（俗语是王八盖）的耿济之君家里开会，大约记得是商量组织"文学研究会"的事情，大家叫我拟那宣言，我却没有存稿，所以记不得是怎么说了，但记得其中有一条，是说这个会是预备作为工会的始基，给文学工作者全体联络之用，可是事实正是相反，设立一个会便是安放一道门槛，结果反是对立的起头，这实在是当初所不及料的了。到了十二月廿二日下午往大学赴歌谣研究会，至五时散会，晚间觉得很是疲倦，到廿四日便觉得有点发热，次日发热三十八度三分，而且咳嗽，廿九日去找医生诊视，据说是肋膜炎，于是这一下子便卧病至大半年之久，到九月里方才好起来，现在且把养病中间的事情来一说罢。

我当初在家中养病，到了三月初头，病好得多了，于是便坐了起来，开始给《妇女杂志》做文章，这是头一年里所约定的，须得赶快交卷才好，题目是"欧洲古代文学上的妇女观"，结果努力写了几天，总算完成了前半篇，是说希伯来思想与希腊思想的，第三节乃是说中古的传奇思想，还没有来得及写，但是病势却因而恶化，比起初更是严重了，遂于三月廿九日移往医院，一直住了两个月，于五月三十一日这才出院，六月二日往西山的碧云寺般若堂里养病，至九月廿一日乃下山来回到家里。我这回生病计共有九月之久，最初的两月是在家里，没有什么可以说的，第二段是在医院中的四五两月，第三段是在西山的六至九凡四个月，这里所记述的便是那后边这两段的事情。

在医院里的时候，因为生的病是肋膜炎，是胸部的疾病，多少和肺病有点关系，到了午后就热度高了起来，晚间几乎是昏沉了，这种状态是十分不舒服的，但是说也奇怪，这种精神状态却似乎于作诗颇相宜，在疾苦呻吟之中，感情特别锐敏，容易发生诗思。我新诗本不多做，但在诗集里重要的几篇差不多是这时候所作。有一篇作为诗集的题名的，叫作"过去的生命"，便是"四月四日在病院中"做的，其词云：

> 这过去的我的三个月的生命，哪里去了？
> 没有了，永远地走过去了！
> 我亲自听见他沉沉地缓缓地，一步一步地，
> 在我床头走过去了。
> 我坐起来，拿了一支笔，在纸上乱点，
> 想将他按在纸上，留下一些痕迹，——
> 但是一行也不能写，
> 一行也不能写。
> 我仍是睡在床上，
> 亲自听见他沉沉地缓缓地，一步一步地，
> 在我床头走过去了。

这诗并没有什么好处，但总是根据真情实感，写了下来的，所以似乎还说得过去，当时说给鲁迅听了，他便低声地慢慢地读，仿佛真觉得东西在走过去了的样子，这情形还是宛然如在目前。解放以前，做了好些寒山子体的打油诗，一九四六年编为"知堂杂诗"一卷，题记中有一节云：

丁亥所作《修禊》一诗中，述南宋山东义民吃人腊往临安，有两句云，犹幸制熏腊，咀嚼化正气。可以算是打油诗中之最高境界，自己也觉得仿佛是神来之笔，如用别的韵语形式去写，便决不能有此力量，倘想以散文表出之，则又所万万不能者也。关于人腊的事，我从前说及了几回，可是没有一次能这样地说得决绝明快，杂诗的本领可以说即在这里，即此也可以表明他之自有用处了。我从前曾说过，平常喜欢和淡的文章思想，但有时亦嗜极辛辣的，有掐臂见血的痛感，此即为我喜欢那"英国狂生"斯威夫德之一理由，上文的发想或者非意识地由其《育婴刍议》中出来亦未可知，唯索解人殊不易得，昔日鲁迅在时最能知此意，今不知尚有何人耳。

上边所说，或者不免有"自画自赞"和"后台喝彩"之嫌，但是我这里是有些证据的，请看《鲁迅全集》里的书简，有一九三四年四月三十日给曹聚仁的信说：

> 周作人自寿诗诚有讽世之意，然此种微词已为今之青年所不了解，群公相和则多近于肉麻，于是火上添油，速成众矢之的，而不做此等攻击文字，此外近日亦无可言。此亦"古已有之"，文人美女必负亡国之责，近似亦有人觉国之将亡，已在卸责于清流或舆论矣。

又五月六日给杨霁云的信说：

> 至于周作人之诗，其实是还藏些对于现状的不平的，但太隐晦，已为一般读者所不憭，加以吹擂太过，附和不完，致使大家觉得讨厌了。

对于我那不成东西的两首歪诗，他却能公平地予以独自的判断，特别是在我们"失和"十年之后，批评态度还是一贯，可见我上边的话不全是没有根据的了。鲁迅平日主张"以眼还眼，以牙还牙"，不会对于任何人有什么情面，所以他这种态度是十分难得也是很可佩服的，与专门"挑剔风潮"，兴风作浪的胡风等辈，相去真是不可以道里计了。

琐屑的因缘

　　一九二〇年毛子龙做北京女子高等师范学校的校长。叫钱秣陵送聘书来，去那里讲欧洲文学史，这种功课其实是没有用的，我也没有能够讲得好，不过辞谢也不听，所以也就只得去了。其时是女高师，讲义每小时给三块钱，一个月是二十七元，生病的时候就白拿了大半年的钱，到了新学年开始这才继续去上学，但是那里的情形却全然忘记了。后来许季茀继任校长，我又曾经辞过一次，仍是没有能准，可是他自己急流勇退，于改成女子师范大学的时候，却让给了杨荫榆，以为女学校的校长以女子为更适宜，她才从美国回来，自然更好了，岂料女校长治校乃以阿婆自居，于是学生成了一群孤苦伶仃的"童养媳"（根据鲁迅的考证），引起了很严重的问题，这时因为我尚在女师大，所以也牵连在内。还有一件事也是发生在一九二〇年里，北大国文系想添一样小说史，系主任马幼渔便和我商量，我一时也马虎地答应下来了，心想虽然没有专弄这个问题，因为家里有那一部鲁迅所辑的《古小说钩沉》，可以做参考，那么上半最麻烦的问题可以解决了，下半再敷衍着看罢。及至回来以后，再一考虑觉得不很妥当，便同鲁迅说，不如由他担任了更是适宜，他虽然踌躇可是终于答应了，我便将此意转告系主任，幼渔也很赞成。查鲁迅日记，在一九二〇年八月六日项下，记着"马幼渔来，送大学聘书"，于是这一事也有了着落。家里适值有一本一九二二年的中国文学系课程指导书，里边文学分史列着"词史，二小时，刘毓盘，戏曲史，二小时，吴梅，小说史，二小时，周树人"，我的功课则是欧洲文学史三小时，日本文学史二小时，用英文课本，其余是外国文学书之选读，计英文与日本文小说各二小时，这项功课还有英文的诗与戏剧及日本文戏剧各二小时，由张黄担任，张黄原名张定璜，字凤举，这人与北大同人的活动也很有关系，在这里特预先说明一句。

这一年里在我还发生了一件重大的事情，便是担任燕京大学的新文学的功课，一直蝉联有十年之久，到一九三八年还去做了半年的"客座教授"，造成很奇妙的一段因缘。讲起远因当然是在二年前的讲演，那时因瞿菊农来拉，前往燕京文学会讲点什么，其时便选择了"圣书与中国文学"这个题目，这与教会学校是颇为合适的。后来因时势的要求，大约想设立什么新的课目，前去和胡适之商量，他就推荐我去，这是近因。一九二二年三月四日我应了适之的邀约，到了他的住处，和燕京大学校长司徒雷登与刘廷芳相见，说定从下学年起担任该校新文学系主任事，到了六日接到燕大来信，即签订了合同，从七月发生效力。内容是说担任国文系内的现代国文的一部分，原来的一部分则称为古典国文，旧有两位教员，与这边没有关系，但是现代国文这半个系只有我一个人，唱独角戏也是不行，学校里派毕业生许地山来帮忙做助教，我便规定国语文学四小时，我和许君各任一半，另外我又设立了三门功课，自己担任，仿佛是文学通论，习作和讨论等类，每星期里分出四个下午来，到燕大去上课。我原来只是兼任，不料要我做主任，职位是副教授，月薪二百元，上课至多十二小时，这在我是不可能，连许地山的一总只是凑成十小时，至于地位薪资那就没有计较之必要。其实教国文乃是我所最怕的事，当年初到北大，蔡校长叫我教国文，曾经坚决谢绝，岂知后来仍旧落到这里边去呢？据胡适之后来解释，说看你在国文系里始终做附庸，得不了主要的地位，还不如另立门户，可以施展本领，一方面也可以给他的白话文学开辟一个新领土。但是据所谓

"某籍某系"的人看来，这似乎是一种策略，仿佛是调虎离山的意思，不过我一向不愿意只以恶意猜测人，所以也不敢贸然决定。平心而论，我在北大的确可以算是一个不受欢迎的人，在各方面看来都是如此，所开的功课都是勉强凑数的，在某系中只可算得是个帮闲罢了，又因为没有力量办事，有许多事情都没有能够参加，如溥仪出宫以后，清查故宫的时候，我也没有与闻，其实以前平民不能进去的官禁情形我倒是愿得一见的。我真实是一个屠介涅夫小说里所谓多余的人，在什么事情里都不成功，把一切损害与侮辱看作浮云似的，自得其乐地活着，而且还有余暇来写这篇《谈往》，将过去的恶梦从头想起，把他经过筛子，拣完整的记录下来，至于有些筛下去的东西那也只得算了。

女师大与东吉祥（一）

现在要回过去讲以前的事情，其最为重大的一件，便是举世闻名的所谓女师大的风潮。在这中间，却另有一段和东吉祥胡同派的人往来的经过，另外写作一章，似乎不大好，所以拼写在一起，成了那样一个凑拼而成的题目，实在是很可笑的。大家知道，这二者性质相反，正如薰莸之不能同器，但在那时我却同他们都有些关系，讲起来所以只能混在一处了。

讲到女高师，——他之改称女师大，只是在杨荫榆来做校长之后，这以前都是称为北京女子高等师范学校的，我和他很有一段相当长的历史。在民国十年还是熊崇煦长校的时代，由钱秣陵来说，叫我去担任两小时的欧洲文学史，第二年生了半年的病，这功课就无形地结束了。到了十一年由许寿裳继任校长，他是一个大好人，就是有点西楚霸王的毛病，所谓"印刓不予"，譬如学生有什么要求，可与则与，不可便立即拒绝好了，他却总是迟疑不决，到后来终于依了要求，受者一点都不感谢，反而感到一种嫌恶了。他自己教杜威的"教育与民治"，满口德谟克拉西，学生们就送他一个徽号叫"德谟克拉东"，这名字也够幽默的了。我在那里担任了一年课，到第二年即一九二三年的八月里，我就想辞职。在旧日记里有这几项记载：

八月十日，寄季茀函，辞兼课。

112

九月三日，季弟来，留女高师教课，只好允之。

十二月廿六日，寄郑介石函，拟辞女高师课。

这时郑君或者是兼职国文系的主任，但辞职仍没有准许，虽然在日记上没有登载。一九二四年夏天许季茀辞去校长，推荐后来引起风潮的杨荫榆继任，杨女士是美国的留学生，许君以为办女校最好是用女校长，况且美国是杜威的家乡，学来的教育一定是很进步的，岂知这位校长乃以婆婆自居，把学生们看作一群的童养媳，酿成空前的风潮，这是和他的希望正相反了。我本来很怕在女学校里教书，尤其怕在女人底下的女学校里，因此在这时更想洗手不干了，在日记里记着这几项，可以约略地知道：

七月二日，晚杨校长招宴，辞不去。

七月十一日，收女高师续聘书，当还之。

七月十四日，送还女高师聘书。

七月二十日，女高师又送聘书来。

七月廿二日，仍送还女高师聘书。

七月廿七日，上午往女高师，与杨校长谈，不得要领。

九月廿一日，马幼渔来，交来女高师聘书。

即此可以看见，我对于女师大的教课一向并无什么兴趣，特别是女校长到任以后更想积极地摆脱，可是摆脱不了，末了倒是由北大"某籍某系"的老大哥马幼渔，不晓得是怎么样找来的，出来挽留我，于是我不得不继续在那里做一名"西席"，后来成为女师大事件中支持学生方面的一个人，一直到大家散伙之后，还留下来与徐耀辰成了女师大方面唯一的代表，和女子大学的学长林素园交涉以致冲突，想起来实在觉得运命之不可测。而在别一方面，我对于东

113

吉祥派的人们，便是后来在女师大事件上的支持校长方面的所谓"正人君子"，我当初却是很拉拢的，旧日记上还留着这些记录：

> 一九二三年十一月三日，下午耀辰凤举来，晚共宴张
> 欣海，林玉堂，丁西林，陈通伯，郁达夫及士远尹默，共
> 十人，九时散去。

这是第一次招待他们，是在后院的东偏三间屋里，就是从前爱罗先珂住过的地方。

> 十一月十七日，午至公园来今雨轩，赴张欣海陈通伯
> 徐志摩约午餐，同坐十八人，四时返。
> 一九二四年六月二十四日，六时至公园，赴现代评论
> 社晚餐，共约四十人。
> 七月五日，下午凤举同通伯来谈，通伯早去。
> 七月三十日，下午通伯邀阅英文考卷，阅五十本，六
> 时返。
> 七月三十一日，上午往北大二院，阅英文卷百本。
> 一九二五年二月十二日，下午同丁西林陈通伯凤举乘
> 汽车，往西山，在玉泉山旅馆午饭，抵碧云寺前，同步行
> 登玉皇顶，又至香山甘露旅馆饮茶，六时回家。

这时候女师大反对校长的风潮已经很是高涨，渐有趋于决裂的形势，在二月廿八日的日记里记有"女高师旧生田罗二女士来访，为女师大事也"的记载，她们说是中立派，来为学校求解决，只要换掉校长，风潮便自平息。那时是马夷初以教育部次长代理部务，我当晚就打电话到马次长的家里转达此意，马次长说这事好办，校

长可以撤换，但学生不能指定后任为谁，如一定要易培基，便难以办到。这事我不知底细，不能负责回答，就拖延了下来，到了四月内阁改组，由章行严出长教育，于是局势改变，是"正人君子"的世界了。

女师大与东吉祥（二）

女师大反对校长的风潮发生于一九二四年的秋天，迁延至次年一月，仍未解决，学生代表乃至教育部诉说请求，并发表宣言，坚决拒绝杨荫榆为校长。五月七日该校开国耻纪念讲演会，校长与学生发生冲突，五月九日乃召集评议会开除学生自治会职员六个人，即蒲振声、张平江、郑德音、刘和珍、许广平、姜伯谛。（这些年月和人名，我都是查考《鲁迅全集》第三卷的注释才能得来的，因为日记里没有详细的记载。）我们有几个在女师大教书的教员听了不平，便酝酿发表一个宣言，这启事登在五月二十七日的《京报》上，由七个人署名，即是马裕藻、沈尹默、周树人、李泰棻、钱玄同、沈兼士、周作人。照例负责起草的人是署名最后的，这里似乎应该是我拟那宣言的了，但是看原文云："六人学业，俱非不良，至于品行一端，平素又绝无惩戒记过之迹，以此与开除并论，而又若离若合，殊有混淆黑白之嫌。"似乎觉得不像是我自己的手笔，至于这是谁的呢，到现在却也无从去查考了。

这宣言的反响来得真快，在五月三十日发行，而二十九日已经发卖的《每周评论》上，就发现陈西滢即通伯的一篇"闲话"，不但所谓某籍某系的人在暗中"挑剔风潮"的话就出在这里边，而且大有挑唆北洋军阀政府来严厉压迫女师大的学生的意思。我以前因张凤举的拉拢，与东吉祥诸君子谬托知己地有些来往，但是我的心里是有"两个鬼"潜伏着的，即所谓绅士鬼与流氓鬼，我曾经说过，

116

"以开店而论，我这店是两个鬼品开的，而其股份与生意的分配，究竟绅士鬼还只居其小部分。"所以去和道地的绅士们周旋，也仍旧是合不来的，有时流氓鬼要露出面来，结果终于翻脸，以致破口大骂，这虽是由于事势的必然，但使我由南转北，几乎做了一百八十度的大回旋，脱退绅士的"沙龙"，加入从前那么想逃避的女校，终于成了代表，与女师大共存亡，我说运命之不可测就是为此。这之后我就被学生自治会请去开会，时期在五月二十一日，情形如鲁迅在《碰壁之后》一篇文章里所写，眼见一个大家庭里斗争的状况，结果当上了一名校务维持会的会员。而且说也奇怪，我还有一次以学生家长的资格，出席于当时教育部所召开的家长会，——我其实并无女儿在女师大念书，只因有人介绍一个名叫张静淑的学生，叫我做保证人，这只需盖一个图章，本是"不费之惠"，不过有起事情来，家族如不在北京，保证人是要代家长负责的，这是寻常不会有的事情，但是我却是适逢其会地碰着了。我终于不清楚张静淑本人是不是反对校长的，假如她是女附中出身，那么她应该为附中主任欧阳晓澜的威胁利诱而加入对方去了，如今却还找我这保证人去赴会，可以想见她是在反对的一边的。那一天的日记只简单地记着：

> 八月十三日，下午四时赴教育部家长会议，无结果而散。

这会议是不可能有结果的，在八月六日北洋政府阁议已经通过教育部解散女师大，改办女子大学的决议，这里召集家长前来，无非叫约束学生，服从命令的意思。当时到场二十余人，大都没有表示，我便起来略述反对之意，随有两三个人发言反对，在主人地位的部长章士钊看见这个形势，便匆匆离席而去，这便是那天无结果的详情。以后紧接着二十二日武装接收的一幕，由专门教育司长刘

117

百昭率领老妈子队伍，开赴石驸马大街，把女学生拖拉出校，就原址开设国立女子大学，派胡敦复为校长。那班被拖出街上的学生们只得另寻栖止，在端王府的西南找到一个地方，作为校址，校长是易培基，这大概是校务维持会所推选的罢。日记里写着：

　　九月十日，上午往宗帽胡同（十四号电话西局一五八五），女师大开校务维持会。
　　九月二十一日，上午赴女师大开学典礼，午返。

　　这以后就暂时在那里上课，到了十一月底章士钊离开了教育部，女师大随即复校，仍搬回石驸马大街原处。可是在第二年即一九二六年中乃有更不幸的事情发生，这即是三一八事件，女师大死了两个学生，国文系的刘和珍与英文系的杨德群，随后有些教员也被迫胁离开了北京。教育总长换了任可澄，教育界前途一样黑暗，我在女师大渐渐地被挤了上去，充当代表，在八月五六两日里去见任可澄都不曾见到。二十二日是去年"毁校纪念"，开会纪念了不到十日，教育部又发表将女子大学和女师大合并为女子学院，而以女师大为师范大学部，派林素园为学长，于九月四日来校，武装接收了。今据林素园的报告照录于下：

　　素园本日午前十一时复往该校，维时该校教职员等聚集多人，声势汹汹，当晤教员徐祖正周作人说明接收理由，该徐祖正等声言同人等对于改组完全否认，早有宣言。何竟贸然前来，言时声色俱厉，继复跃起谩骂，户外围绕多人，一齐喝打，经部员劝告无效，并被拳击，素园等只得来部陈明。

这篇布告登在九月六日的《世界日报》上，但记者说据前日报告，仅云林上午到校因斥该校教授为共产党，言语之间稍有冲突，并无互殴之说，此种报告似觉离奇，殊与事实颇有出入。这新闻报道倒是公平的。

《语丝》的回忆

说起《语丝》，于今已经隔了三十多年的光阴，在中年的人听来，已有生疏之感，更不要说少年的朋友了。但是提及鲁迅与"正人君子"的斗争，却以这为根据地，所以一说他的历史，也不是没有意义的事罢。

"五四"原是学生的爱国政治运动，由大学生开始，渐及中小学，末了影响及于工商界，要罢市罢工表示援助，这才算顺利成功，没有什么牺牲。这件事表面上是结束了，影响却是很广大，浸渗得很深，接着兴起了所谓新文化运动，这名称不算怎么不恰当，因为他在文化上表现出来，也得到不小的结果。这以前有《新青年》和《每周评论》，差不多是孤军奋斗，到了五四以后才成为"接力战"的状态，气势便雄厚起来了。《语丝》乃是其中的一支队伍，可是要说他成立的原因，却非得从《晨报副刊》讲起不可。

鲁迅逝世二十周年纪念的前后，有好些讲《语丝》的文章发表，就我所见到的来说，写得最好的要算章川岛，孙伏园，他们都是参与这刊物发刊的事的。《晨报》本来是研究系的政党机关报，但是五四时期也相当援助这个运动；孙伏园因罗家伦关系进了《国民公报》，后转入晨报社，主管第五版，登载些随感杂文，鲁迅也时常投稿，很有点新气象。孙伏园后来主编新增的副刊，益得发挥他的编辑手段，声价日增，鲁迅有名的《阿 Q 正传》，就是在那上边发表的。可是后来孙伏园被排斥去职，由陈源的友人徐志摩继任，于是

《晨报副刊》全然改换了一副面目，差不多成为《现代评论》的日刊了。

孙伏园失了职业，于他固然很是困难，但不久由邵飘萍请去，担任《京报副刊》的编辑。可是以前在《晨报副刊》写文章的人终有点不平，计划自己来办一个小刊物，可以自由发表意见。查日记一九二四年十月二十四日项下云："下午至东安市场开成北号楼上，同玄同、伏园、川岛、绍原、颉刚诸人，议出小周刊事，定名曰'语丝'，大约十七日出版，晚八时散。"十一月十六日项下云："下午至市场赴语丝社茶会，至晚饭后始散。"那一天是星期，可见后来《语丝》是改在星期出版了。同人中本来还有刘半农、林语堂、俞平伯等人，那一天不知何以不见。记得刊物的名字的来源，是从一本什么人的诗集中得来，这并不是原就有那一句话，乃随便用手指一个字，分两次指出，恰巧似懂非懂的还可以用。这一个故事，大概那天与会的人都还能记得。至于第一期上的发刊词，系大家叫我代拟，因为本来说不出一个什么一定的宗旨，所以只好说得那么笼统，但大体上也还是适合的。到后来和《现代评论》打架的时候，《语丝》举出两句口号来："用自己的钱，说自己的话"，也还是同样的意思，不过针对《现代评论》的接受官方津贴，话里有刺罢了。

《语丝》的文章古今并谈，庄谐杂出，大旨总是反封建的，但是等到陈源等以"正人君子"的资格出现，在《现代评论》上大说其"闲话"，引起鲁迅的反击，《语丝》上这才真正生了气，所以回忆《语丝》这与"女师大事件"是有点分不开的，虽然后来在国民党所谓清党时期也很用了一点气力。陈源的文章说俏皮话的确有点功夫，就只可惜使用在斜路上，为了替代表封建势力的女校长说话，由俏皮而进于刻薄卑劣，实在够得上"巴儿狗"的称呼，但是如果不是鲁迅的这支刚强有力的笔，实在也不容易打倒他。我自己就曾经吃过一个小亏。有一次陈源对有些人说，现今女学生都可以叫局。这句话由在场的张定璜传给了我们，在《语丝》上揭露了出来，陈源急了，在《现代评论》上逼我声明这话来源，本来是要据实声明，可是张定璜竭力央求，不得不中止了，答复说出自传闻，等于认错，给陈源逃过关了。张定璜与"正人君子"本来有交情，有一个时期我也由他的中介与"东吉祥"诸君打过交道，他又两面拉拢，鲁迅曾有一时和他合编过《国民新报》的副刊，也不免受了利用。上边所说的声明事件，川岛前后与闻，在张定璜不肯负责证明陈源的话的时候，川岛很是愤慨，那时语丝社在什刹海会贤堂聚会，他就要当场揭穿，经我劝止，为了顾全同事的面子，结果还是自己吃了亏。女师大事件也是一个大事情，多少有些记忆，但是参与的人现在健在，比我更知道得多，也更可信，所以我还是以藏拙为佳了。

家里的改变

　　自从甲辰年的冬天回到学堂，一直到了丙午（一九〇六）年的夏天再回家去，时间隔得很长，所以家里的情形也改变得不少了。第一是房屋的改变。以前我们"兴房"派下的房子乃是在本宅的西北角一带，这是宅内的第四五进，本来也有"立房"的一部分在内，后来"立房"的十二世子京身死无后，拟以伯升承继，所以并入这一边了。第四进计有前后五大间，南边对着桂花明堂（院子），尽西头的一间出典给了吴姓，隔壁即是祖父居住的地方，中间隔了一个堂屋，东边的两间原为祖母和母亲的住房。路北院子的对面即是第五进了，原来偏东的两间划归"仁房"，院子里对半分开，砌上了一个曲尺形的墙，西头的两间经了太平军的战乱已经残毁，只剩下南边的一部分房屋尚可住人，与中堂相对的一间作为女仆们的宿舍，后边朝北的一间则因楼板和窗户都已没有了，所以空着，只供存放谷米之用，东偏一间即是在《鲁迅的故家》里所说的"橘子屋"，乃是子京所原住，他在这里教书，掘藏，也在这里发疯的地方。楼上也是空着，却比东边仓间的楼上更是荒废了，因为那边只是没有楼板，空空洞洞的没有什么奇怪，这边却仍是一间空着的房子，却是窗户全无，隔墙又是梁姓的竹园，所以有种种鸟兽前来借住，往往在夏天黄昏时候，阵雨将要到来，小孩向北窃窥，看见楼上窗口伸出猫脸似的，或狗头似的，不晓是什么鸟兽的脸孔来，觉得又是害怕又是爱看，着实很有兴趣。现在却把这一部分全都改造了，东边是一间南向的堂屋，后面朝北的一间作为母亲的住房，西边朝南的是祖母的住房，后边一间是通往第六进的厨房的通路，以及楼梯的所在。楼上也都修复了，共有两间，则作为鲁迅的住房。为什么荒废了几十年的破房子，在这时候重新来修造的呢？自从房屋被太平天国战役毁坏以来，已经过了四十多年，中间祖父虽然点了翰林，却一直没有修复起来，后来在北京做京官，捐内阁中书，以及纳妾，也只是花钱，没有余力顾到家里，这回却总算修好，可以住得人了。这个理由并不是因为有力量修房子，家里还是照旧的困难，实在乃因必要，鲁迅是在那一年里预备回家，就此完姻的。楼上两间乃是新房，这也是在我回家之后才知道的。当初重修房屋与鲁迅结婚的事情，我在南京仿佛事前并不得知，那时或者也曾信里说及，不知怎的现在却全不记得了。总之鲁迅的结婚仪式是怎么样的，我不在场，故全然不清楚，想必一切都照旧式的罢。头上没有辫子，怎么戴得红缨大帽，想当然只好戴上一条假辫罢？我到家的时候，鲁迅已是光头着大衫，也不好再打听他当时的情形了。"新人"是丁家弄的朱宅，乃是本家叔祖母玉田夫人的同族，由玉田的儿媳伯挩夫人做媒成功的，伯挩夫人乃出于观音桥赵氏，也是绍兴的大族，人极漂亮能干，有王凤姐之风，平素和鲁老太太也顶讲得来，可是这一件事却做得十分不高明。新人极为矮小，颇有发育不全的样子，这些情形姑媳不会得不晓得，却是成心欺骗，这是很对不起人的。本来父母包办子女的婚姻，容易上媒婆的当，这回并不是平常的媒婆，却上了本家极要好的妯娌的当，可以算是意外的事了。

往日本去

　　这回的启行也同癸卯（一九〇三）年秋天那一回差不多，有伴侣偕行，而且从绍兴直到日本，所以路上很是不寂寞。这同行的是什么人呢？这人乃是邵明之，名文镕，绍兴人，留学日本北海道札幌地方，学造铁路，北海道是日本少数民族多须的虾夷聚居之地，多雪多熊，邵君面圆而黑，又多胡子，所以鲁迅送他一个日本绰号叫作"熊爷"。（日本语用一个"様"字，加在名氏下面，用作称呼，不问身份高低，悉可通用，很是方便，犹如法文里的 M 一样。就是中国没有适宜的字，现在一般公用，例如税关邮局银行的通信，一律都是直呼姓名，未免太是简单。老实说来，那种称呼或者是封建遗风倒未可知，直截的叫法反是民主的，现在学生中间和一般社会通行，可以为证。但是也有应了年龄，加上一个老字或是小字的，例如说"老赵"或是"小钱"，或将老字加在姓的底下，表示尊敬，可见也有相同的表示。不过没有一个可以一切通用的称呼罢了。）平常鲁迅是很看不起学铁路的，虽然自己是矿路学堂的出身，因为那一班进岩仓铁道学校的速成班的，目的只是在赚钱，若是进高等专门的学习铁道，那自然是另眼相看的。在《鲁迅的青年时代》里面，有一张插画，后边站着许寿裳和鲁迅，在许寿裳前面的即是邵明之其人，鲁迅前面的则是陈公侠，即是后来的陈仪，一时改为陈毅，民国以后这才恢复原名。在照相那时，可能是弘文学院刚毕业，开始分别进高等专门，经过两年的学习，鲁迅已经学完医学校的前期

125

功课，因思想改变，从救济病苦的医术，改而为从事改造思想的文艺运动了，所以决心于医校退学之后回家一转，解决多年延搁的结婚问题，再行卷土重来，做《新生》的文学活动。其时邵君适值回乡，于是约定一同回日本去，那时候有邵君的友人张午楼也要同行，所以我们这一行总共有四个人，都是由绍兴出发，可是分作两批，约定在西兴会合，共乘小火轮拖船前往上海。到了上海之后，由于邵君的主意，特别在后马路或是五马路的一家客栈里住下，这不是普通的客栈，乃是湖州丝业商人的专门住宿的地方，不过别人也可以住得，邵君不晓得以什么关系，得到了这一种的特权，现在却是忘记了。因为不是普通的客店，所以多少觉得清净，可是因为我们住客太不老实了，以致别的客人啧有烦言，这其实要怪我们的不好。那时我们几个人都年少气盛，难免自高自大，蔑视别人，因为主张打倒迷信，破除敬惜字纸的陋习，平常上厕所去总使用报纸，其实这是很不合卫生的一件事，尤其是犯人家的嫌恶，讨厌你亵渎字纸还是其次，第一是要连累他也犯了罪了。那客栈的住客于是联合抗议，表面上很是和平，说愿意供给上茅厕用的草纸，请勿用字纸，以免别人望而生畏。对于这种内刚而外柔的抗议，结果只好屈服了事，因为没法僵持下去，事实显然是我们理屈的。在这里大约也停留了三五天之久，因为一则要候买船票，二则我和张午楼都要剪去辫子。我的剪发很花工本，那时上海只有一个剃头匠，他有一把"轧剪"，能够轧平而不是剃光，轧发的工钱只要大洋一元，但是附带有一个条件，剪下来的辫子是归他所有，由他去做成假发或假辫，又有二三元的进益。他寄住在一家什么小客栈里，顾客跑去请教，倒还相当便利清闲。张午楼为的贪图便利，只叫普通剃头匠一刮了事，虽然是省事，但是刮得精光像是一个和尚，一时长不起来，在日本去的船上很被人家所注目，却也是一种讨厌的事情。

126

留学的回忆

我到现在来写留学的回忆，觉得有点不合时宜，因为这已是三十多年前的事了，无论在中日哪一方面，不是五十岁以上的人不会了解，或者要感觉不喜欢也说不定。但是因为记者先生的雅意不好推却，勉强答应了下来，写这一回，有许多话以前都已说过了，所以这里也没有什么新材料可以加添，要请原谅。

我初到东京的那一年是清光绪三十二年，即明治三十九年，正是日俄战争结束后一年。现在中国青年大抵都已不知道了，就是日本人恐怕也未尝切实地知道，那时日本曾经给予我们多大的影响，这共有两件事，一是明治维新，一是日俄战争。当时中国知识阶级最深切地感到本国的危机，第一忧虑的是如何救国，可以免于西洋各国的侵略，所以见了日本维新的成功，发现了变法自强的道路，非常兴奋，见了对俄的胜利，又增加了不少勇气，觉得抵御西洋，保全东亚，不是不可能的事。中国派留学生往日本，其用意差不多就在于此，我们留学去的人除了速成法政铁道警察以外，也自然都受了这影响，用现在时髦话来说，即是都热烈地抱着兴亚的意气的。中国人如何佩服赞叹日本的明治维新，对于日俄战争如何祈望日本的胜利，现在想起来实在不禁感觉奇异，率真地说，这比去年大东亚战争勃发的时候还要更真诚更热烈几分，假如近来三十年内不曾发生波折，这种感情能维持到现在，什么难问题都早已解决了。过去的事情无法挽回，但是像我们年纪的人，明治时代在东京住过，

127

民国以来住在北京，这种感慨实在很深，明知无益而不免要说，或者也是可恕的常情罢。

我在东京是在这样的时候，所以环境可以说是很好的了。我后来常听见日本人说，中国留日学生回国后多变成抗日，大约是在日本的时候遇见公寓老板或警察的欺侮，所以感情不好，激而出于反抗的罢。我听了很是怀疑，以我自己的经验来说，并不曾遇见多大的欺侮，而且即使有过不愉快的事，也何至于以这类的细故影响到家国大事上去，这是凡有理智的人所不为的。我初去东京是和鲁迅在一起，我们在东京的生活是完全日本化的。有好些留学生过不惯日本的生活，住在下宿里要用桌椅，有人买不起卧床，至于爬上壁橱（户棚）去睡觉，吃的也非热饭不可，这种人常为我们所非笑，因为我们觉得不能吃苦何必出外，而且到日本来单学一点技术回去，结局也终是皮毛，如不从生活上去体验，对于日本事情便无法深知的。我们是官费生，但是低级的，生活不能阔绰，所以上边的主张似乎有点像《伊索寓言》里酸蒲桃的话，可是在理论上我觉得这也是本来很有道理的。我们住的是普通下宿，四张半席子的一间，书箱之外只有一张矮几两个垫子，上学校时穿学生服，平常只是和服穿裙着木屐，下雨时或穿皮鞋，但是后来我也改用高齿屐（足驮）了。一日两餐吃的是下宿的饭，在校时带饭盒，记得在顺天堂左近东竹町住的时候，有一年多老吃咸甜煮的圆豆腐（雁拟），我们大为惶恐，虽然后来自家煮了来吃也还是很好的。这其实只是一时吃厌了的缘故，所以有这一件笑话，对于其他食物都是遇着便吃，别无什么不满。点心最初多买今川小路风月堂的，也常照顾大学前的青木堂，后来知道找本乡的冈野与藤村了，有一回在神田什么店里得到寄卖的柿羊羹，这是大垣地方的名物，装在半节青竹里，一面贴着竹箸，其风味绝佳，不久不知为何再也买不到了，曾为惋惜久之。总之衣食住各方面我们过的全是日本生活，不但没有什么不便，惯了还觉得很有趣，我自己在东京住了六年，便不曾回过一次家，我称东京为第二故乡，也就是这个缘故。鲁迅在仙台医学校时还曾经受到种种激刺，我却是没有。说在留日时代会造下抗日的原因，我总深以为疑，照我们自己的经验来看，相信这是不会有的。但是后来却明白了。留学过日本的人，除了只看见日本之西洋模拟的文明一部分的人不算外，在相当时间与日本的生活和文化接触之后，大抵都发生一种好感，分析起来仍不外是这两样分子，即是对于前进的新社会之心折，与东洋民族的感情的联系，实亦即上文所云明治维新与日俄战争之影响的一面也。可是他如回到本国来，见到有些事与他平素所有的日本印象不符的时候，那么他便敏捷地感到，比不知道日本的人更深地感觉不满，此其一。还有所谓支那通者，追随英美的传教师以著书宣扬中国的恶德为事，于记述嫖赌鸦片之外，或摘取春秋列国以及三国志故事为资料，信口谩骂，不懂日文者不能知，或知之而以为外国文人之常，亦不敢怪，留学生则知日本国内不如此，对于西洋亦不如此，便自不免心中不服，渐由小事而成为大问题矣，此其二。本来一国数千年历史中，均不乏此种材料，可供指摘者，但君子自重，不敢为耳。古人云，蚁穴溃堤。以极无聊的琐屑事，往往为不堪设想的祸害之因，吾人经此事变之后，创巨痛深，甚愿于此互勉，我因为回忆而想起留学抗日生之原因，故略为说及，以为愚者一得之献也。

我在东京住过的地方是本乡与麻布两处，所以回忆中觉得不能忘记的也以这两区的附近为多。最初是在汤岛，随后由东竹町转至西片町，末了远移麻布，在森元町住了一年余。我们那时还无银座散步的风气，晚间有暇大抵只是看夜店与书摊，所以最记得的是本乡三丁目大学前面这一条街，以及神田神保町的表里街道。从东竹町往神田，总是徒步过御茶之水桥，由甲贺町至骏河台下，从西片町往本乡三丁目，则走过阿部伯爵邸前的大椎树，渡过旱板桥（空桥），出森川町以至大学前。这两条路走得很熟了，至今想起来还如在目前，神保町的书肆以及大学前的夜店，也同样地清楚记得。住

129

在麻布的时候，往神田去须步行到芝园桥坐电车，终点是赤羽桥，离森元町只有一箭之路，可是车行要三十分钟左右，走过好些荒凉的地方，颇有乘火车之感，也觉得颇有趣味。有时白昼往来，则在芝园桥的前一站即增上寺前下车，进了山门，从寺的左侧走出后门，出芝公园，就到寓所，这一条路称得起城市山林，别有风致，但是一到傍晚后门就关上了，所以这在夜间是不能利用的。我对于这几条道路不知怎的很有点留恋，这样的例在本国却还不多，只有在南京学校的时候，礼拜日放假往城南去玩，夜里回来，从鼓楼到三牌楼马路两旁都是高大的树，浓荫覆地，阒无人声，仿佛随时可以有绿林豪客蹿出来的样子，我们二三同学独在这中间且谈且走，虽是另外一种情景，却也还深深记得，约略可以相比耳。

我留学日本是在明治末期，所以我所知道，感觉喜欢的，也还只是明治时代的日本。说是日本，其实除东京外不曾走过什么地方，所以说到底这又只是以明治末年的东京为代表的日本，这在当时或者不妨如此说，但在现今当然不能再是这样了。我们明白，三十几年来的日本已经大有改变，进步很大，但这是论理的话，若是论情，则在回想里最可念的自然还是旧的东京耳。民国二十三年夏天，我因学校休假，同内人往东京闲住了两个月，看了大震灾后伟大的复兴，一面很是佩服，但是一面却特地去找地震时没有被毁的地区，在本乡菊坂町的旅馆寄寓，因为我觉得到日本去住洋房吃面包不是我的本意。这一件小事可以知道我们的情绪是如何倾于守旧。我的书架上有一部《东京案内》，两大册，明治四十年东京市编纂，裳华房出版的，书是很旧了，却是怀旧的好资料。在这文章写的时候，拿出书来看着，不知怎的觉得即在大东亚战争之下，在东亚也还是"西洋的"在占势力，于今来写东洋的旧式的回忆，实在也只是"悲哀的玩具"而已。

怀　旧

读了郝秋圃君的杂感《听一位华侨谈话》，不禁引起我的怀旧之思。我的感想并不是关于侨民与海军的大问题的，只是对于那个南京海军鱼雷枪炮学校的前身，略有一点回忆罢了。

海军鱼雷枪炮学校大约是以前的《封神传》式的"雷电学校"的改称，但是我在那里的时候，还叫作"江南水师学堂"，这已是二十年前的事情了。那时鱼雷刚才停办，由驾驶管轮的学生兼习，不过大家都不用心。所以我现在除了什么"白头鱼雷"等几个名词以外，差不多忘记完了。

旧日的师长里很有不能忘记的人，我是极表尊敬的，但是不便发表，只把同学的有名人物数一数罢。勋四位的杜锡珪君要算是最阔了，说来惭愧，他是我进校的那一年毕业的，所以终于"无缘识荆"。同校三年，比我们早一班毕业的里边，有中将戈克安君是有名的，又倘若友人所说不误，现任的南京海军……学校校长也是这一班的前辈了。江西派的诗人胡诗庐君与杜君是同年，只因他是管轮班，所以我还得见过他的诗稿。而于我的同班呢，还未出过如此有名的人物，而且又多未便发麦，只好提出一两个故人来说说了。第一个是赵伯先君，第二个是俞榆孙君。伯先随后改入陆师学堂，死于革命运动，榆孙也改入京师医学馆，去年死于防疫。这两个朋友恰巧先后都住在管轮堂第一号，便时常连带地想起。那时刘声元君也在那里学鱼雷，住在第二号，每日同俞君角力，这个情形还宛在目前。

学校的西北角是鱼雷堂旧址，旁边朝南有三间屋曰关帝庙，据说原来是游泳池，因为溺死过两个小的学生，总办命令把他填平，改建关帝庙，用以镇压不祥。庙里住着一个更夫，约有六十多岁，自称是个都司，每日三次往管轮堂的茶炉去取开水，经过我的铁格窗外，必定和我点头招呼（和人家自然也是一样），有时拿了自养的一只母鸡所生的鸡蛋来兜售，小洋一角买十六个。他很喜欢和别人谈长毛时事，他的都司大约就在那时得来，可惜我当时不知道这些谈话的价值，不大愿意同他去谈，到了现在回想起来，实在觉得可惜了。

关帝庙之东有几排洋房，便是鱼雷厂机器厂等，再往南去是驾驶堂的号舍了。鱼雷厂上午八时开门，中午休息，下午至四五时关门。厂门里边两旁放着几个红色油漆的水雷，这个庞大笨重的印象至今还留在脑里。看去似乎是有了年纪的东西，但新式的是怎么样子，我在那里终于没见过。厂里有许多工匠，每天在那里摩擦鱼雷，我听见教师说，鱼雷的作用全靠着磷铜缸的气压，所以看着他们摩擦，心想这样地擦去，不要把铜渐渐擦薄了么，不禁代为着急。不知现在已否买添，还是仍旧摩擦着那几个原有的呢？郝君自感中云，"军火重地，严守秘密……唯鱼雷及机器场始终未参观"，与我旧有的印象截然不同，不禁使我发生了极大的今昔之感了。

水师学堂是我在本国学过的唯一的学校，所以回想与怀恋很多，一时写说不尽，现在只略举一二，纪念二十年前我们在校时的自由宽懈的日子而已。

怀旧之二

在《青光》上见到仲贤先生的《十五年前的回忆》，想起在江南水师学堂的一二旧事，与仲贤先生所说的略有相关，便又记了出来，做这一篇《怀旧之二》。

我们在校的时候，管轮堂及驾驶堂的学生虽然很是隔膜，却还不至于互相仇视，不过因为驾驶毕业的可以做到"船主"，而管轮的前程至大也只是一个"大伻"，终于是船主的下属，所以驾驶学生的身份似乎要高傲一点了。班次的阶级，便是头班和二班或副额的关系，却更要不平，这种实例很多，现在略举一二。学生房内的用具，照例向学堂领用，但二班以下只准用一顶桌子，头班却可以占用两顶以上，陈设着仲贤先生说的那些"花瓶自鸣钟"。我的一个朋友W君同头班的C君同住，后来他迁往别的号舍，把自己固有的桌子以外又搬去C君的三顶之一。C君勃然大怒，骂道："你们即使讲革命，也不能革到这个地步。"过了几天，C君的好友K君向着W君寻衅，说"我便打你们这些康党"，几乎大挥老拳，大家都知道是桌子风潮的余波。

头班在饭厅的座位都有一定，每桌至多不过六人，都是同班至好或是低级里附和他们的小友，从容谈笑地吃着，不必抢夺吞咽。阶级低的学生便不能这样的舒服，他们一听吃饭的号声，便须直奔向饭厅里去，在非头班所占据的桌上见到一个空位，赶紧坐下，这一餐的饭才算安稳到手了。在这大众奔窜之中，头班却比平常更从容地，张开两只臂膊，像螃蟹似的，在雁木形的过廊中央，大摇大摆地踱方步。走在他后面的人，不敢僭越，只能也跟着他踱，到得饭厅，急忙得各处乱钻，好像是晚上寻不着窠的鸡，好容易找到位置，一碗雪里蕻上面的几片肥肉也早已不见，只好吃一顿素饭罢了。我们几个人不佩服这个阶级制度，往往从他的臂膊间挤过，冲向前去，这一件事或者也就是革命党的一个证据罢。

仲贤先生的回忆中，最令我注意的是那山上的一只大狼，因为正同老更夫一样，他也是我的老相识。我们在校时，每到晚饭后常往后山上去游玩，但是因为山坳里的农家有许多狗，时以恶声相向，所以我们习惯都拿一支棒出去。一天的傍晚我同友人 L 君出了学堂，向着半山的一座古庙走去，这是同学常来借了房间叉麻雀的地方。我们沿着同校舍平行的一条小路前进，两旁都生着稻麦之类，有三四尺高。走到一处十字岔口，我们看见左边横路旁伏着一只大狗，照例挥起我们的棒，他便蹿去麦田里不见了。我们走了一程，到了第二个十字岔口，却又见这只狗从麦丛里露出半个身子，随即蹿向前面的田里去了。我们觉得他的行为有点古怪，又看见他的尾巴似乎异常，猜想他不是寻常的狗，于是便把这一天的散步中止了。后来同学中也还有人遇见过他，因为手里有棒，大抵是他先回避了。原来过了五六年之后他还在那里，而且居然"白昼伤人"起来了。不知道他现今还健在否？很想得到机会，去向现在南京海军鱼雷枪炮学校的同学打听一声。

十天以前写了一篇，从邮局寄给报社，不知怎的中途失落了，现在重新写过，却没有先前的兴致，只能把文中的大意记录出来罢了。

监狱生活

　　到了一九四五年八月，日本终于无条件投降了，抗日战争得到胜利，凡是在敌伪时期做过事的人当然要受到处分，不过虽有这个觉悟，而难望能够得到公平的处理，因为国民党政府的一个目的是在于"劫收"，并不是为别的事情。我这里没有其他宝贝，只有一块刻着"圣清宗室盛昱"六字的田黄石章和摩伐陀（Movado）牌的一只钢表，一总才值七八百块钱，也被那带枪的特务所偷去，幸而他们不要破砖瓦，所以那块凤凰砖和永明砖砚总算留下了。这是那年十二月六日的事，他们把我带到有名的炮局胡同的狱舍里，到第二年五月才用飞机送往南京，共总十二个人，最初住在老虎桥首都监狱的忠舍，随后又移至义舍，末了又移往东独居，这是一人一小间，就觉得很是不错了。这一直住到民国三十八年（一九四九）一月廿六日，那时南京政府已经坍台了，这才叫我们保释出去，第三天到得上海，正是阴历的除夕了。

　　在北京的炮局是归中统的特务管理的，诸事要严格一点，各人编一个号码，晚上要分房按号点呼，年过六十的云予优待，聚居东西大监，特许用火炉取暖，但煤须自己购备，吃饭六人一桌，本来有菜两钵，亦特予倍给。第二年五月移居南京之后，原是普通监狱，分出一部分作为看守所，都属于司法部，便很有些旧时的风气了。忠舍为看守所的一部，在西北的一角里，东西相对各有五间房子，每房要住五个人，北面有一个小院子，关起门来倒也自成一个院落。

135

住在里面的人，安定下来就开始募款，记不清那数目了，大约是每月三四十万罢，给他们做酬劳，——这叫作什么好呢？凡是在忠舍当差的人，自看守以至副所长都有所得，据说只有所长没有分润，这是我听说如此，详细也不知道。我们没有钱的也可以不出，反正忠舍的住民里不缺少富翁，他们就负担下来了，例如有一位干瘪的老头子，年纪有七十多岁了，是盛宣怀的侄子，是统售鸦片烟的，上上下下都称他为"老太爷"，便是一例。因为如此，忠舍的管理比较缓和，往来出入可以自由，烟酒什么违禁物品也可输入，所里照例每月也有检查，但是都是预先知道，由担任"外役"的人先期收集了，隐藏在板屋的顶上，检查完毕再一一归还原主。当外役的都是那些短期拘禁的犯窃盗小罪的人，有一个姓沈的少年，却很有功夫，尝亲自表演，将看守身边的东西转眼掏到手里，有一回同了好些人上法院去，回来检查的时候，向会计课领了钱出去的人找不到余剩的钱，却发现在这人的身上了，明知道偷了也是没用，但看见有好机会便忍不住要技痒了罢。不过这事也有例外，有个剃头的却是杀人犯，我曾屡次叫他理发，问起他的事情，答说是因为斗殴，与同行的兄弟两人打架，两面均拿着家伙，结果是他打赢了，对方一死一伤，但是他却吃了官司，初判死刑，后来改处有期徒刑。其人并不凶悍，所以将头颅托付他，没有觉得什么不放心，可是叫杀人犯来剃头，当初一听却是骇人听闻的了。

在忠舍大约住有一年的样子，起居虽然挤得很，却还能做一点工作，我把一个饼干洋铁罐做台，上面放一片板当作小桌子，翻译了一部英国劳斯（W. H. D. Rouse）所著的《希腊的神与英雄与人》，给了正中书局，没有出版，解放后经我重新译了，由文化生活社刊行，书名省作《希腊的神与英雄》了。此外又开始做些旧诗，就是我向来称他做打油诗的，不过这时不再做那七言律诗了，都是些七言绝句和五言古诗，那是道地的外道诗，七绝是牛山志明和尚的一派，五古则是学寒山子的，不过似乎更是疲赖一点罢了。计共有

136

《忠舍杂诗》二十首，《往昔》五续三十首，《丙戌岁暮杂诗》十一首，这里除《忠舍杂诗》外都是五言古诗。丁亥（一九四七）七月移居东独居，稍得闲静，又得商人黄焕之出狱时送我的折叠炕桌，似乎条件尽够用功了，可是成绩不够好，通计在那里住了一年半，只看了一部段注《说文解字》，一部王菉友的《说文释例》和《说文句读》，其次则是写诗，《丁亥暑中杂诗》三十首，《儿童杂事诗》七十二首，和集外的应酬和题画诗共约一百首。《儿童杂事诗》为七言绝句，最初因读英国利亚（Edward Lear）的诙谐诗，妙语天成，不可方物，略师其意，写儿戏趁韵诗数章，迄不能就，唯留存三数首，衍为儿童生活及故事诗各二十四章，后又广为三编，得七十二章焉。三十七年一年中不曾做诗，是年一月廿七日曾题诗稿之末云：

寒暑多作诗，有似发寒热。间歇现紧张，一冷复一热。转眼寒冬来，已过大寒节。这回却不算，无言对风雪。中心有蕴藏，何能托笔舌。旧稿徒千言，一字不曾说。时日既唐捐，纸墨亦可惜。据榻读《尔雅》，寄心在蠓蠛。

这时国民党政府已近末期，独居里边虽然报纸可以潜入，但是没有人要留心这些，最受欢迎的乃是《观察》周刊，他的战争通信真是犀利透彻，令人佩服。这一年里所关心的便是时局的变化，盼望这种政府的赶快覆没，虽然他大吹大擂地装作胜利归来的样子，但人家看去终不像是真的政府，便是那在大行官的法院，和峨冠博带的法官，也总是做戏一般地予人以伪的感觉，这是很奇怪的也是实在的事情。即如他的最高法院对于我的声请判决，里边有这样的一节话：

次查声请人所著之《中国的思想问题》，考其内容原属我国固有之中心思想，但声请人身任伪职，与敌人立于同

137

一阵线，主张全面和平，反对抗战国策，此种论文虽难证明为贡献敌人统治我国之意见，要亦系代表在敌人压迫下伪政府所发之呼声，自不能因日本文学报国会代表片冈铁兵之反对而卸通敌叛国之罪责。

对于那篇《中国的思想问题》，可以看作"贡献敌人统治我国之意见"，或是"代表在敌人压迫下伪政府所发之呼声"，这种武断罗织的话是本国人的公正法官所应该说的么？或者此乃是向来法官的口气也未可知，那么我只好以"作揖主义"对付之，说大人们这样说一定是不错的罢。

但是这个伪朝廷却终于坍台了，仓皇解散一切的机关，我遂于民国三十八年一月廿六日离开了老虎桥，这也是很巧的，恰好正是写那篇蠕蠕诗的一周年，我于当日口占了一首，题目是"拟题壁"，可是实在却没有题，只是记在心里，到了二月八日这才把他记了下来。诗云：

一千一百五十日，且作浮屠学闭关，今日出门桥上望，菰蒲零落满溪间。

这是赋而比也的打油诗，缺少温柔敦厚之致，那是没有法子的，但是比较丙戌（一九四六）六月所做的一首《骑驴》的诗，乃是送给傅斯年的，却是似乎还要好一点了。

138

我的笔名

　　我的别名实在也太多了，自从在书房的时候起，便种种地换花样，后来看见了还自惊讶，在那时有过这称号么，觉得很可笑的，不值得再来讲述了。现在只就和写文章有关系的略为说明，这便是所谓"笔名"，和普通一般的别名不同，是专用作文章的署名的。

　　我的最早的名字是个"魁"字，这个我已经说明过，原来乃是一个在旗的京官的姓，碰巧去访问我的祖父，那一天里他得到家信，报告我的诞生，于是就拿来做了我的小名，其后拣一个木旁的同音的字，加上"寿"字，那么连我的"书名"也就有了。但是不凑巧，木部找不着好看的字，只有木旁的一个魁字，既不好写，也没有什么意思，就被派给我做了名字，与那有名的桐城派大家刘大櫆一样。他的大名为什么也弄得这样怪里怪气的呢？这个理由，我也还没有机会查得清楚。总之我觉得没有意思，而且有北斗星的关系的号——"星杓"，也不中意，还不如叫作槐寿的好，虽然木旁一个鬼字，但比较鬼在踢斗总要好得多了。后来因为应考，请求祖父改名，他命改为同音的"奎绥"，这仍旧不脱星宿的关系，而且"奎"又训作"两髀之间"，尤其是不大雅驯，但随后看见有名的坤伶，名字叫作"喜奎"，颇疑心是促狭的文人的作怪呢。奎绥云者，也不过是挂在前面的阔带子，即古代之所谓韍也。

　　我既然决定进水师学堂，监督公用了"周王寿考，遐不作人"的典故，给我更名，又起号曰朴士，不过因为叫起来不响亮，不曾使用，那时鲁迅因为小名曰"张"，所以别号"弧孟"，我就照他的样子自号曰"起孟"。这个号一直沿用下来，直到后来章太炎先生于一九〇九年春夏之间写一封信来，招我们去共学梵文，写作"豫哉启明兄"，我便从此改写启明，随后《语丝》上面的岂明，开明以及难明，也就从这里引申出来了。

如今说话且退回去，讲那萍云女士罢。这萍云的号也只是那时别号之一，如日记上见着的什么不柯，天歉，顽石一样，不久也就废弃了罢。但是因为给《女子世界》做文章的关系，所以加上女士字样，至于萍云的文字大抵也只取其漂泊无定的意思罢了。碧罗是怎么来的呢，那已经忘记是什么用意，或者是"秋云如罗"的典故罢，或者只是临时想起，以后随即放下了也未可知。萍云的名字在《女子世界》还是用着，记得有一回抄撮《旧约》里的夏娃故事，给他写了一篇《女祸传》，给女性发过一大通牢骚呢。少年的男子常有一个时期喜欢假冒女性，向杂志通信投稿，这也未必是看轻编辑先生会得重女轻男，也无非是某种初恋的形式，是慕少艾的一种表示罢。自己有过这种经验，便不会对于后辈青年同样的行为感到诧异与非难了。

离开南京学堂以后，所常用的笔名是一个"独应"，故典出在《庄子》里，不过是怎么一句话，那现在已经记不得了。还有一个是"仲密"，这是听了章太炎先生讲《说文解字》以后才制定的，因为《说文》里说，周字从用口，训作"密也"，仲字则是说的排行。前者用于刘申叔所办的《天义报》，后来在《河南》杂志上做文章也用的是这个笔名，后者则用于《民报》，我在上边登载过用"仲密"名义所译的两篇文字，其一是斯谛普虐克的宣传小说《一文钱》，现在收入《域外小说集》中，其二是克罗泡金的《西伯利亚纪行》，不过这登在第二十四期上，被日本政府禁止了，其后国民党（那时还是同盟会）在巴黎复刊《民报》，却另外编印第二十四期，并未将东京《民报》重新翻印，所以这篇文章也就从此不见天日了。

140

其后翻译小说卖钱，觉得用笔名与真姓名都不大合适，于是又来用半真半假的名氏，这便是《红星佚史》和《匈奴奇士录》的周逴。当初只读半边字，认为从卓声，与"作"当是同音，却不晓得这读如"绰"，有点不合了，不过那也是无碍于事的。民国以来还有些别的笔名，不过那是另一段落的事了，现在这里姑且从略，——我只可惜不曾使用那"槐寿"的笔名，这其实是我所很喜欢的名字，很想把他来做真姓名用呢。

我的工作（一）

　　民国三十八年（一九四九）八月五日与尤君约定同行赴北京，九日上午五时半至虬江路候买火车票，不得，八时半回来，因买票人众多，须先一日往候方可。十日下午八时后同平白至虬江路，候编号后回来，由平白派其长子彻夜守候。十一日上午五时往虬江路，候盖戳又编新号，八时顷先回，九时半又去凭编号并照相，买北平二等票，计三万六百廿元，取得收据，回家已十时半。十二日上午寄存行李二件，五十一公斤，运费一万九千余元。下午二时出发，五点五十分火车开行，各有座位。十三日上午九时后至安徽嘉山县，因有飞机警报，停车直至下午四时始行。十四日下午八时至天津，十一时半到北京。那时因为秩序恢复不久，旅行所以还有些困难，但是拿去与那回逃难的火车相比，真是不可同年而语了。

　　既然平安地到了北京，安静地住了下来，于是我要来认真地考虑我所能做的工作了。我过去虽然是教书的，不过那乃是我的职业，换句话说乃是拿钱吃饭的方便，其实教书不是我的能力所及的。那么估量自己的力量，到底可以干些什么工作呢？想来想去，勉强地说还是翻译罢，不过这里也有限度，我所觉得喜欢也愿意译的，是古希腊和日本的有些作品。我的外文知识很是有限，哲学或史诗等大部头的书不敢轻易染指，不能担当重任，过去也没有机会可以把翻译的工作当作职业，所以两者只好分开了。这回到北京以后，承党的照顾让我去搞那两样翻译，实在是过去多年一直求之不得的事情。我弄古希腊的东西，最早是那一册《希腊拟曲》，还是在一九三二年译成，第二年由商务印书馆出版的。第二种乃是《希腊女诗人萨波》，一九四九年编译好了，经上海出版公司印行了三千册，就绝版了。这乃是一种以介绍萨波遗诗为主的评传，因为她的诗被古来基督教的皇帝所禁止焚毁，后人采集佚文只存八十章左右，还多是一句两句，要想单独译述，只有十多页罢了，在这评传里却几乎收容了她全部遗诗，所以这本小册子可以说是介绍她的诗与人的。我对于这书觉得很是满意，当时序言里说得很清楚，今抄录于后：

介绍希腊女诗人萨波到中国来的心愿，我是怀得很久了。最初得到一九〇八年英国华耳敦（Wharton）编的《萨波诗集》，我很喜欢，写过一篇古文的《希腊女诗人》，发表在绍兴的刘大白主编的《禹域日报》上边。这还是民国初年的事，荏苒三十年，华耳敦的书已经古旧了，另外得到一册一九二六年海恩斯（Haines）编的集子，加入了好些近年在埃及地方发现，新整理出来的断片，比较更为完善。可是事实上还是没有办法，外国诗不知道怎么译好，希腊语之美也不能怎么有理解，何况传达，此其一。许多半句几个字的断片，照译殊无意义，即使硬把全部写了出来，一总只有寥寥几页，订不成一本小册子，此其二。末了又搜求到了一九三二年韦格耳（Arthur Weigall）的《勒斯婆思的萨波（Sappho of Lesbos），她的生活与其时代》，这才发现了一种介绍的新方法。他是英国人，曾任埃及政府古物总检察官，著书甚多，有《法老史》三册，埃及王亚革那顿，女王克勒阿帕忒拉，罗马皇帝宜禄各人之生活与其时代，关于希腊者只此一书。这是一种新式的传记，特别也因为萨波的资料太少的缘故罢，很致力于时代环境的描写，大概要占十分之八九，但是借了这做底子，他把

143

萨波遗诗之稍成片段的差不多都安插在里面，可以说是传记中兼附有诗集，这是很妙的办法。一九一二年帕忒列克（Patrick）女士的《萨波与勒斯婆思岛》也有这个意思，可是她真的把诗另附在后面，本文也写得很简单，所以我从前虽然也觉得可喜，却不曾想要翻译他。近来缮阅韦格耳书，摘译了其中六章，把萨波的生活大概都说及了，遗诗也什九收罗在内，聊以了我多年的心愿，可以算是一件愉快的事。有些讲风土及衣食住的地方，或者有人觉得烦琐，这小毛病当然也可以说是有的，但于知人论世上面大概亦不无用处，我常想假如有人来做一部杜少陵或是陆放翁的新式传记，不知他能否在这些方面有同样的叙述，使我们知道唐宋人日常的饮食起居，可以推想我们的诗人家居的情状，在我觉得这是非常可以感谢的。所有这些问题都是原著者的事，可以说是于我无干，我的工作是在本文以外，即是附录中的那些萨波的原诗译文，一一校对海恩斯本的原文，用了学究的态度抄录出来，只是粗拙的达旨，成绩不好，但在我却是十分想用力的。既无诗形，也少诗味，未必值得读，但是介绍在《诗经》时代的女诗人的诗到中国来，这件事还是值得做的。古典文学即是世界文学的一部分，我们中国应当也取得一份，只是担负的力气太小，所以也分得太少罢了。

　　　　　　　　　　　　一九四九年八月二日，在上海

　　这篇序文是在横浜桥头的亭子间里所写，书编成后将原稿托付康嗣群君，经他转交给上海出版公司，后来郑西谛君知道了，他竭力怂恿公司的老板付印，并且将他收入他所主编的文艺复兴丛书里边。古来有句话，索解人难得，若是西谛可以算是一个解人，但是现在可是已经不可再得了。

我的工作（二）

我回到北京以后，所做的第二件事乃是重译英国劳斯的《希腊的神与英雄与人》。我这所谓重译，实在乃是第二次翻译，综计我的翻译工作这样重译的共总有两种，其他一种乃是希腊人所著的《希腊神话》，与这是属于同类的，这虽然全是出于偶然，但也可见我与希腊神话的缘分是怎样的深了。这部书的原著者是英国人，照我的计划是并不在我的翻译范围以内，但是他是关于希腊神话的，而且他的人与文章更使我觉得爱好，所以决心要译他出来。他是有名的古典学者，是勒布古典丛书的编者之一人，自己译注有农诺斯（Nonnos）的《狄俄女西阿卡》（*Dionysiaka*）三册，又通现代希腊语，译有小说集名曰"在希腊诸岛"。他的文章据他小序里说，是这样来的：

> 这些故事是讲给十岁至十二岁的小孩听过的，因了这些小孩们的批评，意识的或非意识的，都曾得到了许多益处。
>
> 这故事讲来像是一个联结的整篇的各部分，正如希腊人所想的那么样，虽然各人一定的知道他的地方的传说最是清楚。未了的世系亦于参考上可以有用。这大抵是从赫西俄多斯来的，可是我所利用的古作家，乃是上自荷马，下至农诺斯。假如我有时候在对话中采用我的想象，那么

145

荷马和农诺斯他们也是如此的。

我于书的末尾加上一个附录，在译后附记的第五节"关于本书"，有这几句话：

这本书因为翻译过两遍，所以可以说弄得很有点清楚了。他的好处我可以简单地举出两点来。其一是诙谐。基督教国人讲异教的故事，意识的或非意识的表示不敬，以滑稽的形式表现出来，原是可以有的，加上英国人的喜欢幽默，似乎不能算是什么特别，但是这里却有些不同。如四十二节战神打仗中所说，希腊诗人常对神们开一点玩笑，但他们是一个和气的种族，也都能好意地接受了。这本是希腊的老百姓的态度，因为自己是如此，所以以为神们也是一样。著者的友谊的玩笑乃是根据这种人民的诗人的精神和手法而来，自然与清教徒的绅士不是一样的。其二是简单。简单是文章最高的标准，可是很不容易做到。这书里讲有些故事却能够达到几分，说得大一点这是学得史诗的手法，其实民间文学的佳作里也都是有的。例如第四十四节爱与心的故事，内容颇是复杂，却那么剪裁下来，粗枝大叶的却又疏劲有致，是很不容易的事。又如关于特洛亚的十年战争，说起来着实头绪纷繁，现在只用不和神女的金苹果等三节就把他结束了，而且所挑选的又是那几个特别好玩的场面，木马一段也抛弃了，这种本事实在可以佩服。总之在英美人所做的希腊神话故事书中这一册实是最好的，理由有如在序文中所说，原著者是深悉神话与希腊两方面的人，故胜过一般的文学者也。

一九四九年十一月一日，在北京记

全书约可十五万字，译稿自九月十三日起手，至十月廿七日译成，凡四十五日，其中还有十天休息，可以算是很快了。译好后仍旧寄给康君，由他转给文化生活出版社刊行，承李芾甘君赏识，亲予校勘，这是很可感谢的。本书的运气总算要比《希腊女诗人》好得多了，他出过好几版，销行总在万册以上，这在以前是很不容易达到的。古人有句话，敝帚千金，我虽然没有这种脾气，可是对于此书却不免有这样感情。我因为以不知为不知，对于文学什么早已关了门，但是也有知之为知之，这仍旧留着小门不曾关闭，如关于神话是也。所以对于神话什么的问题，仍然是有些主张发表，在原书出版的第二年即民国廿四年，我写一篇介绍的文章，里边发牢骚说：

可喜别国的小孩子有好书读，我们独无。这大约是不可免的。中国是无论如何喜欢读经的国度，神话这种不经的东西自然不在可读之列。还有，中国总是喜欢文以载道的。希腊与日本的神话纵然美妙，若论其意义则其一多是仪式的说明，其他又满是政治的色味，当然没有意思，这要当作故事听，又要讲得写得好，而在中国却偏偏都是少有人理会的。

现今已是差不多三十年后，情形当然改变了许多了，但是我却还觉得他印得少，不大有人知道，虽然他的译文也有缺点，如在译本序中所说，文句生硬，字义艰深，小学生不容易自己读懂，这是最大的毛病，有人介绍原书，说自八岁至八十岁的儿童读了当无不喜欢，我这译本只好请八十以内的小孩读了，再去讲给八岁以上的小孩听去罢。写到这里，自己不禁苦笑了，再过一两年真要到八十了，却还是那样地喜爱"小人书"，可不是也正是八十岁的小孩，如著者所说，"我常看见小孩们很像那猴子，就只差一条尾巴"么？

147

我的工作（三）

　　一九五〇年一月承蒙出版总署署长叶圣陶君和秘书金灿然君的过访，叶君是本来认识的，他这回是来叫我翻译书，没有说定什么书，就是说译希腊文罢了。过了几天郑西谛君替我从中法大学图书馆借来一册《伊索寓言》，差人送了来，那是希腊文和法文译本，我便根据了这个翻译。这就是我给公家译书的开始。就只可惜在北京找参考书不够容易，想找别的本子参校一下，或者需用插图，都无法寻找，就是再版时要用原书复校一回，却已无从查访，因为中法大学的书不知道归在哪一个图书馆里了。因此即使明知道那里有些排错的地方，却也无法加以订正，其实《伊索寓言》的原本在西洋大概是很普通的，很容易得到，不过在我们个人的手头是没有罢了。这本商伯利（Chambry）本的《伊索寓言》共计三百五十八则，自三月十三日起至五月八日止，共计两个月弱，译得不算怎么仔细，但是加有注释六十四条，可以说是还可满意的。伊索原名埃索坡斯（Aisopos），由于西洋人向来是用罗马人的拼法，用拉丁字拼希腊文的 Ai 照例是 Ae，又经英国人去读便一变而为"伊"了。又略掉语尾，所以成为"伊索"。这个译名大概起于清光绪年间，林琴南初次译《伊索寓言》的时候，但在这以前却已有过《意拾蒙引》，于一八四〇年顷在广东出版，更早则一六二六年也有此书在西安出版，是意大利人金尼阁口述的，书名曰"况义"，共二十二则，跋言况之为言比也，那么也就是比喻之意。译本的《关于伊索寓言》里我有

几句话道:

> 《伊索寓言》向来一直被认为启蒙用书,以为这里故事
> 简单有趣,教训切实有用,其实这是不对的,于儿童相宜
> 的自是一般动物故事,并不一定要是寓言,而寓言中的教
> 训反是累赘,说一句煞风景的话,所说的多是奴隶的道德,
> 更是不足为训。

即如译本中第一百十八则"宙斯与羞耻",乃以男娼(pornos)
为题材,更不是蒙养的适当材料了。不过话又得说回来,如下文
所说:

> 现在《伊索寓言》对于我们乃是世界的古典文学遗产
> 之一,这与印度的《本生故事》相并,我们从这里可以看
> 到古来的动物故事,像一切民间文艺一样,经了时代的淘
> 汰而留存下来,又在所含的教训上可以想见那时苦辛的人
> 生的影子,也是一种很有价值的宝贵的资料。

希腊的动物故事既然集中于伊索的名下而得到结集了,印度的
故事要比希腊更为丰富,因为多数利用为本生谈,收在佛经里边,
中国也早已译出了,就只差来一番编整工作,辑成一大册子,不过
此乃是别一种胜业,我只能插嘴一句,不是我的事情了。

我译了《伊索寓言》之后,再开始来重译《希腊神话》。那即
是我在一九三七年的时候为文化基金编译委员会所译的,本文四卷
已经译出,后来该会迁至香港,注释尚未译全,原稿也就不见了,
这回所以又是从头译起,计以一年的工夫做成,本文同注各占十万
字以上。这乃是希腊人阿波罗多洛斯(Apollodoros)所著,原书名
叫"书库"(*Bibliothêkê*),据英国人赖忒(F. A. Wright)的《希腊

晚世文学史》卷二上说：

> 第四种书，也是著作年代与人物不很确实的，是阿波
> 罗多洛斯的《书库》，希腊神话与英雄传说的一种纲要，从
> 书册中集出，用平常自然的文体所写。福都思主教在九世
> 纪时著作，以为此书著者是雅典文法家，生存于公元前百
> 四十年顷，曾著一书曰"诸神论"，但这已证明非是，我们
> 从文体上考察大抵可以认定是公元一世纪时的作品。在一
> 八八五年以前我们所有的只是这七卷书中之三卷，但在那
> 一年有人从罗马的梵谛冈图书馆里得到全书的一种节本，
> 便将这个暂去补足了那缺陷。卷一的首六章是诸神世系，
> 以后分了家系叙述下去，在卷二第十四章中我们遇到雅典
> 诸王，忒修斯在内，随后到贝罗普斯一系。我们见到特洛
> 亚战争前的各事件，战争与其结局，希腊各主帅的回家，
> 末后是俄底修斯的漂流。这些都很简易但也颇详细地写出，
> 如有人想要得点希腊神话的知识，很可以劝他不必去管那
> 些现代的参考书，最好还是一读阿波罗多洛斯，有那莆来
> 则勋爵的上好译本。

我所根据的原文便是勒布古典丛书本，里边不但附着莆来则的
上好译文，还有很有用的但或者可以看作很烦琐的注解，这所以使
得我的注释有本文一样的长，也使得读者或编辑者见了要皱眉头的。
我在前清丁未（一九〇七）年间将《红星佚史》译稿卖给商务印书
馆的时候，就受过一回教训，辛辛苦苦地编了希腊埃及的神话的注
释附在后边，及至出版时却完全删掉了。我有那时候的经验，知道
编辑的人是讨厌注释的，这回却因为原有的注太可佩服了，所以择
要保留了许多，而且必要处自己也添了些进去，虽然我看是必要，
然而人家看了总是尾大不掉，非得割去不可了。幸而本书还没有出

150

世，还不知道情形如何。

莆来则在引言上论阿波罗多洛斯的缺点说得很好，这两点在他实在乃是二而一的，他说：

> 《书库》可以说是希腊神话及英雄传说的一种梗概，叙述平易不加修饰，以文艺上所说的为依据，作者并不说采用口头传说，在证据上及事实的可能上也可以相信他并不采用，这种几乎可以确说他是完全根据书卷的了。但是他选用最好的出处，忠实地遵从原典，只是照样记述，差不多没有敢想要说明或调解原来的那些不一致或矛盾。因此他的书保存着文献的价值，当作一个精密的记载，可以考见一般希腊人对于世界及本族的起源与古史之信念。作者所有的缺点在一方面却变成他的长处，去办成他手里的这件工作。他不是哲学家，也不是辞章家，所以他编这本书时既不至于因了他学说的关系想要改窜材料，也不会为了文章的作用想要加以藻饰。他是一个平凡的人，他接受本国的传说，简直照着字面相信过去，显然别无什么疑虑。许多不一致与矛盾他都坦然地叙述，其中只有两回他曾表示意见，对于不同的说法有所选择。长庚星的女儿们（Hesperides）的苹果，他说，并不在吕比亚，如人们所想，却是在远北，从北风那边来的人们的国里，但是关于这奇怪的果子和看守果子的百头龙的存在，他似乎还没有什么怀疑。

所以他总结地说：

> 阿波罗多洛斯的《书库》乃是一个平常人的单调的编著，他重述故事，没有一点想象的笔触，没有一片热情的

光耀，这些神话传说在古代时候都曾引起希腊诗歌之不朽的篇章，希腊美术之富美的制作来过的。但是我们总还该感谢他，因为他给我们从古代文学的破船里保留下好些零星的东西，这假如没有他的卑微的工作，也将同了许多金宝早已无可挽救地沉到过去的不测的大洋里去了。

还有一点，虽然没有表明什么，他可是一个爱国者。他所搜集的神话传说很是广泛，但是限于希腊，其出于罗马文人之创造者，虽然没有说可是不曾采用，保持希腊神话的纯粹，这一点是不错的。我们希望有一册希腊人自己编的神话书，这部《书库》可以算是够得上理想的了。有那理解神话的人再来写一册给小孩们看的，如今有了劳斯的书，也可以充数了。我很高兴能够一再翻译了完成我的心愿，至于神话学的研究，那种烦琐而不通俗的东西，反正世间不欢迎，那么就可以省事不去弄他罢。

出版总署因为自己不办出版，一九五一年将翻译的事移交开明书店去办，所以这《希腊神话》的译稿于完成后便交给开明的。六月以后我应开明书店的提示，动手译希罗多德的《史记》，可是没有原典，只得从图书馆去借勒布丛书本来应用，到了第二年的一月，开明通知因为改变营业方针，将专门出青年用书，所以希罗多德的翻译用不着了，计译至第二卷九十八节遂中止了。

我的工作（四）

一九五二年"三反运动"已经过去，社会逐渐安定下来，我又继续搞翻译工作了。在这困难的期间，我将国民党所抢剩的书物"约斤"卖了好些，又抽空写了那两本《鲁迅的故家》等，不过那不是翻译，所以可无须细说了。自此以后我的工作是在人民文学出版社，首先是帮助翻译希腊的悲剧和喜剧，这是极重要也是极艰巨的工作，却由我来分担一部分，可以说是光荣，但也是一种惭愧，觉得自己实在是"没有鸟类的乡村里的蝙蝠"。我所分得的悲剧是欧里庇得斯（Euripides）的一部，他共总有十八个剧本流传下来，里边有十三个是我译的，现今都已出版，收在《欧里庇得斯悲剧集》三册的里边。希腊悲剧差不多都取材于神话，因此我在这里又得复习希腊神话的机会，这于我是不无兴趣与利益的。这十三部悲剧的本事有五种是根据特洛亚战争，两种是讲阿伽曼农王的子儿报仇，就是这战事的后日谈，可以说是特别多了，两篇是关于赫剌克勒斯的，两篇是关于"七雄攻忒拜"的，这些都是普通的神话。其中有一篇最是特别，这名为"伊翁"，是篇悲剧而内容却是后来的喜剧，又一篇名为"圆目巨人"（*Kyklops*），乃是仅存的"羊人剧"，在三个悲剧演完的时候所演出的一种笑剧，这是十分稀有而可贵的。

《伊翁》（*Iôn*）是说明一个民族起源的传说，这个族叫作伊翁族（lones），是希腊文化的先进者，据说他们的始祖即是伊翁，是阿波隆的一个儿子。他的母亲是雅典古王的女儿，名叫克瑞乌萨（Kreu-

153

sa，意思即是王女，所以这也就是等于没有名字），生下来时就被"弃置"了，可是被阿波隆庙里的女祭师所收养，长大了即成为庙里的神仆。克瑞乌萨后来嫁了斯巴达的一个君长克苏托斯，因为没有子息，同来阿波隆庙里来求神示。阿波隆告诉他，在他从庙里出来的时候遇着的那人，就是他的儿子，于是他遇着了伊翁，这样就承认他是自己的儿子，因为在少年时他有过荒唐的事情，曾经侵犯过一个女子，所以他也相信了，认为这乃是她所生的。克瑞乌萨知道了却生了气，又很是妒忌，想用毒药害死伊翁，被破获了，事很是危急的时候，那女祭师忽然赶到了，她拿了伊翁被弃置时所穿的衣饰，这才证明他原来乃是克瑞乌萨的儿子，又经雅典娜空中出现，证明一切乃是阿波隆的计策，这个戏剧以故事论实在平凡得很，但是他有几种特别的地方，很可注意。其一，希腊神话中别处没有伊翁的记载，这只在欧里庇得斯剧中保存下来。其二，欧里庇得斯在戏剧中对于神们常表示不敬，这是他特有的作风，在本剧中即说阿波隆不负责任地搞恋爱，后来又弄手段将伊翁推给克苏托斯，末后雅典娜对克瑞乌萨说：

> 所以现在不要说，这孩子是你生的，那么克苏托斯可以高兴地保有着那想象，夫人，你也可以实在地享受着幸福。

这里说得很是可笑，因为这里不但乩示说假话，而且愚弄克苏托斯，也缺少聪明正直的作风，无怪英国穆雷（G. Murray）说这剧本是挖苦神们的了。其三，这篇故事团圆结末，与普通悲剧不一样，却很有后来兴起的喜剧的意味。罗念生在《欧里庇得斯悲剧集》序文里说：

> 《伊翁》写一个弃儿的故事，剧情的热闹，弃儿的证物

154

以及最后的大团圆，为后来的世态喜剧所模仿。与其说古希腊的"新喜剧"（世态喜剧）来自阿里斯托芬的"旧喜剧"（政治讽刺剧），毋宁说来自欧里庇得斯的新型悲剧。所以欧里庇得斯对于戏剧发展的贡献，一方面是创出了悲喜剧，另一方面是为新喜剧铺好了道路。

伊翁这个字是由伊翁族引申过来的，他只把复数变成单数，所以便成为伊翁了。他本来是神的仆人，属于奴隶一类，本无法定的名字，在未遇见克苏托斯给他定名之先，原是不该叫作伊翁的。这个名字的意义，是根据从庙里"出去"（exiôn）时遇见的神示而取的，很显明地是由于文字的附会，但因了这件故事给新喜剧奠了基础，却是很有意思的事，从此被弃置的小孩终于复得，被遗弃的女郎终于成婚，戏曲小说乃大见热闹，这个影响一直流传下来，到了相当近代。

《圆目巨人》是荷马史诗中有名的一个故事，见于《俄底赛亚》卷九中，俄底修斯自述航海中所遇患难之一。这名字的意思是圆眼睛，但是一只眼睛而不是两只，所以是一种怪物，他养有许多羊，却是喜吃人肉，俄底修斯一行人落在他的手中，被吃了几个，可是俄底修斯用酒灌醉了他，拿木桩烧红刺瞎了他的独眼，逃了出来。这剧里便叙这件事，但是却拿一班羊人来做歌队，故名为羊人剧（Satyros）。羊人本为希腊神话上的小神，与酒神狄俄倪索斯的崇拜有关，是代表自然的繁殖力的，相传他们是赫耳墨斯的儿子，大概因为他的职司之一是牧羊的缘故罢。羊人的形状是毛发蒙茸，鼻圆略微上轩，耳朵上尖，有点像兽类，额上露出小角，后有尾巴像是马或是山羊，大腿以下有毛，脚也全是羊蹄，与潘（Pan）相似。他们喜欢快乐，爱喝酒，跳舞奏乐，或是睡觉，这些都和他们的首领塞勒诺斯（Seilenos）相像，只是更为懒惰懦弱罢了。他常随从着酒

155

神，一说他曾抚养教育过酒神，或又说他是羊人的父亲。剧中便由他率领着一群羊人，出去救助酒神，因为有一班海盗绑架酒神想把他卖到外国去当奴隶，却遇风飘到荒岛，为圆目巨人所捕，给他服役。这是剧中所以有羊人出现的原因，而本剧就借他们来当歌队，一群小丑似的角色带着一个副净做首领，打诨插科，仅够使剧中增加活气，至于所以必要有羊人出现，则别有原因在那里。这是原始戏剧的一种遗留，在当初他和宗教没有分化的时期，在宗教仪式上演出，以表演主神的受难——死以及复活为主题，每年总是一样的事，待到渐次分化乃以英雄苦难事迹替代，年年可以有变化，但至少最后一剧也要有些关联才好。这是说希腊的事，他们那时是崇祀狄俄倪索斯的，羊人恰是他的从者，因此乃联系得上了。悲剧是从宗教分化出来的艺术，而在分化中表示出关联的痕迹的乃是这宗羊人剧了，在这一点上这唯一保存下来的剧种是很有价值的，但我们离开了这些问题，单当他一个笑剧来看，也是足够有趣的了。

悲剧以外我也帮译了一个喜剧，那是阿里斯托芬（Aristophanes，正译应作阿里斯托法涅斯）的，名叫"财神"（*Ploutos*），收在《阿里斯托芬喜剧集》里，这是一九五四年刊行给他做纪念的。那是一篇很愉快的喜剧，希腊人相信财神是瞎眼的，所以财富向来分配得不公平，这回却一下子医好了眼睛，世上的事情全都翻了过来，读了很是快意，用不着这里再来细说。就只是古喜剧里那一段"对驳"，这是雅典公民热心民主政治关系，喜欢听议会法院的议论，在戏剧里不免近似累赘，这剧中便是主人和穷鬼对辩贫富对于人的好处，除此以外是很值得一读，因此也就值得译出来的了。——我找出《喜剧集》来，重复翻读一过之后，不禁又提起旧时的一种不快的感觉来。当初在没有印书之先，本拟把原稿分别发表一些在报刊上，以纪念作者的，这篇《财神》便分配给了《剧本》，这刊物现在早已停办了，不知为什么却终于没有实行，只在《人民文学》以及《译文》上边刊登了两篇《阿卡奈人》和《鸟》。其实这篇《财神》是够通俗可喜的，其不被采用大约是别有看法的罢。

我译欧里庇得斯悲剧到了第十三篇《斐尼基妇女》，就生了病，由于血压过高，脑血管发生了痉挛，所以还有一篇未曾译，结果《酒神的伴侣》仍由罗念生君译出了。我这病一直静养了两年，到了一九五九年的春天我才开始译书，不过那所译的是日本古典作品，并不是说日本的东西比希腊为容易，只因直行的文字较为习惯些，于病后或者要比异样的横行文字稍为好看一点也未可知，这样地过了三年，到得今年一月这才又弄希腊文，在翻译路喀阿诺斯（旧译为路吉亚诺斯）的对话了。

关于范爱农

　　偶然从书桌的抽屉里找出一个旧的纸护书来，检点里边零碎纸片的年月，最迟的是民国六年三月的快信收据，都是我离绍兴以前的东西，算来已经过了二十一年的岁月了。从前有一张太平天国的收条，记得亦是收藏在这里的，后来送了北京大学的研究所国学门，不知今尚存否。现在我所存的还有不少资料，如祖父少时所做艳诗手稿，父亲替人代做祭文草稿，在我都觉可珍重的，实在也是先人唯一的手迹了，除了书籍上尚有一二题字以外。但是这于别人有什么关系呢，可以不必絮说。护书中又有鲁迅的《哀范君三章》手稿，我的抄本附自做诗一首，又范爱农来信一封。（为行文便利起见，将诗写在前头，其实当然是信先来的。又鲁迅这里本该称豫才，却也因行文便利计而改称了。）这几页废纸对于大家或者不无一点兴趣，假如读过鲁迅的《朝花夕拾》的人不曾忘记，末了有一篇叫作"范爱农"的文章。

　　鲁迅的文章里说在北京听到爱农溺死的消息以后，"一点法子都没有。只做了四首诗，后曾在一种日报上发表，现在将要忘记了，只记得一首里的六句，起首四句是，把酒论天下，先生小酒人。大圜犹酩酊，微醉合沉沦。中间忘掉两句，末了是旧朋云散尽，余亦等轻尘。"日本改造社译本此处有注云：

　　此云中间忘掉两句，今《集外集》中有《哭范爱农》

158

一首。其中间有两句乃云，幽谷无穷夜，新宫自在春。

原稿却又不同，今将全文抄录于下，以便比较。

哀范君三章

其一

风雨飘摇日，余怀范爱农。华颠萎寥落，白眼看鸡虫。
世味秋荼苦，人间直道穷。奈何三月别，遽尔失畸躬。

其二

海草国门碧，多年老异乡。狐狸方去穴，桃偶尽登场。
故里彤云恶，炎天凛夜长。独沉清洌水，能否洗愁肠。

其三

把酒论当世，先生小酒人。大圜犹酩酊，微醉自沉沦。
此别成终古，从兹绝绪言。故人云散尽，我亦等轻尘。

题目下原署真名姓，涂改为"黄棘"二字。稿后附书四行，其文云：

我于爱农之死为之不怡累日，至今未能释然。昨忽成诗三章，随手写之，而忽将鸡虫做入，真是奇绝妙绝，辟历一声……今录上，希大鉴定家鉴定，如不恶乃可登诸《民兴》也。天下虽未必仰望已久，然我亦岂能已于言乎。二十三日，树又言。

这是信的附片，正张已没有了，不能知道是哪一月，但是在我那抄本上却有点线索可寻。抄本只有诗三章，无附言，因为我这是抄了去送给报馆的，末了却附了我自己的一首诗。

哀爱农先生

天下无独行，举世成萎靡。皓皓范夫子，生此寂寞时。

傲骨遭俗忌，屡见蝼蚁欺。坎壈终一世，毕生清水湄。

会闻此人死，令我心伤悲。峨峨使君辈，长生亦若为。

　　这诗不足道，特别是敢做五古，实在觉得差得很，不过那是以前的事，也没法子追悔，而且到底和范君有点相干，所以录了下来。但是还有重要的一点，较有用处的乃是题目下有小注"壬子八月"四个字，由此可以推知上边的二十三日当是七月，爱农的死也即在这七月里罢。据《朝花夕拾》里说，范君尸体在菱荡中找到，也证明是在秋天，虽然实在是蹲踞而并非如书上所说的直立着。我仿佛记得他们是看月去的，同去的大半是民兴报馆中人，族叔仲翔君确是去的，惜已久归道山，现在留在北方的只有宋紫佩君一人，想他还记得清楚，得便当一问之也。所谓在一种日报上登过，即是这《民兴报》，又四首乃三首之误，大抵作者写此文时在广州，只凭记忆，故有参差，旧日记中当有记录可据，但或者诗语不具录亦未可知，那么这一张底稿也就很有留存的价值了。

　　爱农的信是三月二十七号从杭州千胜桥沈寓所寄，有杭省全盛源记信局的印记，上批"局资例"，杭绍间信资照例是十二文，因为那时是民国元年，民间信局还是存在。原信系小八行书两张，其文如下：

豫才先生大鉴：

　　晤经子渊，暨接陈子英函，知大驾已自南京回。听说南京一切措施与杭绍鲁卫，如此世界，实何生为，盖吾辈生成傲骨，未能随波逐流，唯死而已，端无生理。弟于旧

160

历正月二十一日动身来杭，自知不善趋承，断无谋生机会，未能抛得西湖去，故来此小做勾留耳。现因承蒙傅励臣函邀担任师校监学事，虽然允他，拟阳月杪返绍一看，为偷生计，如可共事，或暂任数月。罗扬伯居然做第一科课长，足见实至名归，学养优美。朱幼溪亦得列入学务科员，何莫非志趣过人，后来居上，美煞美煞。令弟想已来杭，弟拟明日前往一访。相见不远，诸容面陈，专此敬请著安。

弟范斯年叩，二十七号

《越铎》事变化至此，恨恨，前言调和，光景绝望矣。又及。

这一封信里有几点是很可注意的。绝望的口气，是其一。挖苦的批评，是其二。信里与故事里人物也有接触之处，如傅励臣即孔教会会长之傅力臣，朱幼溪即接收学校之科员，《越铎》即骂都督的日报，不过所指变化却并不是报馆案，乃是说内部分裂，《民兴》即因此而产生。鲁迅诗云，桃偶尽登场，又云，白眼看鸡虫，此盖为范爱农悲剧之本根，他是实实被挤得穷极而死也。鲁迅诗后附言中于此略有所说及，但本系游戏的瘦辞，释明不易，故且从略，即如天下仰望已久一语，便是一种典故，原出于某科员之口头，想镜水稽山间曾亲闻此语者尚不乏其人欤。信中又提及不佞，则因尔时承浙江教育司令为视学，唯因家事未即赴任，所以范君杭州见访时亦未得相见也。

《朝花夕拾》里说爱农戴着毡帽，这是绍兴农夫常用的帽子，用毡制成球状，折作两层如碗，卷边向上，即可戴矣。王府井大街的帽店中今亦有售者，两边不卷，状如黑羊皮冠，价须一圆余，非农夫所戴得起，但其质地与颜色则同，染色不良，戴新帽少顷前额即现乌青，两者亦无所异也。改造社译本乃旁注毡字曰皮罗独，案查大槻文彦著《言海》，此字系西班牙语威路达之音读，汉语天鹅绒，审如所云则爱农与绍兴农夫所戴者当是天鹅绒帽，此事颇有问题，爱农或尚无不可，农夫如闰土之流实万万无此雅趣耳。改造社译本中关于陈子英有注云："姓陈名浚，徐锡麟之弟子，当时留学东京。"此亦不甚精确。子英与伯荪只是在东湖密谋革命时的同谋者，同赴日本，及伯荪在安庆发难，子英已回乡，因此乃再逃往东京，其时当在争电报之后。又关于王金发有注云"真姓名为汤寿潜"，则尤大误。王金发本在嵊县为绿林豪客，受光复会之招加入革命，亦徐案中人物，辛亥绍兴光复后来主军政，自称都督，改名王逸，但越人则唯知有王金发而已。二次革命失败后，朱瑞为浙江将军承袁世凯旨诱金发至省城杀之，人民虽喜得除得一害，然对于朱瑞之用诈杀降亦弗善也。汤寿潜为何许人，大抵在杭沪的人总当知道一点，奈何与王金发相溷。改造社译本注多有误，如平地木见于《花镜》，即日本所谓薮柑子，注以为出于内蒙古某围场；又如揍字虽是北方方言，却已见于《七侠五义》等书，普通也只是打的意思耳，而注以为系猥亵语，岂误为草字音乎。因讲范爱农而牵连到译本的注，今又牵连到别篇上去，未免有缠夹之嫌，遂即住笔。

鲁迅与范爱农

鲁迅与范爱农——这两个人的缘分真是很奇特的。他们是同乡留日学生，在日本住上好几年，只在同乡会上见过面，主张虽同而说话不投，互相瞪眼而别。这在《朝花夕拾》末篇《范爱农》中说得很是具体，时为光绪丁未即一九〇七年，阴历五月二十六日徐伯荪在安庆起义，杀了恩铭，旋即被害，六月初五日秋瑾也在绍兴被杀，同乡会议就是为的讨论这事，所以时期该在阳历七月罢。匆匆过了五年，辛亥（一九一一）革命成功，绍兴军政府任命鲁迅为本地师范学堂（其时尚未改称学校）校长，范爱农为学监，两人第二次见面，成为好友。因为学堂与鲁迅故家相距不到一里路，在办公完毕之后，范爱农便戴着农夫所用的卷边毡帽，下雨时穿着钉鞋，拿了雨伞，一直走到"里堂前"，来找鲁迅谈天。鲁老太太便替他们预备一点家乡菜，拿出老酒来，听主客高谈，大都是批评那些"呆虫"的话，老太太在后房听了有时不免独自匿笑。这样总要到十时后，才打了灯笼回学堂去，这不但在主客二人觉得愉快，便是老太太也引以为乐的。但是"好景不长"，军政府对于学校本不重视，而且因为鲁迅有学生在办报，多说闲话，更是不高兴，所以不久自动脱离，两人就连带去职了。

一九一二年元旦，南京政府成立，蔡孑民任教育部长，招鲁迅去帮忙，匆匆往南京，这两位朋友只聚会了两个月光景，又复永远分别了。范爱农失业后，在绍兴杭州间漂泊了几时，终于落水而死，

163

鲁迅那篇文章便是纪念他而做的。这件事说起来已经很古，因为中间经过了四十多年了。可是事有凑巧，近时忽然无意中找着了好些重要的材料，可以稍加说明。这乃是范爱农的几封信，都是在那时候寄给鲁迅的。其一是三月二十七日从杭州所发，其文云：

豫才先生大鉴：

　　晤经子渊，暨接陈子英函，知大驾已自南京回。听说南京一切措施与杭绍鲁卫，如此世界，实何生为，盖吾辈生成傲骨，未能随波逐流，唯死而已，端无生理。弟于旧历正月二十一日动身来杭，自知不善趋承，断无谋生机会，未能抛得西湖去，故来此小做勾留耳。现因承蒙傅励臣函邀担任师校监学事，虽未允他，拟阳月杪返绍一看，为偷生计，如可共事，或暂任数月。罗扬伯居然做第一科课长，足见实至名归，学养优美。朱幼溪亦得列入学务科员，何莫非志趣过人，后来居上，美煞美煞。令弟想已来杭，弟拟明日前往一访。相见不远，诸容面陈，专此敬请著安。

弟范斯年叩，二十七号

　　《越铎》事变化至此，恨恨，前言调和，光景绝望矣。
又及。

　　这里需要说明的，如傅励臣即《朝花夕拾》中所说后任校长孔教会会长傅力臣，朱幼溪即都督府派来的拖鼻涕的接收员，罗扬伯则是所谓新进的革命党之一人。《越铎》即是骂都督的日报，系鲁迅学生王文灏等所创办，不过所指变化却不是报馆被毁案，乃是说内部分裂，李霞卿等人分出来，另办《民兴报》，后来鲁迅的《哀范君》的诗便是登在这报上的。末后说到我往杭州事，那时浙江教育司（后来才改称教育厅）司长是沈钧儒先生，委我当本省视学，因事迟去，所以不曾遇见爱农。鲁迅往南京去，大概在三月末回家过一趟，随后跟了政府移往北京。他的壬子日记从五月开始，所以这一段事情无可查考，日记第一天是五月五日，说"舟抵天津"，想来该是四月末离绍的罢。在这以前，鲁迅和范爱农应当在家里会见过，可是这也毫无记忆了。

第二封信的日期是五月九日，也是从杭州寄出，这在壬子日记上有记录："五月十五日上午得范爱农信，九日自杭州发。"其文云：

豫才先生钧鉴：

别来数日矣，屈指行旌已可到达。子英成章已经卸却，弟之监学则为二年级诸生斥逐，亦于本月一号午后出校。此事起因虽为饭菜，实由傅励臣处置不宜，平日但求敷衍了事，一任诸生自由行动所致。弟早料必生事端，唯不料祸之及己。推及己之由，则（后改为"现悉统"）系何几仲一人所主使，唯几仲与弟结如此不解冤，弟实无从深悉。盖饭菜之事，系范显章朱祖善二公因二十八号星期日起晏，强令厨役补开，厨役以未得教务室及庶务员之命拒之，因此深恨厨役，唆令同学于次日早膳，以饭中有蜈蚣，冀泄其愤。时弟在席，当令厨役调换，一面将厨役训斥数语了事。讵范朱等愤犹未泄，于午膳时复以饭中有蜈蚣，时适弟不在席，傅励臣在席，相率不食（但发现蜈蚣时有半数食事已毕），坚欲请校长严办厨房，其意似非撤换不可。傅乃令诸生询弟，弟令厨役重煮，学生大多数赞成，且宣言如菜不敷，由伊等自购，既经范某说过重煮，定须令厨役重煮。厨役遂复煮，比熟已届上课时刻，乃请诸候选教员用膳，请之再三，而胡问涛朱祖善范显章赵士荼等一味在内喧扰不来。励乃嘱弟去唤，一面摇铃，令未饱者赶紧来

165

吃，其余均去上课。弟遂前往宣布，胡问涛以菜冷且不敷为词，弟乃云前此汝等宣言菜如不敷，由汝等自备，现在汝等既未备，无论如何只有勉强吃一点。胡等犹复刺刺不已，弟遂宣言，不愿吃又不上课，汝等来此何干，此地究非施饭学堂（施饭两字系他们所出报中语），如愿在此肄业，此刻饭不要吃了，理当前去听讲，否则即不愿肄业，尽可回府，即使汝等全体因此区区细故愿退学亦不妨。于是欲吃者还赴膳厅，其已毕者去上课。昨晨早膳，校长俟诸生坐齐后乃忽宣言，此后诸生如饭菜不妥，须于未坐定前见告，如昨日之事可一不可再，若再如此，决不答应。诸生复愤，俟食毕遂开会请问校长，以罢课为要挟，此时系专与校长为难，未几乃以弟昨日所云退学不妨一语为词，宣言如弟在校，决不上课，系专与弟为难，延至午后卒未解决。弟以弟之来师范非学生之招，系校长所聘，非校长辞弟，非弟辞校长，决不出校，与他们寻开心。学生往告诉几仲，傍晚几仲遂至校，嘱校长辞弟，谓范某既与学生不洽，不妨另聘，傅未允，怏怏去。次日仍不上课，傅遂悬牌将胡问涛并李铭二生斥退（此二生有实据，系与校长面陈换弟），胡李遂与赵士璜、朱祖善等持牌至知事署，并告几仲。几仲遂于午后令诸生将弟物件搬出门房，几仲亦来（并令大白暨文灏登报），弟适有友来访，遂与偕出返舍。刻因家居无味，于昨日来杭，冀觅一栖枝，且如是情形（案此四字下文重复，推测当是"陈子英"之误写）亦曾约弟同往西湖闲游，故早日来杭，因如是情形现有祭产之事，日前晤及，云须事毕方可来杭也。专此即询兴居，弟范斯年叩，五月九号。诸乡先生晤时希为候候。蒙赐示希寄杭垣江门局内西首范宅，或千胜桥宋高陶巷口沈馥生转交。

166

第三封信是在四天后寄出的，鲁迅日记上也有记录云："十九日夜得范爱农信，十三日自杭州发。"其文云：

豫才先生赐电：

　阳历九号奉上一缄，谅登记室。师校情形如是，绍兴教育前途必无好果。顷接子英来函云，陈伯翔兄亦已辞职，伯翔境地与弟不相上下，当此鸡鹜争食之际，弃如敝屣，是诚我越之卓卓者，足见阁下相士不虚。省中人浮于事，弟生成傲骨，不肯钻营，又不善钻营。子英昨来函云，来杭之约不能实践，且以成章校擅买钱武肃王祠余地，现钱静斋父子邀同族人，出而为难，渠虽告退，似不能不出为排解，唯校董会长决计不居，并云倘被他们缠绕不休，或来杭垣一避。如是情形弟本拟本日西归，唯昨访沈馥生，询及绍地种种，以弟返绍家居，有何兴味，嘱弟姑缓归期，再赴伊寓盘桓一二旬，再做计较，刻拟明后日前往。如蒙赐示，乞径寄千胜桥宋高陶巷口沈寓可也。专此即询兴居，弟范斯年叩，五月十三号。

关于这两封信我们来合并说明一下。陈子英名浚，与徐伯荪相识最早，是革命运动的同志，范爱农沈馥生则是徐的后辈，一同往日本去的。陶成章资格更老，很早就在联络会党，计划起事，是光复会的主干，为同盟会的陈其美所忌，于壬子一月十三日被蒋介石亲手暗杀于上海。他的友人同志在绍兴成立一个"成章女学校"，给他做纪念，陈子英有一个时期被推为校董会长。何几仲系《阿Q正传》中所说"柿油党"（自由党）的一个重要人物，当时大概是在做教育科长罢。陈伯翔是鲁迅教过书的"两级师范学堂"的毕业生，在师范学校任课，因为范爱农被逐的事件，对于校长和学生都感觉

167

不满，所以辞职表示反对。这表示出他是有正义感的人物，范爱农信里称赞的话不是虚假的。鲁迅日记中此后还有一项云："六月四日得范爱农信，三十日杭州发。"只可惜这一封信现在找不到了。

范爱农后来落水而死，那时的事情有点记不清了，但是查鲁迅的壬子日记，还可以找出一点来。七月项下云："十九日晨得二弟信，十二日绍兴发，云范爱农以十日水死。悲夫悲夫，君子无终，越之不幸也，于是何几仲辈为群大蠹。"又云："二十二日夜作韵言三首，哀范君也，录存于此。"

其 一

风雨飘摇日，余怀范爱农。华颠萎寥落，白眼看鸡虫。
世味秋荼苦，人间直道穷。奈何三月别，遽尔失畸躬。

其 二

海草国门碧，多年老异乡。狐狸方去穴，桃偶尽登场。
故里彤云恶，炎天凛夜长。独沉清洌水，能否洗愁肠？

其 三

把酒论当世，先生小酒人。大圜犹酩酊，微醉自沉沦。
此别成终古，从兹绝绪言。故人云散尽，我亦等轻尘。

这三首是根据二十三日寄给我的原稿，有二三处与日记上不同，却比较的好，可见系改定本，如其二的第四句末原作"已登场"，第五句作"寒云恶"，第七句作"清泠水"，则嫌平仄未叶了。稿后附记四行云："我于爱农之死为之不怡累日，至今未能释然。昨忽成诗三章，随手写之，而忽将鸡虫做入，真是奇绝妙绝，辟历一声，群小之大狼狈。今录上，希大鉴定家鉴定，如不恶乃可登诸《民兴》也。天下虽未必仰望已久，然我亦岂能已于言乎。二十三日，树又

168

言。"鲁迅哀范君的诗很是悲愤，附记却又杂以诙谐，所云大什么家及天下仰望，皆是朱幼溪的口吻，这里加以模仿的。日记八月项下云："二十八日收二十一及二十二日《民兴日报》一份，盖停版以后至是始复出，佘及启孟之哀范爱农诗皆在焉。"

鲁迅的朋友中间不幸屈死的人也并不少，但是对于范爱农却特别不能忘记，事隔多年还专写文章来纪念他。这回发现范爱农的遗札，原是偶然，却也是很特别的，使得我们更多地明了他末年的事情，给鲁迅的文章做注解，这也正是很有意思的事罢。

爱罗先珂（上）

民国十一年（一九二二）里北京大学开了一门特殊的功课，请了一个特殊的讲师来教，可是开了不到一年，这位讲师却是忽然而来，又是忽然而去，像彗星似的一现不复见了。这便是所谓俄国盲诗人爱罗先珂，而他所担任的这门功课，乃是世界语。原来北大早就有世界语了，教师是孙国璋，不过向来没人注意，只是随意科的第三外国语罢了。爱罗先珂一来，这情形就大不相同，因为第一是俄国人，又是盲而且是诗人，他所做的童话与戏曲《桃色的云》，又经鲁迅翻译了，在报上发表，已经有许多人知道，恰巧那时因为他是俄国人的缘故，日本政府怀疑他是苏联的间谍，同时却又疑心他是无政府主义大杉荣的一派，便把他驱逐出国了。爱罗先珂从大连来到上海，大概是在一九二二年的春初，有人介绍给蔡校长，请设法安顿他，于是便请他来北大来教世界语。但是他一个外国人又是瞎了眼睛，单身来到北京，将怎么办呢？蔡孑民于是想起了托我们的家里照顾，因为他除了懂得英文和世界语之外，还在东京学得一口流利的日本语，这在我们家里是可以通用的，我与鲁迅虽然不是常川在家，但内人和他的妹子却总是在的，因为那时妻妹正是我的弟妇。是年二月的日记里说：

> 廿四日雪，上午晴，北大告假。郑振铎耿济之二君引
> 爱罗先珂君来，暂住东屋。

170

这所谓东屋，是指后院九间一排的东头这三间，向来空着，自从借给爱罗君住后，便时常有人来居住，特别是在恐怖时代，如大元帅时的守常的世兄，清党时的刘女士等人。第二天我带了他去见北大校长，到了三月四日收到学校的聘书，月薪二百元，这足够他生活的需要了。以后各处的讲演，照例是用世界语，于是轮到我去跟着做翻译兼向导，侥幸是西山那几个月的学习，所以还勉强办得来。但是想象丰富，感情热烈，不愧为诗人兼革命家两重性格，讲演大抵安排得很好，翻译却也就不容易，总须预先录稿译文，方才可以，预备时间比口说要多过几倍，其中最费气力的是介绍俄国文学的演说，和一篇《春天与其力量》，那简直是散文诗的样子。最初到北大讲演的时候，好奇的观众很多，讲堂有庙会里的那样拥挤，只有从前胡适博士和鲁迅，随后还有冰心女士登台那个时候，才有那个样子，可是西洋镜看过也就算了，到得正式上课那便没有什么翻译，大约由讲师由英语说明，就没有我的份，所以情形也不大明白。世界语这东西是一种理想的产物，事实上是不十分适用的，人们大抵有种浪漫的思想，梦想世界大同，或者不如说消极地反对民族的隔离，所以有那样的要求，但是所能做到的也只是一部分的联合，即如"希望者"的世界语实在也只是欧印语的综合，取英语的文法之简易，而去其发音之庞杂，又多用拉丁语根，在欧人学起来固属便利，若在不曾学过欧语的人还是一种陌生的外国语，其难学原是一样的。不过写了"且夫"二字，大有做起讲之意，意思自可佩服，且在交通商业上利用起来，也有不少的好处。但在当时提倡世界语的人们大抵都抱有很大的期望，这也是时势使然，北京有一群学生受了爱罗先珂的热心鼓吹的影响，成立世界语学会，在西城兵马司胡同租了会所，又在法政大学等处开设世界语班，结果是如昙花一现，等爱罗先珂离京以后，也都关了门了。他又性喜热闹，爱发议论，不过这在中国是不很适宜的，是年十二月北大庆祝多少年纪念，学生发起演戏，他去旁听了，觉得不很满意，回来写了一篇文章批评他们，说学生似乎模仿旧戏，有欠诚恳的地方，由鲁迅译出登在报上。不意这率直的忠告刺痛了他们，学生群起抗议。魏建功那时还未毕业，做了一篇《不能盲从》的文章最是极讽刺之能事，而且题目于"盲"字上特加引号，尤为恶劣。鲁迅见报乃奋起反击，骂得他咕的一声也不响，那篇文章集子里没有收，只在全集拾遗可以见到。事情是这样下去了，但是第二年正月里，他往上海旅行的时候，不知什么报上说他因为剧评事件，被北大学生撵走了。到了四月他提前回国去了，什么原因别人没有知道，总之是他觉得中国与他无缘罢，那么在某种意义上，说是被撵走了，也未始不可。幸而他眼睛看不见，也不认得汉字，若是知道的话，他该明白中国青年的举动，比较他在离开日本时便衣侦探要挖开他的眼睛看他是不是真瞎，其侮辱不相上下，更将怎样地愤慨呢。

爱罗先珂（下）

爱罗先珂（Eroshenko）这是他在日本时所使用的姓氏的音译，比较准确地写"厄罗申科"，因为找好看字眼所以用了那四个字，其实他本姓是"牙罗申科"，因译音与日本语的"野郎"相近，野郎本义只是汉子，后来转为侮辱的意义，并为男娼的名称，所以避忌了。他的名字是华西利，不过普通只用他的姓，沿用日本的称呼叫他做"爱罗君"（Ero–sang），——日本字母里没有"桑"字音，只有"三"字，但在称呼人的"样"字的发音上，却往往变作"桑"了。他是小俄罗斯人，便是现在的乌克兰，那里的人姓的末尾多用科字，有如俄国的斯奇，如有名的小说家科罗连珂，还有新近给他做逝世一百年纪念的谢甫琴柯，都是小俄罗斯的人。——关于谢甫琴柯，民国元年（一九一二）写《艺文杂话》十三则，登在绍兴的《民兴日报》上，其第二篇是讲他的，曾以文言译述其诗一首，今附录于下：

是有大道三歧，乌克兰兄弟三人分手而去。家有老母，伯别其妻，仲别其妹，季别其欢。母至田间植三树桂，妻植白杨，妹至谷中植三树枫，欢植忍冬。桂树不繁，白杨凋落，枫树亦枯，忍冬憔悴，而兄弟不归。老母啼泣，妻子号于空房，妹亦涕泣出门寻兄，女郎已卧黄土陇中，而兄弟远游，不复归来，三径萧条，荆榛长矣。

173

爱罗先珂于一九二二年二月廿四日到京，寄住我们的家里，至七月三日出京赴芬兰第十四回的万国世界语学会的年会，我同内弟重久和用人齐坤送他到东车站，其时离开车还有五十分钟，却已经得不到一个座位了，幸而前面有一辆教育改进社赴济南的包车，其中有一位尹炎武君，我们有点认识，便去和他商量，承他答应，于是爱罗君有了安坐的地方，得以安抵天津，这是很可感谢的。到了十一月四日，这才独自回来了。十二月十七日北大纪念演戏，就发生了那剧评风潮。第二年一月廿九日利用寒假，又出发往上海去找胡愈之君，至二月廿七日回北京来，但是四月十六日重又出京回国，从此就再没有回到中国来了。爱罗先珂在中国的时期可以说是极短，在北京安住的时间一总不到半年，用句老话真是席不暇暖，在他的记忆上留下什么印象，还有他给青年们有多少影响，这都很是难说，但他总之是不曾白来了这一趟的。在鲁迅的小说《鸭的喜剧》里边，便明朗地留下他的影像，这是一九二二年发表于十二月号的《妇女杂志》的，可能写这篇小说的时期还要早一点罢。爱罗先珂嫌北京的寂寞，便是夏天夜里也没有什么昆虫吟叫，连蛤蟆叫都听不到，便买了些蝌蚪子来，放在他窗外的院子中央的小池里。那池的长有三尺，宽有二尺，是掘了来种荷花的，从这荷池里虽然从来没有见过养出半朵荷花来，然而养蛤蟆却实在是一个极合适的处所。他又怂恿人买小鸡小鸭，都拿来养在院子里。

　　他于是教书去了，大家也走散。不一会，仲密夫人拿冷饭来喂他们时，在远处已听得泼水的声音，跑到一看，原来那四个小鸭都在荷池里洗澡了，而且还翻筋斗，吃东西呢。等到拦他们上了岸，全池已经是浑水，过了半天澄清了，只见泥里露出几条细藕来，而且再也寻不出一个已经生了脚的蝌蚪了。

174

"伊和希珂先，没有了，蛤蟆的儿子。"傍晚时候，孩子们一见他回来，最小的一个便赶紧说。

"唔，蛤蟆？"

仲密夫人也出来了，报告了小鸭吃完蝌蚪的故事。

"唉，唉！……"他说。

这一段是小说，但是所写的却是实事，这里边所有的诗便只是池里的细藕罢了。我也曾经做过三篇文章，总名"怀爱罗先珂君"，第一篇是七月十四日所写，在他出发往芬兰去之后，第二篇是十一月一日，大约与《鸭的喜剧》差不多同时之作，第三篇则在他回国去的第二天所写，已是一九二三年的四月了。我在第二篇文章里有一节云：

他是一个世界主义者，但是他的乡愁却又是特别的深。他平常总穿着俄国式的上衣，尤其是喜欢他的故乡乌克兰的刺绣的小衫，——可惜这件衣服在敦贺的船上给人家偷了去了。他的衣箱里，除了一条在一日三浴的时候所穿的缅甸筒形白布裤以外，可以说是没有外国的衣服。即此一件小事，也就可以想见他是一个真实的"母亲俄罗斯"的儿子。他对于日本正是一种情人的心情，但是失恋之后，只有母亲是最亲爱的人了。来到北京，不意中得到归国的机会，便急忙奔去，原是当然的事情。前几天接到英国达特来夫人寄来的三包书籍，拆开看时乃是七本神智学的杂志名"送光明者"，却是用点字印出的，原来是爱罗君在京时所定，但等得寄到的时候，他却已走得无影无踪了。

爱罗君寄住在我们家里，两方面都很随便，觉得没有什么窒碍的地方。我们既不把他做宾客看待，他也很自然与我们相处，过了几时不知怎的学会侄儿们的称呼，差不

175

多自居于小孩子的辈分了。我的兄弟的四岁的男孩是一个很顽皮的孩子，他时常和爱罗君玩耍。爱罗君叫他的诨名道："土步公呀！"他也回叫道："爱罗金哥君呀！"但爱罗君极不喜欢这个名字，每每叹气道："唉，唉，真窘极了！"四个月来不曾这样叫，"土步公"已经忘记爱罗金哥君这一句话，而且连曾经见过一个"没有眼睛的人"的事情也几乎记不起来了。

以上所记虽是微细小事，却很足以见他生平之一斑，所以抄录于此，这里只需说明一句，那小说里的最小的小孩也即是这个土步公，他的本名是一个"沛"字，但是从小就叫诨名，一直叫到现在。我的儿子本名叫"丰"，上学的时候加上了一个数目字，名叫"丰一"，到得土步公该上学了，我想反正将来长大了的时候自己要改换名字的，为的省事起见，现在就叫作"丰二"罢，在他底下还有一个"丰三"，不幸在二十岁时死去了。——可是奇怪的事，他们却并不改换名字，至今那么地用着。至于爱罗君为什么不喜欢爱罗金哥这个名字的呢，因为在日本语里男根这字有种种说法，小儿语则云钦科，与金哥音相近似。

秋　　瑾

　　乙巳（一九○五）年里我在南京有一件很可纪念的事，因为见到一位历史上有名的人物，虽然当时一点都看不出来，她会得有那伟大的气魄。此人非别，即是秋瑾是也。日记里三月十六日条下云：

　　　　十六日，封燮臣君函招，下午同朱浩如君至大功坊辛卓之君处，见沈翀，顾琪，孙铭及留日女生秋琼卿女士，夜至悦生公司会餐，同至辛处畅谈至十一下钟，往钟英中学宿，次晨回堂。

至二十一日项下，有记录云：

　　　　前在城南夜，见唱歌有愿借百万头颅句，秋女士笑云，但未知肯借否？信然，可知作者亦妄想耳。

　　据当时印象，其一切言动亦悉如常人，未见有慷慨激昂之态，服装也只是日本女学生的普通装，和服夹衣，下着紫红的裙而已。这以前她在东京，在留学生中间有很大的威信，日本政府发表取缔规则，这里当然也有中国公使馆的阴谋在内，留学生大起反对，主张全体归国，这个运动是由秋瑾为首主持的。但老学生多不赞成，以为"管束"的意思虽不很好，但并不限定只用于流氓私娼等，从

177

这文字上去反对是不成的，也别无全体归国之必要，这些人里边有鲁迅和许寿裳诸人在内，结果被大会认为反动，给判处死刑。大会主席就是秋女士，据鲁迅说她还将一把小刀抛在桌上，以示威吓。当时还有章行严等人是中间派，主张调停其间，但是没有效，秋瑾的一派便独自回来了。她其时到了上海，但没有立刻回绍兴去，却溯江而上来到南京，那天的谈话似乎也没有谈到，看她的态度似乎很是明朗，仿佛那一件事的成功失败，都没有多少关系的样子。第二年丙午初夏我因为决定派往日本留学，先回到家里一走，这时秋女士已经在绍兴办起大通学堂来，招集越中绿林豪杰，实行东湖上预定的"大做"的计划，但是我那时不曾知道，所以没有到豫仓去访问。其时鲁迅回家来完婚，也在家里，谈起取缔规则风潮的始末，和那一班留学生们对于"鉴湖女侠"的恭顺的情形，也就把她那边的事情搁下了。及至安庆的枪声一举世震惊，秋女士只留下"秋雨秋风愁杀人"的口供，在古轩亭口的丁字街上被杀。革命成功了六七年之后，鲁迅在《新青年》上发表了一篇《药》，纪念她的事情，夏瑜的名字这是很明显的，荒草离离的坟上有人插花，表明中国人不曾忘记了她。

记杜逢辰君的事

　　此文题目很是平凡，文章也不会写得怎么有趣味，一定将使读者感觉失望，但是我自己却觉得颇得意义，近十年中时时想到要写，总未成功，直至现在才勉强写出，这在我是很满足的事了。杜逢辰君，字辉庭，山东人，前国立北京大学学生，民国十四年入学，二十一年以肺病卒于故里。杜君在大学预科是日文班，所以那两年中是我直接的学生，及预科毕业，正是张大元帅登台，改组京师大学，没有东方文学系了，所以他改入了法科。十七年冬北大恢复，我们回去再开始办预科日文班，我又为他系学生教日文，讲夏目氏的小说《我是猫》，杜君一直参加，而且继续了有两年之久，虽然他的学籍仍是在经济系。我记得那时他常来借书看，有森鸥外的《高濑舟》，志贺直哉的《寿寿》等，我又有一部高畠素之译的《资本论》，共五册，买来了看不懂，也就送给了他，大约于他亦无甚用处，因为他的兴趣还是在于文学方面。杜君的气色本来不大好，其发病则大概在十九年秋后，《骆驼草》第二十四期上有一篇小文曰"无题"，署名偶影，即是杜君所作，末著一九三〇年十月八日病中，于北大，可以为证。又查旧日记民国二十年份，三月十九日项下记云，下午至北大上课，以《徒然草》赠予杜君，又借予《源氏物语》一部，托李广田君转交。其时盖已因病不上课堂，故托其同乡李君来借书也。至十一月则有下记数项：

十七日，下午北大梁君等三人来访，云杜逢辰君自杀未遂，雇汽车至红十字疗养院，劝说良久无效，六时回家。

　　十八日，下午往看杜君病，值睡眠，其侄云略安定，即回。

　　十九日，上午往看杜君。

　　二十一日，上午李广田君电话，云杜君已迁往平大附属医院。

　　二十二日，上午孟云峤君来访。

　　杜君不知道是什么时候进疗养院的。在《无题》中他曾说："我是常在病中，自然不能多走路，连书也不能随意地读。"前后相隔不过一年，这时却已是卧床不起了。在那篇文章又有一节云：

　　这尤其是在夜里失眠时，心和脑往往是交互影响的。心越跳动，脑里宇宙的次序就越紊乱，甚至暴动起来似的骚扰。因此，心也跳动得更加厉害，必至心脑交瘁，黎明时这才昏昏沉沉地堕入不自然的睡眠里去。这真是痛苦不过的事。我是为了自己的痛苦才了解旁人的痛苦的呀。每当受苦时，不免要诅咒了：天地不仁，以万物为刍狗！

　　我们从这里可以看出病中苦痛之一斑，在一年后这情形自然更坏了，其计划自杀的原因据梁君说即全在于此。当时所用的不知系何种刀类，只因久病无力，所以负伤不重，即可治愈，但是他拒绝饮食药物，同乡友人无法可施，末了乃赶来找我去劝。他们说，杜君平日佩服周先生，所以只有请你去，可以劝得过来。我其实也觉得毫无把握，不过不能不去一走，即使明知无效，望病也是要去的。劝阻人家不要自杀，这题目十分难，简直无从着笔，不晓得怎么说才好。到了北海养蜂夹道的医院里，见到躺在床上，脖子包着绷带的病人，我说了些话，自己也都忘记了，总之说着时就觉得是空虚无用的，心里一面批评着说，不行，不行。果然这都是无用，如日记上所云劝说无效。我说几句之后，他便说，你说得很是，不过这些我都已经想过了的。末了他说，周先生平常怎么说，我都愿意听从，这回不能从命，并且他又说，我实在不能再受痛苦，请你可怜见放我去了罢。我见他态度很坚决，情形与平时不一样，杜君说话声音本来很低，又是近视，眼镜后面的目光总向着下，这回声音转高，除去了眼镜，眼睛张大，炯炯有光，仿佛是换了一个人的样子。假如这回不是受了委托来劝解来的，我看这情形恐怕会得默然，如世尊默然表示同意似的，一握手而引退了罢。现在不能这样，只得支吾了好久，不再说理由，劝他好好将息，退了出来。第二天去看，听那看病的侄儿说稍为安定，又据孟君说后来也吃点东西了，大家渐渐放心。日记上不曾记着，后来听说杜君家属从山东来了，接他回家去，用鸦片剂暂以减少苦痛，但是不久也就去世，这大约是二十一年的事了。

杜君的事情本来已是完结了，但是在那以后不知是从哪一位，大概是李广田君罢，听到了一段话。据说在我去劝说无效之后，杜君就改变了态度，肯吃药喝粥了，所以我以为是无效，其实却是发生了效力。杜君对友人说，周先生劝我的话，我自己都已经想过了的，所以没有用处，但是后来周先生说的一节话，却是我所没有想到的，所以给他说服了。这一节是什么话，我自己不记得了，经李君转述大意如此：周先生说，你个人痛苦，欲求脱离，这是可以谅解的，但是现在你身子不是个人的了，假如父母妻子他们不愿你离去，你还须体谅他们的意思，虽然这于你个人是一个痛苦，暂为他们而留住。老实说，这一番话本极寻常，在当时智穷力竭无可奈何时，姑且应用一试，不意打动杜君自己的不忍之心，乃转过念来，愿以个人的苦痛去抵消家属的悲哀，在我实在是不及料的。我想起

181

几句成语，日常的悲剧，平凡的伟大，杜君的事正当得起这名称。杜君的友人很感谢我能够劝他回心转意，不再求死，但我实是很惶恐，觉得很有点对不起杜君，因为听信我的几句话使他多受了许多的苦痛。我平常最怕说不负责的话，假如自己估量不能做的事，即使听去十分漂亮，也不敢轻易主张叫人家去做。这回因为受托劝解，搜索枯肠凑上这一节去，却意外地发生效力，得到严重的结果，对于杜君我感觉负着一种责任。但是考索思虑，过了十年之后，我却得到了慰藉，因为觉得我不曾欺骗杜君，因为我劝他那么做，在他的场合固是难能可贵，在别人也并不是没有。一个人过了中年，人生苦甜大略尝过，这以后如不是老成转为少年，重复想纳妾再做人家，他的生活大概渐倾于为人的，为儿孙做马牛的是最下的一等，事实上却不能不认他也是这一部类，其上者则为学问为艺文为政治，他们随时能把生命放得下，本来也乐得安息，但是一直忍受着孜孜矻矻地做下去，牺牲一己以利他人，这该当称为圣贤事业了。杜君以青年而能有此精神，很可令人佩服，而我则因有劝说的关系，很感到一种鞭策，太史公所谓虽不能至，心向往之，或得如传说所云写且夫二字，有做起讲之意，不至全然诳语欺人，则自己觉得幸甚矣。

民国三十三年十月四日，记于北京

附记：

近日整理故纸堆，偶然找出一张纸来，长一尺八寸，宽约六寸，写字四行，其文曰：

民国二十年一月三十日晨，梦中得一诗曰，偃息禅堂中，沐浴禅堂外，动止虽有殊，心闲故无碍。族人或云余

前身为一老僧，其信然耶。三月七日下午书此，时杜逢辰
君养病北海之滨，便持赠之，聊以慰其寂寞。作人于北平
苦茶庵。

　　下未钤印，不知何以未曾送去，至今亦已不复记忆，但因此可
以知道杜君在当时已进疗养院矣。老僧之说本出游戏，亦有传讹，
儿时闻祖母说，余诞生之夕，有同高祖之叔父夜归，见一白须老人
先入门，迹之不见，遂有此说，后乃衍为比丘耳。转生之说在鄙人
小信岂遂领受，但觉得此语亦复有致，盖可免于头世人之讥也。

　　　　　　　　　　　　　　　　　　　　　十一月三十日

坚 冰 至

　　《周易》上说，"履霜，坚冰至"，言事变之来，其所从来者积渐久远，不是一朝一夕的事情。自从新华门"碰伤"事件发生以来，不到四年工夫，就有铁狮子胡同的三一八惨案，这是一九二六年的事情，到了第二年更是热闹了，在北京有张作霖的捕杀大学教授，上海有孙传芳的讨赤，不久各地有蒋介石的清党，杀人如麻，不可胜计。我因为困居北京，对于别处的事多是间接传闻，不很明了，现在只记载在北京所见闻的一点，主要的事是关于李守常先生的。

　　说到李守常，照普通说法应称李大钊先烈，但是因为称呼熟了，这样说还比较方便，称作烈士仿佛有点生疏。我认识守常，是在北京大学，算来在一九一九年左右，即是五四的前后。其时北大红楼初盖好，图书馆是在地窖内，但图书馆主任室设在第一层，东头靠南，我们去看他便在这间房里。那时我们在红楼上课，下课后有暇即去访他，为什么呢？《新青年》同人相当不少，除二三人时常见面之外，别的都不容易找，校长蔡子民很忙，文科学长陈独秀也有他的公事，不好去麻烦他们，而且校长学长室都在第二院，要隔一条街，也不便特别跑去。在第一院即红楼的，只有图书主任，而且他又勤快，在办公时间必定在那里，所以找他最是适宜，还有一层，他顶没有架子，觉得很可亲近，所谈的也只是些平常的闲话。记得有一回去访问的时候，不久吴弱男女士也进来了，吴女士谈起章行严家里的事情来，她说道："周先生也不是外人，说也没有妨碍。"

184

便说章家老辈很希望儿子出去做官，但是她总是反对，劝他不要加入政界。从这件事情看来，可以知道那些谈话之如何自由随便罢。平常《新青年》的编辑，向由陈独秀一人主持（有一年曾经分六个人，各人分编一期），不开什么编辑会议，只有一九一八年底，定议发刊《每周评论》的时候，在学长室开会，那时我也参加，一个人除分任写文章，每月捐助刊资数元，印了出来便等于白送给人的。在五四之后陈独秀因为在市场发传单，为警厅所捕，《每周评论》由胡适之与守常两人来维持，可是意见不合，发生"问题与主义"之争，就是警厅不来禁止，也有点维持不下去了。《每周评论》出了三十六期，我参与会议就只此一次，可是这情景我至今没有忘记。

我最初认识守常的时候，他正参加"少年中国"学会，还没有加入共产党。有一回是他给少年中国学会介绍，叫我去讲演过一次，因为"少年中国"里许多人，我没有一个相识。说也奇怪，"少年中国"集合两极端的人物，有极左的便是共产主义者，也有极右的，记得后来分裂，组织国家主义团体的，即是这些人物。到了他加入共产党，中国局势也渐形紧张，我便很渐少与他闲谈的机会，图书馆主任室里不大能够找到他了。那时的孔德学校，是蔡子民及北大同人所创办，教法比较新颖，北大同事的子弟多在这里读书，守常的一个儿子和一个女儿，也都在内。那时我担任孔德高中的一年国文，守常的儿子就在我这班里，最初有时候还问他父亲安好，后来末了这几个月，连他儿子也多告假不来，其时已经很近危险了。但是一般还不知道，有一回我到北大去上课，有一个学生走来找我，说他已进了共产党，请我给他向李先生找点事办，想起来这个学生也实在太疏忽，到教员休息室来说这样的话，但是也想见到李葆华，叫他把这件事告诉他父亲知道，可是大约有一个月，却终于没有这机会。那一天我还记得很清楚，是清明节的这天，那时称作植树节，学校都放假一日。是日我们几个人约齐了，同往海甸去找尹默的老兄士远，同时下一辈的在孔德的学生也往那里找他们的旧同学。这

185

天守常的儿子也凑巧一同去，并且在海甸的沈家住下了，我们回到城里，看报大吃一惊，原来张作霖大元帅就在当日前夜下手，袭击苏联大使馆，将国共合作的人们一网打尽了。尹默赶紧打电话给他老兄，叫隐匿守常的儿子，暂勿进城，亦不可外出，这样地过了有两个星期。但是海甸的侦缉队就在士远家近旁，深感不便，尹默又对我说，叫去燕京大学上课的时候，顺便带他进城，住在我那里，还比较隐僻。我于次日便照办，让他住在从前爱罗先珂住过些时的三间小屋里，——这以后也有些人来住过，如女师大的郑德音，北大女生刘尊一等。可是到了次日我们看报，这天是四月二十九日，又是吃了一惊。守常已于前一日执行了死刑，报上大书特书，而且他和路友于张挹兰几个人照相，就登载在报上第一面。如何告诉他儿子知道呢，过一会儿他总是要过来看报的，这又使得我没有办法，便叫电话去请教尹默。他回答说就来，因为我们朋友里还是他会得想办法。尹默来了之后，大家商量一番。让他说话，先来安慰几句，如说令尊为主义而牺牲，本是预先有觉悟的。及至说了，乃等于没有说，因为他的镇定有觉悟远在说话人之上，听了之后又仔细看报，默然退去。守常的儿子以后住在我家有一个多月。后由尹默为经营，化名为杨震，送往日本留学，及济南事件发生，与孔德去的同学这才都退学回来了。

我的酒友

　　我是不会吃酒的，却是很喜欢吃，因此每吃必醉，往往面红耳赤，像戏文上的所谓关公一般，看去一定灌下去不少的黄汤了，可是事实上大大的不然，说起来实在要被吃酒的朋友所耻笑的。民九的岁暮我生了一场大病，在家里和医院各躺了三个月，在西山养了三个月，民十的秋季下山来，又要上课了，医生叫我喝点酒，以仍能吃饭为条件，增加身体的营养，这效验是有的，身体比病前强了，可是十年二十年来酒量却是一点都没有进步。有一次我同一个友人实验过，叫了五芳斋很好的小菜来，一壶酒两人吃得大醉，算起来是各得半斤。这是在北伐刚成功的时候，现在已是二十年之前了，以后不曾试验，大概成绩还是一样，半斤是极量了，那么平常也只能喝且说五两罢，这自然是黄酒，若是白酒还得打个三折。这种酒量，以下棋论近于矢棋了，想要找对手很有点为难，谁有这耐性来应酬你呀。可是我却很运气，能够有很好的酒友，一个是沈尹默，他的酒德与我正相同，而且又同样地喜吃糯米食，更是我的同志。又一个则是饼斋，他的量本来大，却不爱喝，而每逢过访的时候，留他吃饭，他总肯同主人一样地吃酒，也是很愉快的。晚年因为血压高，他不敢再喝了，曾手交一张酒誓给我，其文云："我从中华民国二十二年七月二日起，当天发誓，绝对戒酒，即对于周百药马凡将二氏亦不敷衍矣。恐后无凭，立此存照。钱龟竞。"盖朱文方印曰"龟竞"，名下书十字甚粗笨，则是花押也。马凡将即马叔平，凡将斋是他的斋名，百药则是我那时的别号。

章太炎的北游

　　北伐方才告一段落，一二三四集团便搞了起来，这便是专心内战，没有意思对付外敌，予敌人以可乘之机，于是本来就疯狂了的日本军阀闹起"九一八"事件来了。随后是伪满洲国的成立，接着是长城战役，国民党政府始终是退让主义，譬犹割肉饲狼，欲求得暂时安静，亦不可得，终至卢沟桥一役乃一发而不可收拾。计自一九三一以后前后七年间，无日不在危险之中，唯当时人民亦如燕雀处堂，明知祸至无日，而无处逃避，所以也就迁延地苦住下来。在这期间也有几件事情可以记述的，第一件便是章太炎先生的北游。

　　北京是太炎旧游之地，革命成功以后这五六年差不多就在北京过的，一部分时间则被囚禁在龙泉寺里，但自从洪宪倒后，他复得自由，便回到南方去了。他最初以讲学讲革命，随后是谈政治，末了回到讲学，这北游的时候似乎是在最后一段落里，因为再过了四年他就去世了。他谈政治的成绩最是不好，本来没有真正的政见，所以很容易受人家的包围和利用，在民国十六年以浙绅资格与徐伯荪的兄弟联名推荐省长，当时我在《革命党之妻》这篇小文里稍为加以不敬，后来又看见论大局的电报，主张北方交给张振威，南方交给吴孚威，我就写了《谢本师》那篇东西，在《语丝》上发表，不免有点大不敬了。但在那文章中，不说振威孚威，却借了曾文正李文忠字样来责备他，与实在情形是不相符合的。到得国民党北伐成功，奠都南京，他也只好隐居苏州，在锦帆路又开始讲学的生活，逮九一八后淞沪战事突发，觉得南方不甚安定，虽然冀东各县也一样地遭到战火，北京却还不怎么动摇，这或者是他北游的意思，心想来看一看到底是什么情形的罢。

他的这次北游，大约是在民国二十一年（一九三二）的春天，不知道的确的日子，只是在旧日记里留有这几项记载，今照抄于下：

> 三月七日晚，夷初招饮，辞未去，因知系宴太炎先生，座中有黄侃，未曾会面，今亦不欲见之也。
>
> 四月十八日，七时往西板桥照幼渔之约，见太炎先生，此外有逖先、玄同、兼士、平伯、半农、天行、适之、梦麟，共十一人，十时回家。
>
> 四月二十日，四时至北大研究所，听太炎先生讲论语。六时半至德国饭店，应北大校长之招，为宴太炎先生也，共二十余人，九时半归家。

当日讲演系太炎所著"广论语骈枝"，就中择要讲述，因学生多北方人，或不能懂浙语，所以特由钱玄同为翻译，国语重译，也是颇有意思的事。

> 四月二十二日，下午四时，至北大研究所听太炎先生讲，六时半回家。
>
> 五月十五日，下午天行来，共磨墨以待，托幼渔以汽车迓太炎先生来，玄同、逖先、兼士、平伯亦来，在院中照一相，又乞书条幅一纸，系陶渊明《饮酒》之十八，"子云性嗜酒"云云也。晚饭用日本料理生鱼片等五品，绍兴菜三品，外加常馔，十时半，仍以汽车由玄同送太炎先生回去。

太炎是什么时候回南边去的，我不曾知道，大约总在冬天以前罢。接着便是刊刻《章氏丛书续编》的商量，这事在什么时候由何人发起，我也全不知道，只是听见玄同说，由在北平的旧日学生出资，交吴检斋总其成，付文瑞斋刻木，便这样决定了。

二十二年的日记里有这一条云：

> 六月七日下午，四时半往孟邻处，于永滋张申府王令之幼渔川岛均来，会谈守常子女教养事。六时半返，玄同来谈，交予太炎先生刻《续编》资一百元，十时半去。

因为出资的关系，在书后面得刊载弟子某人复校字样，但实际上的校勘，则已由钱吴二公办了去了。后来全书刊成，各人分得了蓝印墨印的各二部，不过早已散失，只记得七种分订四册，有几部卷首特别有玻璃版的著者照相，仍是笑嘻嘻地口含纸烟，烟气还仿佛可见。此书刻版原拟赠送苏州国学讲习会的，不知怎样一来，不曾实行，只存在油房胡同的吴君，印刷发兑。后来听说苏州方面因为没有印版，还拟重新排印行世，不久战祸勃发，这事也就搁置，连北京这副精刻的木版也弄得不知下落了。

当时因为刊刻《续编》的缘故，一时颇有复古或是好名的批评，其实刊行国学这类的书，要说复古多少是难免的，至于好名那恐怕是出于误会了。在这事以前，苏州方面印了一种同门录，罗列了些人名，批评者便以为这是攀龙附凤者的所为，及至经过调查，才知道中国所常有的所谓事出有因查无实据了，恰巧手头有一封钱玄同的来信，说及此事，便照录于下，不过他的信照例是喜讲笑话的，有些句子须要说明，未免累赘一点：

> 此外该老板（指吴检斋因其家开吴隆泰茶叶庄）在老夫子那边携归一张"点鬼簿"（即上边所说的同门录），大

名赫然在焉，但并无鲁迅、许寿裳、钱均甫、朱蓬仙诸人，且并无其大姑爷（指龚未生），甚至无国学讲习会之发祥人，董修武、董鸿诗，则无任叔永与黄子通，更无足怪矣。该老板面询老夫子，去取是否有义？答云，绝无，但凭记忆所及耳。然则此《春秋》者，断烂朝报而已，无微言大义也。廿一，七，四。

民国廿五年（一九三六）太炎去世了，我写了一篇文章纪念他，讲他学梵文的事。梵文他终于没有学成，但他在这里显示出来，同样的使人佩服的热诚与决心，以及近于滑稽的老实与执意。他学梵文并不专会得读佛教书，乃是来读吠檀多派，而且末了去求救于正统护法的杨仁山，结果只得来一场的申饬。这来往信札，见于杨仁山的《等不等观杂录》卷八，时间大概在己酉（一九○九）夏天，《太炎文录》中不收，所以是颇有价值的。我的结论是太炎讲学是儒佛兼收，佛里边也兼收婆罗门，这种精神最为可贵：

　　太炎先生以朴学大师兼治佛法，又以依自不依他为标准，故推重法华与禅宗，而净土秘密二宗独所不取，此即与普通信徒大异，宜其与杨仁山辈格格不相入。且先生不但承认佛教出于婆罗门正宗，又欲翻读吠檀多奥义书，中年以后发心学习梵天语，不辞以外道为师，此种博大精进的精神，实为凡人所不能及，足为后学之模范者也。

191

记太炎先生学梵文事

太炎先生去世已经有半年了。早想写一篇纪念的文章，一直没有写成，现在就要改岁，觉得不能再缓了。我从太炎先生听讲《说文解字》，只想懂点文字的训诂，在写文章时可以少为达雅，对于先生的学问实在未能窥知多少，此刻要写也就感到困难，觉得在这方面没有开口的资格。现在只就个人所知道的关于太炎先生学梵文的事略述一二，以为纪念。

民国前四年戊申（一九一八），太炎先生在东京讲学，因了龚未生（宝铨）的绍介，特别于每星期日在民报社内为我们几个人开了一班，听讲的有许季黻（寿裳）、钱均甫（家治）、朱蓬仙（宗莱）、朱遏先（希祖）、钱中季（夏，今改名玄同）、龚未生、先兄豫才（树人）和我共八人。大约还在开讲之前几时，未生来访，拿了两册书，一是德人德意生（Deussen）的《吠檀多哲学论》英译本，卷首有太炎先生手书邬波尼沙陀五字，一是日文的印度宗教史略，著者名字已忘。未主说先生想叫人翻译邬波尼沙陀（Upanishad），问我怎么样。我觉得这事情太难，只答说待看了再定。我看德意生这部论却实在不好懂，因为对于哲学宗教了无研究，单照文字读去觉得茫然不得要领。于是便跑到丸善，买了"东方圣书"中的第一册来，即是几种邬波尼沙陀的本文，系麦克斯穆勒（Max Müller，《太炎文录》中称马格斯牟拉）博士的英译，虽然也不大容易懂，不过究系原本，说得更素朴简洁，比德国学者的文章似乎要好办一点。下回

192

我就顺便告诉太炎先生，说那本《吠檀多哲学论》很不好译，不如就来译邬波尼沙陀本文，先生亦欣然赞成。这里所说泛神论似的道理虽然我也不甚懂得，但常常看见一句什么"彼即是你"的要言，觉得这所谓奥义书仿佛也颇有趣，曾经用心查考过几章，想拿去口译，请太炎先生笔述，却终于迁延不曾实现，很是可惜。一方面太炎先生自己又想来学梵文，我早听见说，但一时找不到人教。——日本佛教徒中有通梵文的，太炎先生不喜欢他们，有人来求写字，曾录《孟子》逢蒙学射于羿这一节予之。苏子谷也学过梵文，太炎先生给他写《梵文典序》，不知怎么又不要他教。东京有些印度学生，但没有佛教徒，梵文也未必懂。因此这件事也就搁了好久。有一天，忽然得到太炎先生的一封信。这大约也是未生带来的，信面系用篆文所写，本文云：

> 豫哉，启明兄鉴。数日未晤。梵师密史逻已来，择于十六日上午十时开课，此间人数无多，二君望临期来赴。此半月学费弟已垫出，毋庸急急也。手肃，即颂撰祉。麟顿首。十四。

其时为民国前三年己酉（一九〇九）春夏之间，却不记得是哪一月了。到了十六那一天上午，我走到"智度寺"去一看，教师也即到来了，学生就只有太炎先生和我两个人。教师开始在洋纸上画出字母来，再教发音，我们都一个个照样描下来，一面念着，可是字形难记，音也难学，字数又多，简直有点弄不清楚。到十二点钟，停止讲授了，教师另在纸上写了一行梵字，用英语说明道，我替他拼名字。对太炎先生看着，念道："披遏耳羌。"太炎先生和我都听了茫然。教师再说明道：他的名字，披遏耳羌。我这才省悟，便辩解说，他的名字是章炳麟，不是批遏耳羌（P. L. Chang）。可是教师似乎听惯了英文的那拼法，总以为那是对的，说不清楚，只能就此了事。这梵文班大约我只去了两次，因为觉得太难，恐怕不能学成，所以就早中止了，我所知道的太炎先生学梵文的事情本只是这一点，但是在别的地方还得到少许文献的证据。杨仁山（文会）的《等不等观杂录》卷八中有"代余同伯答日本末底书"二通，第一通前附有来书。案末底梵语，义曰慧，系太炎先生学佛后的别号，其致宋平子书亦曾署是名，故此来书即是先生手笔也。其文云：

> 顷有印度婆罗门师，欲至中土传吠檀多哲学，其人名苏蕤奢婆弱，以中土未传吠檀多派，而摩诃衍那之书彼土亦半被回教摧残，故恳恳以交输智识为念。某等详婆罗门正宗之教本为大乘先声，中间或相攻伐，近则佛教与婆罗门教渐已合为一家，得此扶掖，圣教当为一振，又令大乘经论得返梵方，诚万世之幸也。先生有意护持，望以善来之音相接，并为洒扫精庐，做东道主，幸甚幸甚。末底近已请得一梵文师，名密史逻，印度人非人人皆知梵文，在此者三十余人，独密史逻一人知之，以其近留日本，且以大义相许，故每月只索四十银圆，著由印度聘请来此者，则岁须二三千金矣。末底初约十人往习，顷竟不果，月支薪水四十元非一人所能任，贵处年少沙门甚众，亦必有白衣喜学者，如能告仁山居士设法资遣数人到此学习，相与支持此局，则幸甚。

杨仁山所代做余同伯的答书乃云：

> 来书呈之仁师，师复于公曰：佛法自东汉入支那，历六朝而至唐宋，精微奥妙之义阐发无遗，深知如来在世转婆罗门而入佛教，不容丝毫假借。今当末法之时，而以婆罗门与佛教合为一家，是混乱正法而渐入于灭亡，吾不忍

194

闻也。桑榆晚景，一刻千金，不于此时而体究无上妙理，遑及异途问津乎。至于派人东渡学习梵文，美则美矣，其如经费何。此时祇桓精舍勉强支持，暑假以后下期学费未卜从何处飞来。唯冀龙天护佑，檀信施资，方免枯竭之虞耳。在校僧徒程度太浅，英语不能接谈，学佛亦未见道，迟之二三年或有出洋资格也。仁师之言如此。

此两信虽无年月，从暑假以后的话看来可知是在己酉夏天。第二书不附"来书"，兹从略。太炎先生以朴学大师兼治佛法，又以依自不依他为标准，故推重法相与禅宗，而净土秘密二宗独所不取，此即与普通信徒大异，宜其与杨仁山言格格不相入。且先生不但承认佛教出于婆罗门正宗（杨仁山答夏穗卿书便竭力否认此事），又欲翻读吠檀多奥义书，中年以后发心学习梵天语，不辞以外道为师，此种博大精进的精神，实为凡人所不能及，足为后学之模范者也。我于太炎先生的学问与思想未能知其百一，但此伟大的气象得以懂得一点，即此一点却已使我获益匪浅矣。

195

钱玄同的复古与反复古

　　现在我自己拿起笔来，写关于钱玄同的文章，这是我所觉得很是喜欢，却也是十分为难的事。这个为难也已经感觉了有二十多年了，自从民国己卯（一九三九）年玄同去世以后，我就想来写一篇文章纪念他，因为自己觉得对于他相当有点认识，或者至少不会像别人的误解，所以比较适宜。但是每回摊纸执笔，沉吟一回，又复中止，觉得无从下笔。主要原因是我认识玄同很久，从光绪戊申（一九〇八）年在东京民报社相见以来，到他去世，那时已是三十二年，这期间的事情实在太多了，要挑选一点来讲，实在困难，要写只好写长编，想到就写，将来再整理，但这是长期的工作，就是到现在也还没有这工夫来做。可是尽拖下去也不是个办法，于今决心来写这篇文章，便想到了一个简便的办法，将他的一生约略照着他改名字的时期，分为几个段落，简单地记下他的言行来，因为这是表明他思想变换的一个转折。这个办法或者不很适宜也未可知。但是我只有照这来写，因为此外实在是没有办法了。

　　钱玄同生于前清光绪十三年丁亥（一八八七），初名师黄，字德潜，是他父亲振常（字笹仙）的第二个儿子。因为他是庶出的，所以他的年纪较他的长兄念劬（恂）要差一大段，乃是和他的侄儿稻孙同岁，不过月份在前罢了。关于他的身世不大听见他说起过。只记得说是他母亲是四川人，所以从小能吃辣火。钱振常和他哥哥振伦（号楞仙）都很有名，曾经当过京官部曹，据说同他上官意见不合，乃辞职归乡，半生当书院的山长过日子。钱玄同为什么叫师黄，意思不能知道了。据稻孙的推测，说是或者大约是师黄梨洲罢，至于德潜的意思，那简直无从去推测了。

玄同于庚子（一九〇〇）以后到日本自费留学，改名为钱怡。这个改名是有一段历史的，据他在书信里说过，在他六岁的时候，住在常熟的伯母去世，要发讣文，不知他叫什么名字，因为他的老兄名"恂"，所以就替他起了一个竖心旁的名字叫作钱怡，就这样地刊了出来了。这个是他的而又不是他的名字，就这样地搁着，一直过了十年，到了往日本留学的时候，这才复活了，因为是进洋学堂，照例是不用本名的，须得另起一个，这回便废物利用了。在东京时期，他已接受民族革命的思想。自己起了一个号曰汉一，但是朋友们都还叫他德潜，如马幼渔（裕藻）便是一直到后来也没改。乃至后来章太炎先生从上海的西牢里出来，到得东京接办《民报》，并在大成学校借地开国学讲习会讲学，他前去听讲，立定他的研究国学的基础，也是他复古思想的第一步。他听太炎说古人名号皆有相连的意义，乃将钱怡的名字改作钱夏，取其与汉一相连。"夏"字据《说文》上说乃"中国之人也，从页首也，曰两臂也，夊两足也。"他这时候却似乎不很用汉一的号，因为他同时还有一个别号叫作中季，所以我们于一九〇八年在民报社的讲席上看见他时，认识他是叫作钱夏号中季，而在学校的名字是钱怡的。

那时国学讲习会正式在大成学校开讲，但是后来因为龚未生（宝铨）特别介绍，太炎答应于星期上午在民报社开一班，先讲《说文解字》。听讲的人是鲁迅与我，许寿裳和他的同学钱家治，因为正和我们同住，所以也一起前去。此外是龚未生以及两三个在讲习会的人，因为热心听太炎讲学，所以也赶来听，这便是钱夏，朱希祖（逖先）和朱宗莱（蓬仙）。当时玄同着实年少气盛，每当先生讲了闲谈的时候，就开始他的"话匣子"（这是后来朋友们送他的一个别号，形容他话多而急的状态），而且指手画脚的，仿佛是在座席上乱爬，所以鲁迅和许寿裳便给他起了"爬来爬去"的雅号。此外的人没有什么别的称号，只是未生有一个"悠悠我思"的别名，这是他自己起的。在陶成章（焕卿）著《中国民族权力消长史》的时候，校对是由未生和陈百年办理的，末生用了这个名字，而百年则写的是"独念和尚"，但是这个典故现在也恐怕已经没有人知道了罢？后来据玄同自己说，他有时和太炎谈论，在大家散了之后仍旧不走，谈到晚上便留在民报社里住宿，接着谈论。谈些什么呢？说来是很可笑的，无非是讨论怎样复古罢了。盖当时民族主义的革命思想的主张是光复旧物，多少是复古思想，这从《国粹学报》开始，后来《民报》也是从这条路上发展。太炎所做的论文除了《中华民国解》，因为反对《新世纪》的主张用万国新语，提倡简化反切，为后来注音字母的始基，有过建设性以外，大抵多是发思古之幽情，追溯汉唐文明之盛。当时玄同的老兄念劬与古代史的作者夏穗卿在日本，常一同上街，看见店铺的招牌和店面，辄啧啧称叹，说有唐代遗风，即此可以想见一斑了。《民报》上登载过一篇《五朝法律索隐》，力说古法律的几点长处，我们看了很受影响。其一点是贱视商人，说晋朝称为"白帖额人"，大概是额上贴有标志，又说穿鞋是一只白一只黑的。这事在后年写信里还是提起，其时已在三十年后了。至于当时在民报社所反复讨论的，大约不是这种问题，只是关于文字言语的罢了。这就是说名物云谓，凡字必须求其"本字"，并且应该用最正确的字体把他写出来。这字体问题因为当时甲骨文还未发现，钟鼎文又是太炎所不相信的，那么只好用小篆了，而小篆见于《说文》的字数太少，又照例不能用偏旁凑合自己来创造，那么这就技穷了，便是"老夫子"也没有办法。清朝的学者也有人试办过，江鲸涛（声）用小篆刻书，平常通用隶书，但是仍旧不能通行。有一天他叫仆人买东西，开账用隶书所写，店家看不懂不曾买来。他惊诧说："这隶书本来是给胥隶用的，怎么会连这也不认识呢？"这笑话当然老夫子也知道，那一回师弟问难，虽然很是顶真，大约也只能以不了了之而已。

　　玄同于文字复古的问题上面，留下了三种痕迹，证明他的归根失败。其一是在民国之初，写过一部周文之（沐润）的《说文窥管》，这个写本在浙江图书馆，不知道现在尚存在否？但是我得到一份照相片，于一九四二年以石印法印了二百部。原文后面有馆员陆祖谷的校记，末云：

　　　　钱君中季录此卷，用小篆精写，意欲备刊，顾其中犹有阙字未补，误字未正，盖当日厥功未竟而中辍者，兹特摘出记于右方，冀他日中季复来，足成之云。丁卯七月陆祖谷记。

　　其所以厥功未竟的缘故虽然不详，但小篆的不够用总是最大的障碍罢。其二是《章氏丛书》里的四卷《小学答问》，也是浙江图书馆出版的，是玄同所写，系依照小篆用楷书笔势写之，写起来倒并不难看，虽然不大好认。圆笔变方了，反而面生，一也；改正讹俗，须用本字，一见难识，如"认"之作"仞"，二也。但经过苦心研究，终于写成了。其三是已经隔了二十年之后，在北京的弟子们醵资刻《章氏丛书续篇》，由他和吴缄斋主持其事。其中有《新出三体石经考》一书，是他所手书的，写法又有些变化了。太炎特地手书题跋其后云：

　　　　吴兴钱夏，前为余写《小学答问》，字体依附正篆，裁别至严，胜于张力臣之写《音学五书》。忽忽二十余岁，又为余书是考。时事迁蜕，今兹学者能识正篆者渐稀，于是降从开成石经，去其泰甚，勒成一编，斯亦酌古准今，得其中道者矣。稿本尚有数事未谛，夏复为余考核，就稿更正，故喜而识之。夏今名玄同云。

199

这是文字复古的经验，从极右的写小篆起手，经过种种实验，终于归结到利用今隶，俗字简体，其极左的反动则是疑古，主张破坏过去的一切，即是线装书扔进茅厕坑，四十岁的人应该枪毙等说，这且等下文再说。他的复古经验初不限于文字，即于衣冠亦有试验，据他自己说大概在辛亥前后，他在故乡尝做《深衣冠服说》一文，考究深衣的制度，后来曾做了一套，据说在杭州教育司当科员时，穿了这衣服办过公。不过我在民国元年（一九一二）夏天也曾在那里当过视学，却不曾看见他穿深衣。其实这也是无怪的，因为时在盛暑，穿了那件白布长袍是有点受不住的。后来我在北京历史博物馆中看到一件深衣样本，不晓得是否系照他说法所做，还是就是那一件，可惜不曾问得，但觉得这深衣虽然古，却实在不好看，因为他完全是一件斜领孝袍，便是乡下叫作"大蓬"，是穿重丧的人所着，不过他是缝边而不是所谓"斩衰"就是了。

就是在民国初元，他在杭州的时候，于经学上开始有了一个新的发展，即是他接受了康有为的学说——《新学伪经考》的说法。笼统说一句康氏学说，很有语病，因为他有许多主张都有政教的作用，如孔子托古改制啦，春秋笔削大义微言啦，与他的实际主张有关，唯独这《伪经考》，乃纯是学术的立场。他证实刘歆伪造古文经，所以这些是不可信的。太炎讲经学是古文学派的，但是玄同从崔觯甫（适）那里习受到这一派，成了今文学派，虽然他并不信公羊，但他此后自称"饼斋"，到晚年没有改变。根据他在所写《新学伪经考序》（一九三一年，北平出版方国瑜标点本，但在次年又改写重刊，改题为《重论经古文学问题》，登在北大《国学季刊》第三卷）里所自述的经过如下：

　　崔君受业于俞曲园先生之门，治经本宗郑学，不分古
今；后于俞氏处得读康氏这书，大为佩服，说他字字精确，

古今无比，于是力排伪古，专宗今文。他于一九一一年（辛亥）二月廿五日第一次给我的信中说：

"《新学伪经考》字字精确，自汉以来未有能及之者。"
三月中又来信说：

"康君《伪经考》做于二十年前，专论经学之真伪。弟向服膺纪、阮、段、俞诸公书，根据确凿，过于国初诸儒，然管见所及，亦有可驳者，康书则无之，故以为古今无比。若无此书，则弟亦兼宗今古文，至今尚在梦中也。"

崔君著《史记探原》《春秋复始》《论语足徵记》《五经释要》诸书，皆引申康氏之说，益加邃密。一九一一年二月廿五日的信中还有这样一段话：

"知汉古文亦伪，自康君始。下走之于康，略如攻东晋古文尚书者惠定宇于阎百诗之比。虽若五德之说，与《谷梁传》皆古文学，文王称王，周公摄政之义并今文说，皆康所未言，譬若自秦之燕，非乘康君之舟车至赵，亦不能徒步至燕也。"

玄同于一九一一年二月谒崔君请业，始得借读《新学伪经考》，细细籀绎，觉得崔君对于康氏之推崇实不为过，玄同自此亦笃信古文经为刘歆所伪造之说，认为康、崔两君推翻伪古的著作在考证学上价值，较阎若璩的《尚书古文疏证》犹远过之。自一九一一（辛亥）至一九一三（民国二年），此三年中玄同时向崔君质疑请益，一九一四（民国三年）二月，以札问安，遂自称弟子。

这里关于信奉《伪经考》的经过，说得很是详尽，虽然他对于公羊学派那一套微言大义并不相信，但是他总以今文学派自居，定别号曰"饼斋"，刻有一方"饼斋钱夏"的印章，就是到了晚年也仍旧很爱这个称号的。上边所说乃是他的"复古"经验的大略，但是这里边也就存在着他后年"疑古"即是反复古的根源。因为既然开始知道了可疑的一端，就容易怀疑到别处，而且复古愈彻底，就愈明白这条路之走不通，所以弄到底只好拐弯，而这条拐弯的机会也就快到来了。这使得他拐弯的机会是什么呢？民国初年的政教反动的空气，事实上表现出来的是民四（一九一五）的洪宪帝制，民六（一九一七）的复辟运动，是也。经过这两件事情的轰击，所有复古的空气乃全然归于消灭，结果发生了反复古。这里表面是两条路，即一是文学革命，主张用白话；一是思想革命，主张反礼教，而总结于毁灭古旧的偶像这一点上，因为觉得一切的恶都是从这里发生的。当时发表这派论调的是《新青年》杂志，首由胡适之、陈独秀两人开始，玄同继之而起，最为激烈，有青出于蓝之概。现今从《新青年》的通信里，抄录一部分于后。民国六年（一九一七）八月出版的三卷六号里云：

　　玄同对于用白话说理抒情，极端赞成独秀先生之说。亦以为其"是非甚明，必不容反对者有讨论之余地，必是吾辈所主张者为绝对之是，而不容他人之匡正"。此种论调虽若过悍，然对于迂谬不化之选学妖孽、桐城谬种，实不能不以如此严厉面目加之。因此辈对于文学之见解，正与反对开学堂，反对剪辫子，说洋鬼子脚（腿）直跌倒爬不起者，其见解相同。知识如此幼稚，尚有何种商量文学之话可说乎。

在三卷四号里有云：

　　一月以来种种怪事纷现目前，他人以为此乃权利心之表现，吾则谓根本上仍是新旧之冲突，故共和时代尚有欲宣扬"辨上下，定民志"，"人伦明于上，小民亲于下"之

202

学说者。大抵中国人脑筋二千年沉溺于尊卑名分纲常礼教之教育，故平日做人之道，不外乎"骄""谄"二字。富贵而骄虽不合理，尚不足奇，最奇者，方其贫贱之时，苟遇富贵者临于吾上，则赶紧磕头请安，几欲俯伏阶下，自请受笞。一若彼不凌践我，便是损彼之威严，彼之威严损则我亦觉得没有光彩者然。故一天到晚，希望有皇帝，希望复拜跪，仔细想想，岂非至奇极怪之事。

在这时候文章方在排印，可是奇事乃实在发生了。这便是那复辟事件。虽然只有十天工夫事件便已解决，但是这影响就尽够深远的，在玄同自己使他往反复古的方面更坚定地前进。一面劝说鲁迅开始写作，也是一件有重大意义的事情。

鲁迅的《狂人日记》做于复辟事件后的一年（一九一八）的四月，玄同也于三月十四日写了《中国今后之文字问题》这篇通信，发表他的废汉文的主张。这是写给独秀的，起头说：

先生前此著论，力主推翻孔教，改革伦理，以为倘不从伦理问题上根本解决，那就这块共和招牌一定挂不长久。玄同对于先生这个主张，认为救现在中国的唯一办法。然因此又想到一事，则欲废孔学，不可不先废汉文，欲驱除一般人之幼稚的野蛮的顽固的思想，尤不可不先废汉文。

他的这种因噎废食的办法虽然现在看来有点可笑，但他当时却是说得很有理由的，因为他说：

玄同之意，以为汉字虽发生于黄帝之世，然春秋战国以前，本无所谓学问，文字之用甚少。自诸子之学兴，而后汉字始为发挥学术之用。但儒家以外之学，自汉即被罢

203

黜。二千年来所谓学问，所谓道德，所谓政治，无非推衍孔二先生一家之学说。所谓《四库全书》者，除晚周几部非儒家的子书以外，其余则十分之八都是教忠教孝之书。经不待论，所谓史者，不是大民贼的家谱，就是小民贼的杀人放火的账簿。如所谓平定什么方略之类。子集的书大多数都是些王道圣功，文以载道的妄谈。还有那十分之二，更荒谬绝伦，说什么关帝显圣，纯阳降坛，九天玄女，黎山老母的鬼话，其尤甚者，则有婴儿姹女，丹田泥丸宫等说，发挥那原人时代生殖器崇拜的思想。所以二千年来用汉字写的书籍，无论哪一部，打开一看，不到半页，必有发昏做梦的话。此等书籍，若使知识正确，头脑清晰的人看了，自然不至堕其玄中，若令初学之童子读之，必至终身蒙其大害而不可救药。

欲祛驱三纲五伦之奴隶道德，当然以废孔学为唯一之办法；欲祛驱妖精鬼怪、炼丹画符的野蛮思想，当然以剿灭道教——是道士的道，不是老庄的道——为唯一之办法。欲废孔学，欲剿灭道教，唯有将中国书籍一概束之高阁之一法。何以故？因中国书籍千分之九百九十九都是这两类之书故，中国文字自来即专用于发挥孔门学说及道教妖言故。

这里说话虽然稍为偏激一点，但意思是完全好意的。

玄同的主张看似多歧，其实总结归来只是反对礼教，废汉文乃是手段罢了。他这意思以后始终没有再改变，虽然他的专攻仍旧是中国文字学中的音韵部分，对于汉文汉字的意见随后也有转变，不复坚持彻底的反对的意见了。一九三四年的春天，我偶然做了"前世出家今在家"的两首打油诗，经《人间世》发表，题作"五十自寿"。当时友人们赐予和作，玄同也有诗寄来，虽然他平常是不做诗的。附有通信云：

　　苦茶上人：我也诌了五十六字自嘲，火气太大，不像
诗而像标语，真要教人齿冷。第六句只是凑韵而已，并非
真有不敬之意，合并声明。癸酉腊八，无能。

诗题云《改腊八日作》：

　　但乐无家不出家，不归佛法没袈裟。
　　推翻桐选驱邪鬼，打倒纲伦斩毒蛇。
　　读史敢言无舜禹，谈音尚欲析遮麻。
　　寒宵凛冽怀三友，蜜橘酥糖普洱茶。

　　第六句的典故，因为我对于文字学的音韵觉得难以理解，尝称
之为未来派，诗语尚欲辨析，故云不敬。做此诗的时候已在《新青
年》通信十六七年之后，意见却还是一样。第五句说"读史敢言无
舜禹"，则是怀疑古史不实，改号"疑古"，已经有好几年了。在这
以后，我引用他仅存的几封信里的话，做一个旁证。在民国十二年
（一九二三）七月一日的信里，特别注明是张大帅复辟之纪念日，
有云：

　　我近来很动感情，觉得二千年来的国粹，不但科学没
有，哲学也玄得厉害，理智的方面毫无可满足之点，即感
情方面的文学除了那颂圣、媚上、押韵、对仗、用典等等
"非文学"以外，那在艺术上略有地位的，总不出乎——
　　a. 歌咏自然；
　　b. 发牢骚；
　　c. 怡情酒色。

205

三种思想，自然 a 似乎最高些，但崇拜天然，菲薄人为，正是老庄学说的流毒，充其极量，非以穴居野处茹毛饮血结绳而治等等为人类最正当之生活不可。b 则因为没有人给他官做，给他钱用（其实就不过如此而已，并没有怎样地虐待他。），便说他如何如何地痛苦，如何如何地受人欺侮，世界上除了他以外，别人都是王八蛋，都是该千刀万剐的。何以故？因对不起他故。c 派更不足道，二言以蔽之，不拿人当人，并且不拿自己当人而已。——我近来很有"新卫道"的心理，觉得彼等（案，指上边的三种文学）实在不宜于现在的青年，实在也是一种"受戒的文学"。因此觉得说来说去，毕竟还是民国五六年间的《新青年》中陈仲甫的那些西方化的话最为不错，还是德谟克拉西和赛恩斯两先生最有道理。"新孔夫子"我们固然不欢迎；"新黄仲则"我们也不欢迎。我始终是一个功利主义者，这个意思你以为然否？

又七月九日的信里说：

近来的怪论渐又见多，梅光迪诸人不足怪，最近那位落华生忽然也有提倡孔教之意，我未免有"意表之外"之感焉。我因此觉得中国古书确是受戒的书物。这些书不曾经过整理就绪（即将他们的妖怪化、超人化打倒）以前，简直是青年人读不得的东西。我近来犯动感情，以是"东方化"终于是毒药。不但圣人道士等等应与之绝缘，即所有一切，总而言之，统而言之，总非青年人血气未定时所可研究者。老实说罢，至少也要像钱玄同这样宗旨醇正的人才可看得。这话你道可笑吗？但我自己觉得我的见解和识力比起这班"老头子的儿子孙子"来，确乎要高明些也矣。

昨晚写到这里，便睡了。今天早晨看报（七月七日《时事新报》）又发现好的复古的材料，即徐志摩忽然大倡废止标点符号之论，竟说什么"无辜的圣经贤传，《红楼》《水浒》，也教一班无事忙的先生，支离宰割"。又说，"在国际文学界的名气恐怕和蓝宁（案，疑即列宁）在国际政治界上差不多"的爱尔兰人 James Joyce 敏的 Ulysis 是——

那真是纯料的 Prose，像牛酪一样润滑，像教堂里石坛一样光澄，非但大写字母没有，连"，？！"等可厌的符号一齐灭迹，也不分章句篇节，只有一大股清利浩瀚的文章，排幕而前，像一大匹白罗披泻，一大卷瀑布倒挂，丝毫不露痕迹，真大手笔！

你看这话妙也不妙！原来"大手笔"的长技就在会不用标点，不分章。我才恍然大悟，中原文章非外夷所及，文治派如是之多的缘故，原来如此。

我近来耳闻目睹有几件事，觉得梁启超壬寅年的《新民丛报》虽然已成历史上的东西，而陈独秀一九一五年至一九一七年的《新青年》中的议论，现在还是救时的圣药。现在仍是应该积极去提倡"非圣""逆伦"，应该积极去铲除"东方化"。总而言之，非用全力来"用夷变夏"不可。我之烧毁中国书之偏谬精神又渐有复活之象，即张勋败后，我和你们兄弟两人在绍兴会馆的某院子中槐树底下所谈的偏激话的精神又渐有复活之象焉。

《新青年》刊行了二三年，赞成者固然并不很多，可是反对者却实在不少，逐渐地显示了出来。这班热心于拥护旧礼教的卫道的人，以清室举人林纾为代表，乃于民国七年（一九一八）春间发起进攻，其形式为质问当时的北京大学校长蔡元培，意思是要大学来撤换文

207

科学长陈独秀、文科教员胡适和钱玄同等人。这是有名的林蔡论争事件，但是很轻易地被蔡校长挡过去了。可是林纾不甘失败，变更方针，在新《申报》上登载小说，肆意谩骂诸人以泄愤。这是所谓《蠡叟丛谈》的事件了。据我上边所说，林纾所攻击的两点，即是"尽废古书，行用土语为文字"，和"覆孔孟，铲伦常"，实在都是玄同的主张。独秀虽主废孔，却还没有说到废汉文。至于胡适之，始终只是主张白话文学，没有敢对于纲常名教说过什么不敬的话。但是林纾却始终注重陈胡，最初在《荆生》这篇小说里，设田必美和狄莫影射他们，虽然也有一个金心异，却在第三位了。至于随后在《恶梦》里，写陈恒与胡亥正在谈非圣无法的话的时候，被怪物吞吃了，则专说他们，却把首要反而放过了。因为据我所知道，在所谓新文化运动中间，主张反孔教最为激烈，而且到后来没有变更的，莫过于他了。

思想既然如此"偏激"，这是他自己所承认的，那么他的脾气一定很是乖僻罢？可是事实乃大大不然。他对人十分和平，相见总是笑嘻嘻的。诚然他有他的特殊脾气，假如要他去叩见"大人先生"，那么他听见名字，便会老实不客气地骂起来，叫说话的人下不来台。若是平常作为友人来往，那是和平不过的。他论古严格，若是和他商量现实问题，却又是最通人情世故，了解事情的中道的人，我曾经在沈尹默离开北京（那时还叫作北平）以后，代理孔德学校校务委员会主席好几年，玄同也是一个委员，同事很久。和他商议学校的事，他总是最能得要领，理解其中的曲折，寻出一条解决的途径。他常诙谐地称为贴水膏药，但在我实在觉得是极难得的一种品格。平时不觉得，到了不在之后方才感觉可惜，却是来不及了，这是真的可惜。

玄同善于谈天，也喜欢谈天，常说上课很困倦了，下来与朋友们闲谈，便又精神振作起来，一直谈上几个钟头，不复知疲倦。其谈话庄谐杂出，用自造新典故，说转弯话，或开小玩笑，说者听者皆不禁发笑，但生疏的人往往不能索解。这种做法在尺牍中尤甚，搁置日久重复取阅，有时亦不免有费解处，因新典故与新名词暂时不用，也就不容易记起来了。这里抄录他两封信，都是关于他的别号的。因为他正式号称"疑古"，却因此取了许多同音的别号，如夷罟、逸谷、怡谷和忆菰翁等，后来又有鲍山疒叟。这些信都是他去世前一两年中所写的。其一云：

苦雨翁：

多年不见了，近来颇觉蛤蜊很应该且食也，想翁或亦以为然乎。我近来颇想添一个俗不可耐的雅号，曰鲍山疒叟。鲍山者确有此山，在湖州之南门外，实为先六世祖（再以上则是逸斋公矣）发祥之地，历经五世祖高祖曾祖，皆宅居此山，以渔田耕稼为业。逮先祖始为士而寓该山而至郡城。故鲍山中至今尚有一钱家浜，先世故墓皆在该浜之中，我近来忽然抒怀旧之蓄念，发思古之幽情，故拟用此二字。至于疒叟二字，系用说文及其更古（实是新造伪托）之义也。考《说文》，疒，倚也，人有疾痛，像倚着之形。叟，古甲骨文，像人手持火炬在屋下也，盖我虽躺在床上，而尚思在室中寻觅光明，故觉此字甚好。至于此字之今义，以我之年龄而言，虽若稍僭，然以我之体质言，实觉衰朽已甚，大可以此字自承矣。况宋有刘义叟、孙莘老、魏了翁诸人，古已有之乎？（此三公之大名恐是幼时所命也。）对疒叟二字合之为一瘦字。瘦雅于胖，故前人多喜以瘿字为号，是此字亦颇佳也。且某压高亢之人，总宜茹素使之消瘦，则我对于"瘦"之一字亦宜渴望之也。因惮于出门，而今夕既想谈风月，又喜食蛤蜊，故遣管城子作鳞鸿（天下宽有如此之俗句，安得不作三日呕乎！），以求正于贵翁，愿贵翁有以教之也。又《易经》中有"包有

209

鱼"一语，又拟援叔存氏之高祖之先例（皖公山中之一人，称为完白山人），称为——包鱼山人，此则更俗矣。

饼斋和南，一九三七，八，二十

信中云"某压高亢"，即谓血压，仿前人回避违碍字样之例，以某字代之，说话时常如此，此即其一例。到第二年七月里，信中又提及此事道：

　　上周为苦雨周，路滑屋漏，皆由苦雨之故也。然曾于其时至中华书局之对过或有正书局之隔壁，知张老丞已来，仍可刻印，且仍可刻苦雨斋式之印也，岂不懿欤。弟将请其刻广叟一印也。（双行注，但省鲍山二字，因每字需一元五毛也。）弟烨顿首。

张老丞即同古堂主人张越丞，因其子名少丞，故云然。过了十天之后来信云：

　　日前以三孔子赠张老丞，蒙他见赐广叟二字，书体似颇不恶，盖颇像百衲本廿四史第一种（宋黄善夫本《史记》）也。唯看上一字应云，像人高踞床栏杆之颠，岂不异欤。老兄评之以为如何？

所云三孔子即是三元，因为当时华北的伪币一元券上印刷一个很难看的孔子像。是年十一月里来信，又说起以二角五分钱刻了一个假象牙的印章，文曰逸谷老人，因为刻得不中意，所以又改刻了：

"那个值二角五分的逸谷老人（案，'逸'字原作篆文，而'兔'字末笔卷曲），我觉得那兔子的脚八丫子太悲哀了，颇不舒

210

服，且逸谷之名我尚爱之，尚不愿对于不相干的人随便去用他，故所以改为怡谷老人也。非欲对于汪老爷做文抄公，其实还是该老爷做了文抄公。因为在我六岁之时，我的伯母死了，常熟方面不知我名，妄意红履公名恂，则我当名怡，讣文上遂刻曰功服夫侄怡拉泪稽首，彼时我尚不知该钱怡为谁也。查此是光绪十九年事，而汪老爷则本名仪，宣统元年乃改名怡，岂非他做了文抄公乎？后阅十年，忽然要来用他（案，此指'钱怡'二字，玄同在东京留学时，学籍上系用此名），遂用了三四年。彼时取光复派之号曰汉一，与怡之义固无关也。自谒先老夫子，乃知古人名字相应，又从汉一而想到'夏'字，而'怡'遂废矣。（实是不喜此名也。）此名既为我所不喜，而又不能不算是我，故今即用怡谷老人四字以对付不相干之人来叫我写字时之用。不能不算是我，亦不能就算是我，此不即不离之办法，似乎颇妙也。于是前日跑到东安市场之文华阁，嘱其磨去重刻，又花了我一角五分之多也。然而这回却上当了，因为刻了来仔细一看，原来他拿了刻四个字的钱只刻了一个字也。盖刻者想得很巧妙，他只磨去'逸'字，改写'怡'字，而'谷老人'三字就把他再刻深了一点，细看谷字之口便窥破其秘密矣。呜呼，此商人两鞋之所以应该一只白色一只黑也欤！欤欤，休哉！妙在此章本不要其好，因为用给不相干的人也。介子推曰，身将隐，焉文之。吾谓名将隐焉用工之也。兹将谈蹩脚（其实脚倒不蹩了）图章打一个奉上，请烦查照，至纫玺谊。但请勿将立心旁改为竹头也。"

所谓汪老爷，是汪怡庵，单名一个怡字，是大字典编纂处的一个同事。因为在前清做过什么地方官，所以有此别号。商人两鞋一白一黑，见于太炎的《五朝法律索隐》，初登《民报》上，后来收入《太炎文录》。据晋令云，侩卖者皆当着巾，白帖额，言所侩卖及姓名，我们后来谈话亦常说白帖额人，此典故在三数民报社学生外殆少有人使用也。

玄同所主张常涉两极端，因为求彻底，故不免发生障碍，犹之

211

直站不动与两脚并跳，济不得事，欲前进还只有用两脚前后走动。他的言行因此不免有些矛盾地方，如他主张废汉字，用罗马字拼法，而自己仍旧喜欢写"唐人写经"体的字。他的性格谨严峻烈，平易诙谐，都集在一起。虽然这里他有自己人与"不相干"的人的区分，但或者也可以说是一例。他的性情奇特，因此常被人误解，或加以谩骂攻击。这里最有名的便是林纾的那一次。在《荆生》那篇假小说里，以金心异的别名出现，为"义士"荆生所打，聊以泄卫道家心中的积愤。其次则是黄季刚在讲堂上的谩骂。这事大概发生很早，不过在报上发表则是在黄死后罢了。这在《立报》上登载，总名《黄侃遗事》。第一则副题云《钱玄同讲义是他一泡尿》，原文云：

> 黄以国学名海内，亦以骂人名海内，举世文人除章太炎先生，均不在其目中也。名教授钱玄同先生与黄同师章氏，同在北大国文系教书，而黄亦最瞧钱不起，尝于课堂上对学生曰，汝等知钱某一册文字学讲义从何而来？盖由余溲一泡尿得来也。当日钱与余居东京时，时相过从。一日彼至余处，余因小便离室，回则一册笔记不见。余料必钱携去。询之钱不认可。今其讲义，则完全系余笔记中文字，尚能赖乎？是余一尿，大有造于钱某也。此语北大国文系多知之，可谓刻毒之至。

我当时曾经将遗事全文寄给他看，复信里说：

> 披翁（案，黄侃在旧同门中，别号为披肩公）逸事颇有趣，我也觉得这不是伪造的，虽然有些不甚符合，总也是事出有因罢。例如他说拙著是撒尿时偷他的笔记所成的，我知道他说过，是我拜了他的门而得到的。夫拜门之与撒尿，盖亦差不多的说法也。

212

写信的年月是一九三五年二月二十二日。

玄同所写的文章没有结集过，这是很可惜的事。他的讲学问的只有一薄本《文字学音篇》，乃是学校的讲义，也即是黄季刚所骂的。此外《重论经今古文学问题》，乃是《国学季刊》的抽印本，其余散文都散见于《新青年》和别的刊物上。民国十七年（一九二八）的二月里，曾有一度计划编刊文集。因为在《语丝》周刊上写过些文章，名曰《废话》，所以假定文集的名字是《疑古废话》，并且也讨论过编辑的方法。他在二月五日信里说：

> 我现在对于他想定办法，便是所收之文用"历史的"的办法，即中季兄时代梦想三代之谬论，与夫钱玄同时代梦想欧化之谬论，均如其实相而登之。觉得太糟糕者全篇不存，自然存者有些地方也不能不略加删改，然总以不背"时代精神"（这四字说得阿要肉麻介！）为职志。故所以连黄帝纪元四千六百零九年到中华民国元年之际在湖州所做的《深衣冠服说》及民六主张中国用万国新语之文，两皆揭载，借可证实"今日之我与昔日之我挑战"，岂不懿欤！卷首拟冠以《卌一自述》一篇，报告鄙人之历史。

只可惜是计划并没有实行。不然有这一册《疑古废话》刊行，就是今天来讲钱玄同，也要省力得多了。玄同去世在华北沦陷期中，所以不大见有纪念文字，只看到在重庆的黎锦熙所做的传一大册，实在却只讲的是国语运动，不小心地看去会得弄不清这是黎传附钱呢，还是钱传附黎，此传也只见过油印的未完本，所以流传得恐不甚广。

志摩纪念

　　面前书桌上放着九册新旧的书，这都是志摩的创作，有诗、文、小说、戏剧，——有些是旧有的。有些给小孩们拿去看丢了，重新买来的，《猛虎集》是全新的，衬页上写了这几行字："志摩飞往南京的前一天，在景山东大街遇见，他说还没有送你《猛虎集》，今天从志摩的追悼会出来，在景山书社买得此书。"

　　志摩死了，现在展对遗书，就只感到古人的人琴俱亡这一句话，别的没有什么可说。志摩死了，这样精妙的文章再也没有人能做了，但是，这几册书遗留在世间，志摩在文学上的功绩也仍长久存在。中国新诗已有十五六年的历史，可是大家都不大努力，更缺少锲而不舍地继续努力的人，在这中间志摩要算是唯一的忠实同志，他前后苦心地创办诗刊，助成新诗的生长，这个劳绩是很可纪念的，他自己又孜孜矻矻地从事于创作，自《志摩的诗》以至《猛虎集》，进步很是显然，便是像我这样外行也觉得这是显然。散文方面志摩的成就也并不小，据我个人的愚见，中国散文中现有几派，适之仲甫一派的文章清新明白，长于说理讲学，好像西瓜之有口皆甜，平伯废名一派涩如青果，志摩可以与冰心女士归在一派，仿佛是鸭儿梨的样子，流丽轻脆，在白话的基本上加入古文方言欧化种种成分，使引车卖浆之徒的话进而为一种富有表现力的文章，这就是单从文体变迁上讲也是很大的一个贡献了。志摩的诗、文以及小说戏剧在新文学上的位置与价值，将来自有公正的文学史家会来精查公布，

214

我这里只是笼统地回顾一下，觉得他半生的成绩已经很够不朽，而在这壮年，尤其是在这艺术的"复活"的时期中途凋丧，更是中国文学的一大损失了。

但是，我们对于志摩之死所更觉得可惜的是人的损失。文学的损失是公的，公摊了时个人所受到的只是一份，人的损失却是私的，就是分担也总是人数不会太多而分量也就较重了。照交情来讲，我与志摩不算顶深，过从不密切，所以留在记忆上想起来时可以引动悲酸的情感的材料也不很多，但即使如此我对于志摩的人的悼惜也并不少。的确如适之所说，志摩这人很可爱，他有他的主张，有他的派路，或者也许有他的小毛病，但是他的态度和说话总是和蔼真率，令人觉得可亲近，凡是见过志摩几面的人，差不多都受到这种感化，引起一种好感，就是有些小毛病小缺点也好像脸上某处的一颗小黑痣，他是造成好感的一小小部分，只令人微笑点头，并没有嫌憎之感。有人戏称志摩为诗哲，或者笑他的戴印度帽，实在这些戏弄里都仍含有好意的成分，有如老同窗要举发从前吃戒尺的逸事，就是有派别的作家加以攻击，我相信这所以招致如此怨恨者也只是志摩的阶级之故，而决不是他的个人。

适之又说志摩是诚实的理想主义者，这个我也同意，而且觉得志摩因此更是可尊了。这个年头儿，别的什么都有，只是诚实却早已找不到，便是爪哇国里恐怕也不会有了罢，志摩却还保守着他天真烂漫的诚实，可以说是世所稀有的奇人了。我们平常看书看杂志报章，第一感到不舒服的是那伟大的说诳，上自国家大事，下至社会琐闻，不是恬然地颠倒黑白，便是无诚意地弄笔头，其实大家也各自知道是怎么一回事，自己未必相信，也未必望别人相信，只觉得非这样地说不可，知识阶级的人挑着一副担子，前面是一筐子马克思，后面一口袋尼采，也是数见不鲜的事，在这时候有一两个人能够诚实不欺地在言行上表现出来，无论这是哪一种主张，总是很值得我们的尊重的了。关于志摩的私德，适之有代为辩明的地方，

215

我觉得这并不成什么问题。为爱惜私人名誉起见，辩明也可以说是朋友的义务，若是从艺术方面看去这似乎无关重要。诗人文人这些人，虽然与专做好吃的包子的厨子，雕好看的石像的匠人，略有不同，但总之小德逾闲与否于其艺术没有多少关系，这是我想可以明言的。不过这也有例外，假如是文以载道派的艺术家，以教训指导我们大众自任，以先知哲人自仕的，我们在同样谦恭地接受他的艺术以前，先要切实地检察他的生活，若是言行不符，那便是假先知，须得谨防上他的当。现今中国的先知有几个禁得起这种检察的呢，这我可不得而知了。这或者是我个人的偏见亦未可知，但截至现在我还没有找到觉得更对的意见，所以对于志摩的事也就只得仍是这样地看下去了。

　　志摩死后已是二十几天了，我早想写小文纪念他，可是这从哪里去着笔呢？我相信写得出的文章大抵都是可有可无的，真的深切的感情只有声音、颜色、姿势，或者可以表出十分之一二，到了言语便有点儿可疑，何况又到了文字。文章的理想境界我想应该是禅，是个不立文字、以心传心的境界，有如世尊拈花，迎叶微笑，或者一声"且道"，如棒敲头，夯的一下顿然明了，才是正理，此外都不是路。我们回想自己最深密的经验，如恋爱和死生之至欢极悲，自己以外只有天知道，何曾能够于金石竹帛上留下一丝痕迹，即使呻吟作苦，勉强写下一联半节，也只是普通的哀辞和定情诗之流，哪里道得出一份苦甘，只看汗牛充栋的集子里多是这样物事，可知除圣人天才之外谁都难逃此难。我只能写可有可无的文章，而纪念亡友又不是可以用这种文章来敷衍的，而纪念刊的收稿期限又迫切了，不得已还只得写，结果还只能写出一篇可有可无的文章，这使我不得不重又叹息。这篇小文的次序和内容差不多是套适之在追悼会所发表的演辞的，不过我的话说得很是素朴粗笨，想起志摩平素是爱说老实话的，那么我这种老实的说法或者是志摩的最好纪念亦未可知，至于别的一无足取也就没有什么关系了。

216

郁达夫的书简

　　我是南方人，但有大半生却住在北京，所以弄成两头不着杠，我于江南既然少有朋旧，在北方又鲜交游，到得老来更是块然独处，说不上有什么往事值得追怀的了。这回因整理故纸，找出郁达夫的几封信来，便连带地想起一点事情来一说。我对于创造社的人没有一个相识，除了郁达夫以外，虽然也有徐耀辰、陶晶孙诸君，但是他们仿佛若即若离的，后来似乎脱离该社了。达夫后来也没有参加到底，但当初却是社里的积极分子，我记得在他的批评文里，笔锋最是锐利，攻击也最是不留情面的，但是对他我觉得很熟，有一种多年老朋友的感觉，虽然实际上我和他的交往并不多，只于一九二三年他来北京时见过几面，后来他在沪杭通过几次的信，因为不会喝酒和做诗，没有同他深交的机会，但我们彼此之间却觉得很是熟习似的。这件事的始末还是和他的那本小说《沉沦》有关系。一九二二年春天起，我开始我的所谓文学店，在《晨报》副刊上开辟《自己的园地》一栏，一总写了十八篇批评，第十五篇便是讲那《沉沦》的。不记得是从日本还是从上海寄来的了，书面写几行字，大意是说我写了这几篇小说，给人家骂得要命，说是不道德的文学，现在请你看一看，究竟是不是要不得的东西。末后还有两句话，因为抄存在那篇讲《沉沦》的文章里边，所以记得："不曾在日本住过的人，未必能知这书的真价。对于文艺无真挚的态度的人，没有批评这书的价值。"老实说我实在不懂得什么是文艺批评，但是不知怎的很热心于反对"卫道"，听见人家说什么是不道德的东西，一定要看他一看，借此发一通议论，就是没有材料，也要拉扯从前的拉伯雷和沙诺伐诸人的著作，说上一场。所以我就断定这《沉沦》不是什么不道德的，乃是纯粹的文艺作品，不过是一种"受戒者的文学"，正如有人评法国波特来耳的诗说："他的著作的大部分颇不适合于少年与蒙昧者的诵读，但是明智的读者却能从这诗里得到真正稀有的力。"这以后便没有什么消息，直到第二年的秋天他来到北京，住在阜成门内巡捕厅胡同他老兄的家里，我到那里去看他一遍，给北京大学送聘书去，初次见面却谈得很好，因为他虽是创造社的大将，但因彼此都有好感，所以没有什么警戒的必要了。可是他在北大教书没有几时，便又回到南方去了，看见的时候并不曾提起《沉沦》来过。但是达夫似乎永不忘记那回事，有一年他在世界书局刊行《达夫代表作》（仿佛是这个名称，因为这书已送给一个爱好达夫著作的同乡，连出版的书店也记不清了），寄给我的一本，在第一页题词上提到那回事情，这实在使我很是惶恐了。

这回找出来的信共是五封，是民国十二年（一九二三）十月二十二日至十二月十三日，都是从巡捕厅胡同二十八号寄出的。十月二十二日的信里道：

仲密先生：

《呐喊》一册，又蒙新潮社寄来，谢谢。我打算读完后做一篇读《呐喊》因而论及批评，在周报上发表。上海方面此书发售处不多，实为憾事，当思为鲁迅君尽一份宣传之力也。此请秋安，郁达夫敬上。

闻适之君又欲出一文艺月刊，此举亦有所闻否？我想国内文人寥寥无几，东分西裂，颇不合算，适之不识又要去拉拢几个来干也？近与陈君通伯谈及此事，颇想将南北文人融合成一大汇，待进行后当求先生为援助耳。达夫又启。

第二天又寄来一封信道：

　　昨日写成一信，在路上丢了，不知拾得者亦为投入邮筒否？《呐喊》又蒙新潮社寄赠一册，谢谢。我想做一篇读《呐喊》因而论及批评，在周报上发表，成后当请指教。南方没有发售《呐喊》之处，是一大恨事，我想为鲁迅君大大地宣传一下。就此请安，弟郁达夫敬上。

下署十月二十三日，其后是十一月一日所发的，信里说道：

　　前次买来的《自己的园地》，今日方才读完，大部分的意见非常赞服，里边有几处觉得与我个人的私见有些相左，不过此等地方并不是重要的地方，我想空的时候写一篇读后感出来。寄往上海的一本终于没有寄回来，大约郭、成二人拿去看了。

　　近来消沉得厉害，简直不愿意执笔，所以到北京来后，还没有做过东西，大约创作的时期已经过去了罢！《晨报》的特刊想来要点什么东西，我已答应他们一篇小说，但到今天腹稿没有整理完全，这一回你也有为他们做的稿子吗？

　　文学合同大会的事情，我和凤举、耀辰二人提及，耀辰非常反对，我被他们一说，现在也觉得是不可能的了。尤其是志摩、适之等大人物最不可靠，不过我们少数者的发挥任性（此字原系用日本文）的集合，也许弄得成的。我想过几天邀集凤举、耀辰及你来谈一谈，不识你的意见何如？此请撰祺，郁达夫顿首。

此外十二月七日和十三日两信，是说燕京大学的学生会请他讲演的，由我替他们接洽时日和题目，没有什么意思，所以从略了。上边信里所说的《呐喊》和《自己的园地》的读后感，后来都没有写，大小文学团体也没有一个实现，但是信中说的那些大人物最靠不住，却是十分有理，也是很有意思的事情。我还记得有一次，良友图书公司发起"中国新文学大系"，集刊五四以来十年间的成绩，叫我和达夫编辑散文部分，那时我与达夫通过好几回信接洽分配人选的问题，由我择取若干人为散文集一，余下的凡是我所不很熟悉或是不便选择的人，全归他去编选，我的这种"任性"的办法居然为他所接受，这在我是觉得非常愉快而且应当感谢才是的。只可惜那时讨论编辑的信没有留存，所以现在无从说起了。

　　达夫的遗族只有住在富阳的老家一支，近来还知道一点消息，因为适值有一个富阳的同乡和我通信，告诉我的。据说达夫的前夫人还健在，和她的儿子住老屋里。这屋因邻居的豆腐坊的锅炉炸了，所以受到损失，到近来也已修好了。达夫的兄弟是学医的，在那县里行医，听说也是古道可风的人。

许地山的旧话

　　我与许地山君的相识是起源于组织"文学研究会"的事，那时候大概在一九二一年罢。首先认识的是瞿菊农，其时他在燕京大学念书，招我到燕大文学会讲演，题目是"圣书与中国文学"，随后他和郑振铎、许地山、耿济之等发起组织一个文学团体，在万宝盖胡同耿宅开会，这就是文学研究会的开头。我在那时与地山相识，以后多少年来常有来往，因为他没有什么崖岸，看见总是笑嘻嘻的一副面孔，时常喜欢说些诙谐话，所以觉得很可亲近，在文学研究会的朋友中特别可以纪念。

　　一九二二年的秋天我到燕京大学去教书，地山大概已经毕业了好几年了。那时我同老举人陈质甫瓜分燕大的国文评，他教的是古典国文，我担任现代国文，名称虽是"主任"，却是唱的独角戏，学校里把地山分给我做助教，分任我的"国语文学"四小时的一半。这样关系便似乎更是密切了，但是后来第二三年他就不担任功课，因为以后添聘了讲师，仿佛是俞平伯。他住在燕大第一院便是神科的一间屋子里，我下了课有时就到那里去看他，常与董秋斯遇见，那时名董德明，还在燕大读书，和蔡咏裳当是同学罢。不过不晓得因为什么缘故，据说燕大不大喜用本校毕业生，或者须得到美国去镀了金才有价值罢，所以地山在燕大当然不大能得意。他似乎是宗教学院即是神科毕业的，但他的专业是佛教，搞的又是文学，那也无怪他无用武之地了。他也到外国去留过学，不过不是英美而是印度，虽然也是大英帝国的一部分，但是究竟不同了。他也给在燕大的"引得编纂处"工作过，记得编有两大册关于佛经的引得，从前他曾经送给我一部，可是经过国民党的劫收，书籍荡尽，这书也就不可问，就是书名现在也不记得了。近日于故纸堆中找到地山的书札两通，都是与佛书有点关系的，这是我所保存的他的手迹了。其一是民国十七年（一九二八）一月三十一日自海甸成府寄出的，其时燕大已经迁移在西郊了。

> 启明兄，胡君所说的《义净梵汉千字文》是弟□（一字不明）买的，有工夫请您费神代为邮购，多谢多谢。请问近安，弟许地山谨曰。正月三十一日。

地山的字虽然并不难认，但用秃笔涂写，所以里边有一个字不能辨认，从文义上说该是托买，但在字形上看来有点像是寄字。其二云：

> 《梵语千字文》已经收到，谢谢。正欲作书问价，而来片说要相赠，既烦邮汇，复蒙慨赐，诚愧无以为报。关于日本出版梵佛旧籍，如有目录，请于便中费神检寄一二，无任感荷，即颂文安，弟许地山，二月二十四。

地山从留学回来以后，记得有一次听他谈印度的情形，觉得很是好玩。他说印度的有些青年人很可以谈得来，但是你得小心，千万不要轻易相信，这并不是说他要欺骗你，其实他是蛮好的人，只是他们似乎有一种玄妙的空气，仿佛都是什么不在乎的样子，所以假如一个同学说定明天到他那里去，还约你吃中饭，最好还是不赴约，因为不但没有东西吃，他也不会在家里等你的。把世上的事情看得那么样的空虚，也的确是值得佩服，但是唯独有一件事决不看得轻微的，那便是他们特有的身份和阶级。印度于四姓之外还有"不可接触的贱民"，他们的隔离是非常严重的，可是在现代的商业上有不可免的交涉，于是便发生了很好玩的办法。譬如卖汽水的，这在印度夏天十分地必要，但是摊主是婆罗门，你却是戊陀罗，怎么能成交呢？那时便有一个卖土器的摊，一定设在汽水摊的旁边，你要吃汽水，必须先去买一个土器，随后拿着去买汽水，可是千万不要把杯子搁到摊上去，要等那主人把汽水开了，远远地举着，将汽水倒在你的杯子里，这才可以吃，到了吃完以后便将杯一摔，所以在那汽水摊旁必定有一大堆土器的碎片在那里。现在虽已事隔三四十年了，社会情形不知道有了什么改变。那时在学的青年现今正好有为，我记起地山的旧话，又想到前些时客人们"辛尼印地巴依巴依"的呼声，禁不住要微笑起来了。印度自从释迦牟尼以来，甘地曾经敢于走入"不可触者"的部落去，一同生活，至于他的弟子们却仍旧是一班印度绅士罢了。

地山在母校不得意，终于跑到香港大学去了。不记得是哪一年，他忽然给我一封信来告别，并且附来了两件东西，一件是硬陶器所制的钟馗，右手拿着一把剑，左手里捉了一个小鬼，又一件则是一个浅的花盆，里边种着一种形似芋叶的常绿植物，这种植物一直种了十多年才死，也不知道他叫什么名字。到了香港以后就没有再得地山的消息，后来听说他去世了，却不记得是哪一年了。旧友马五先生马季明是从前燕大的国文系主任，燕大搬到西郊以后我去上课，每周两次，都在他家里吃中饭，这就是饼斋的术语所谓"骗饭"的，听说也继了地山之后任职于港大，旧时还因柳君通讯之便寄语问好，可是也已归了道山，我所认识的马氏五位弟兄于是已经没有一个存留了。

几封信的回忆

　　偶然发现了几封旧信，觉得也有值得加以回顾的价值，所以抄录在这里了。这是我从民国十一年八月起到燕京大学去兼课以后的事情，我在那里任课十年，到了第二年开学的时候，收到了第一封信，是九月六日所寄的，信里说道：

　　　　周先生，您既是燕京大学教员，我又是燕大学生，在第一次给您写信，也用不着说些久仰德范等套语了。我自从读了几次您的大作，心内总想选您所教的国语文学念，但是事与愿违，好光阴匆匆地便过去了。我在燕京所选都是英文（我选的是英文系），所以不能另找出时间来读国文，三年级学生只许选十六点钟，而我上年已选了廿点，科长不允许再添。眼看又快开学，今学期不能选四点国文，因为所注重专修之书已经过了十六点以外。可是，我不再像上次的愚笨了。今天冒昧地给您写封信，不知您肯在课外牺牲些光阴收一个学生吗？我虽然愚鲁，但是新旧学问也能懂其大概，在燕京的中英日文皆不曾列众人以下，但凡有工夫还肯滥读各种书籍，这是女学生缺少的特性，也是我能自夸的一点长处。这几年来，我立定主意做一个将来的女作家，所以用功在中英日三国文上，但是想找一位指导者，能通此三种文字的很少。先生已经知道的，燕大教员除您自己以外，实在找不出一个来，所以我大着胆，请问先生肯收我做一个学生不？中国女作家也太少了，所以中国女子思想及生活从来没有叫世界知道的，对于人类贡献来说，未免太不负责任了。先生意下如何，亦愿意援手女同胞于这类的事业吗？我或者是一个使先生失望的学生，但我相信"凡人立志坚，肯用功，三分天才也能成十分了"，所以我还不自己灰心呢。我写语体文不多，但我很愿意把他学好的。目前写了些语体游记，如先生肯认我做学生，我必诚恳地呈上请教，如果先生能课外牺牲光阴指导，那更是感激不尽的了。若是先生以为孺子可教，请复数行，以便努力进行我的工作，否则尚祈代守秘密，因为普通人尤其是女子，像我这样请先生的很少，事不成反作为笑柄呢。凌瑞唐谨启，九月一日。

我看这封信里所说的话，觉得是一个颇有才气的女子，便复信答应了她，给她看所写的文章，其实不知道她是谁，其后也不曾见到她，因为她不在我的班里上过课。接着得着第二封信道：

周先生：

昨天奉到手示，至为欣慰。今谨寄呈近作一小册，若先生暇时请加改削。我是第一次写语体长文，这册子内误谬不对的地方一定非常之多，英文点句法我曾学过，中文新圈点法我是外行，不知道究竟与英文一样不？我还有由英文及日本文译出的小文，以后等先生有空再呈上，因为我自己能做，没有人指点，别提受了多少闷气呢！现在何幸得先生允许，代为改削指点。若是先生看完这册子，请寄回或交燕京门房亦可，诸费清神容后再谢罢。

凌唐，九月六日，一九二三

225

所寄来的文章是些什么，已经都不记得了，大概写得很是不错，便拣了一篇小说送给《晨报》在副刊发表了。这事原来也已忘记，只是发现的第三封信是说这事的，原信如下，看邮局消印是十三年一月二日。

　　周先生尊鉴：

　　寄来《晨报》副刊投稿一份已收到，至为感激。投稿人不知为谁，不知先生可为探出否？日前偶尔高兴，乃做此篇小说，一来说说中国女子的不平而已，想不到倒引起人胡猜乱想。家父名实是 F. P. Ling，唐系在天津师范毕业，并曾担任《今报》著作，稿中前半事实一些不错，后半所说就有些胡造，最可恶者即言唐已出嫁又离婚一节，若论赵氏之事亦非如稿中所说者，唐幼年在日本时，家父与赵秉钧（他们二人是结拜兄弟）口头上曾说及此事，但他一死之后此事已如东风过耳，久不成问题，赵史之母人实明慧，故亦不做此无谓之提议矣。那投稿显系有心坏人名誉，女子已否出嫁，在校中实有不同待遇，且瞒人之罪亦不少，关于唐现日之名誉及幸福亦不为小也。幸《晨报》记者明察，寄此投稿征求同意；否则此三篇字纸，断送一无辜女子也。唐日前因女子问题而做此小说，有人想不到竟为之画蛇添足，此种关于人名誉的事，幸报上尚不直接登出，先生便中乞代向副刊记者致我谢忱为荷。余不尽言，专此并谢，敬请时安，学生凌瑞唐上言。

　　再者学生在燕大二年多，非旁听生，那投稿人想是有意捏造。此人想因在英文文学会中，被我证明其演说之错误（因我为古人抱不平之故），同学诽笑之，故做此龌龊之报复手段耳。又启。

226

塞翁之喻，古已有之，她的小说出我的介绍在副刊上登载，引起了无端的诽谤，这是很对她不起的事，然而在别方面却也有意外的发展。她的文名渐渐为世上所知，特别是现代评论派的赏识，成为东吉祥的沙龙的座上宾了。其时《现代评论》还未刊行，这是在民国十三年的十二月才出版的，但其实早已有这团体，普通便因了地址称为东吉祥胡同派的就是。以后她的作品有时便登在《评论》上，后来还集成一册，叫作《小哥儿俩》，书名有点记不清了。不久女高师风潮起来，《现代评论》援助校长杨荫榆，《语丝》则站在学生一方面，便开始了激战，我和现代派的主将陈通伯也是相识，却不免争论起来，鲁迅则更是猛烈。其时恰巧发生了一种传闻，是关于他们婚约问题的，不知是谁的文章里约略地涉及这事，于是凌女士来信请求，不要把她拉在里边。我很是同情她，也真诚地愿望她得到美满的婚姻，但是我很抱歉，只好复信说，我写文章一向很注意，决不涉及这些，但是别人的文章我就不好负责，因为我不是全权的编辑，许多《语丝》同人的文字我是不便加以增减的。她那一封信因为年月较迟，没有在这一堆故纸里找到，但里边的意思现在还是清楚地记得的。于今事隔四十年，一切都成为陈迹了，当作故事来谈谈，或者是没有什么不可的罢。燕大的女生中很有些有才气的女子，为官立学校中所无，后来在我的班里看见有一个许畹君，也是才华焕发，好发议论，以是为同班的男同学所嫉视，曾写匿名信骂她，学校里把这封信交给我，叫我查笔迹是谁写的，我答复当以见怪不怪处之，这事也就无形中消灭了。

许寿裳之死

　　许寿裳君是我的小同乡，在日本留学时曾经和他同住过两年（一九〇八至一九〇九），所以很是熟悉。他在台湾被暗杀，已经有十年多了，很想给他写一篇纪念，一直没有写好，因为那边的情形不详，只靠一点传闻，做不得根据。一九五〇年春天有一个朋友来访，他是许的后辈同事，在重庆同住很久，又一直同在台湾，才于去年跑回来的。我问他许君一案，他说在那边谁都知道是政治的暗杀，我就根据他所说的记录一点下来，写了这篇文章。

　　许寿裳批评国民党政府，很不客气，在重庆考试院时便是如此，久为特务所侧目，在戴家糊里糊涂（戴传贤好弄玄虚，捧章嘉活佛，当时有人造对句曰，章嘉呼图克图，戴家糊里糊涂）当院长的时候，还有一点庇护，及至换了人之后，形势却是不行了。陈公洽往台湾便拉他同去，设立台湾编译馆，叫他当馆长，那时台湾长官好像是个诸侯，底下特工虽然密布，总还有点投鼠忌器，因此许得以暂且安身。陈公洽走开之后，魏道明一到任，立即把编译馆裁撤，这是明显地给他一点颜色看，叫他以后可以识相点了罢，但是他毫不在乎，改在台湾大学教书，依旧对了学生大放厥词，即使因语言关系打一个折扣，但在国民党帮里总是极不痛快的。许又常写文章，有好些关于鲁迅的，陆续地在《台湾青年》上发表，这也是国民党所很讨厌的事。国民党要除去许君的意思是很明白的，可是用的手段却很复杂，他们不是明显地由内地来的特务行动，却转个弯叫本地

228

人来下手，结果还是把他牺牲了事，可是在巧的里面也显露出拙来，所以搜查犯人这一节也反而成为政府主动的一种旁证了。

许案发生后，国民党政府手忙脚乱地有一番布置，却是到处显出破绽来。第一是宣传说是桃色案件，因为许不赞成他女儿与某大学生的恋爱，所以被杀，丧心病狂地想锻炼成逆案，可是毫无实据，当然不成功。其次断定是窃盗杀事主，中央通讯社靠了造谣，宣传台湾人生性野蛮，受了日本感化，动不动就要杀人，其实那里的人原是闽广移民，并无特别的地方，在本地窃盗杀伤事件也不多见，这些宣传自以为是妙计，其实正是欲盖弥彰罢了。至于后来破案的手段用得很是离奇，大有龙图公案风味。官方既然认定是盗伤事主，可是凶手也找不到，于是忽发奇想，由警官到许的灵前磕头，叩求死者显灵，指示破案。结果是怎样？果然大有应验，过了一两日之后，突然从外边隔墙扔进一把破扫帚来，警官们便说是许显灵指示，因为扫帚是仆人所拿的东西，断定凶手是许用的旧听差，不知从哪里抓了一个人来，认是他干的事，那人也招认了，但是判了死罪，那人还要说什么，却不让他说了，含糊地执行了事。

这一案的详细内容，许君长子自然知道清楚，但是因为在台湾教书，一句也不敢说，若问他时也只好唯唯诺诺，说是窃贼，别人更不必提了。其实许君以批评国民党政府而被暗杀，与陈公洽对蒋介石进直言而被杀，这情形很有点相似，他们都是太忠厚了。对蒋直言劝退，这明明是爱护蒋的意思，许君的批评国民党也并不是破坏的方面，结果却都是以怨报德，这里可以看见蒋帮的阴狠可怕了。

刘 半 农

刘半农是"五四"以来闻名的名字，但是现在的青年恐怕知道的已经不很多了罢，原因是他在一九三四年就去世了，就是说在近二十几年中间，不曾看见他在文学上的活动。他实在是《新青年》的人物，这不单是一句譬喻，也是实在的话。他本来在上海活动，看到了《新青年》的态度，首先响应，起来投稿，当时应援这运动的新力军，没有比他更出力的了。他也有很丰富的才情，那时写文言文，运用着当时难得的一点材料，他后来给我看，实在是很平凡很贫弱的材料，却写成很漂亮的散文，的确值得佩服。《新青年》的编辑者陈仲甫那时在北京大学当文科学长，就征得校长蔡孑民的同意，于一九一七年的秋天招他来北大，在预科里教国文。这时期的北大很有朝气，尤其在中文方面生气勃勃（外文以前只有英文，添设德法文以及俄文，也是在这时候），国文教材从新编订，有许多都是发掘出来的，加以标点分段，这工作似易而实难，分任这工作的有好几个人，其中主要的便是半农。他一面仍在《新青年》上写文章，这回是白话文，新进气锐，攻击一切封建事物最为尖锐，与钱玄同两人算是替新思想说话的两个健将。其时反对的论调尚多，钱玄同乃托"王敬轩"之名，写信见责，半农作复，逐条驳斥，颇极苛刻，当时或病其轻薄，但矫枉不忌过正，自此反对的话亦逐渐少见了。

不过刘半农在北大，并不是一帆风顺的。他在预科教国文和文法概论，但他没有学历，为胡适之辈所看不起，对他态度很不好，他很受刺激，于是在"五四"之后，要求到欧洲去留学。他在法国住过好几年，专攻中国语音学，考得法国国家博士回来，给美国博士们看一看。以后我们常常戏呼作刘博士，但是他却没有学者架子，仍是喜欢写杂文，说笑话。等周刊《语丝》出世，他就加入，与"东吉祥"派的正人君子对抗，这一节也是可以称赞的。他又写文章特别露骨，有些是"绅士"不敢用的字面，所以他虽然有进入绅士队里去的资格，却仍旧是"吴下阿蒙"，插不进足去。他在北大当过多年的教授以后，终于移到辅仁大学里去做教务长了，那大学是陈援庵当着校长，沈兼士当文学院长，都是北大的旧人，但主体乃是天主教，主权全在外国人（当时是德国，后来是美国人）手里，其不得意也可想而知了。他于一九三四年夏中参加学术考察团，到内蒙古去，回来生了回归热，因此去世。这是很可惜的，因为他现今若还活着，不过六十多岁呢。

怀 废 名

　　余识废名在民十以前，于今将二十年，其间可记事颇多，但细思之又空空洞洞一片，无从下笔处。废名之貌奇古，其额如螳螂，声音苍哑，初见者每不知其云何。所写文章甚妙，但此是隐居西山前后事，《莫须有先生传》与《桥》皆是，只是不易读耳。废名曾寄住余家，常往来如亲属，次女若子亡十年矣，今日循俗例小做法事，废名如在北平，亦必来赴，感念今昔，弥增怅触。余未能如废名之悟道，写此小文，他日如能觅路寄予一读，恐或未必印可也。

　　以上是民国廿七年十一月末所写，题曰"怀废名"，但是留得底稿在，终于未曾抄了寄去。于今又已过了五年了，想起要写一篇同名的文章，极自然地便把旧文抄上，预备拿来做个引子，可是重读了一遍之后，觉得可说的话大都也就有了，不过或者稍为简略一点，现在所能做的只是加以补充，也可以说是做笺注罢了。关于认识废名的年代，当然是在他进了北京大学之后，推算起来应当是民国十一年考进预科，两年后升入本科，中间休学一年，至民国十八年才毕业。但是在他来北京之前，我早已接到他的几封信，其时当然只是简单地叫冯文炳，在武昌当小学教师，现在原信存在故纸堆中，日记查找也很费事，所以时日难以确知，不过推想起来这大概总是在民九民十之交罢，距今已是二十年以上了。废名眉棱骨奇高，是最特别处。在《莫须有先生传》第四章中房东太太说，莫须有先生，你的脖子上怎么那么多的伤痕？这是他自己讲到的一点，此盖由于瘰疬，其声音之低哑或者也是这个缘故罢。

废名最初写小说，登在胡适之的《努力周报》上，后来结集为《竹林的故事》，为新潮社文艺丛书之一。这《竹林的故事》现在没有了，无从查考年月，但我的序文抄存在《谈龙集》里，其时为民国十四年九月，中间说及一年多前答应他做序，所以至迟这也就是民国十二年的事罢。废名在北京大学进的是英文学系，民国十六年张大元帅入京，改办京师大学校，废名失学一年余，及北大恢复乃复入学。废名当初不知是住公寓还是寄宿舍，总之在那失学的时代也就失所寄托，有一天写信来说，近日几乎没得吃了。恰好章矛尘夫妇已经避难南下，两间小屋正空着，便招废名来住。后来在西门外一个私立中学走教国文，大约有半年之久，移住西山正黄旗村里，至北大开学再回城内。这一期间的经验与他的写作很有影响，村居，读莎士比亚，我所推荐的《吉诃德先生》，李义山诗，这都是构成《莫须有先生传》的分子。从西山下来的时候，也还寄住在我们家里，以后不知是哪一年，他从故乡把妻女接了出来，在地安门里租屋居住，其时在北京大学国文学系做讲师，生活很是安定，到了民国二十五六年，不知怎的忽然又将夫人和子女打发回去，自己一个人住在雍和宫的喇嘛庙里。当然大家觉得他大可不必，及至卢沟桥事件发生，又很羡慕他，虽然他未必真有先知。废名于那年的冬天南归，因为故乡是拉锯之地，不能在大南门的老屋里安住，但在附近一带托迹，所以时常还可彼此通信，后来渐渐消息不通，但是我总相信他仍是在那一个小村庄里隐居，教小学生念书，只是多"静坐沉思"，未必再写小说了罢。

翻阅旧日稿本，上边抄存两封给废名的信，这可以算是极偶然的事，现在却正好利用，重录于下。其一云：

> 石民君有信寄在寒斋，转寄或恐失落，信封又颇大，故拟暂留存，俟见面时交奉。星期日林公未来，想已南下矣。旧日友人各自上飘游之途，回想《明珠》时代，深有今昔之感。自知如能将此种怅惘除去，可以近道，但一面也不无珍惜之意，觉得有此怅惘，故对于人间世未能恝置，此虽亦是一种苦，目下却尚不忍即舍去也。匆匆。九月十五日。

时为民国二十六年，其时废名盖尚在雍和宫。这里提及《明珠》，顺便想说明一下。废名的文艺的活动大抵可以分几个段落来说。甲是《努力周报》时代，其成绩可以《竹林的故事》为代表。乙是《语丝》时代，以《桥》为代表。丙是《骆驼草》时代，以《莫须有先生》为代表。以上都是小说。丁是《人间世》时代，以《读论语》这一类文章为主。戊是《明珠》时代，所做都是短文。那时是民国二十五年冬天，大家深感到新的启蒙运动之必要，想再来办一个小刊物，恰巧《世界日报》的副刊《明珠》要改编，便接受了来，由林庚编辑，平伯、废名和我帮助写稿，虽然不知道读者觉得如何，在写的人则以为是颇有意义的事。但是报馆感觉得不大经济，于二十六年元旦又断行改组，所以林庚主编的《明珠》只办了三个月，共出了九十二号，其中废名写了很不少，十月九篇，十一二月各五篇，里边颇有些好文章好意思。例如十月份的《三竿两竿》《陶渊明爱树》《陈亢》，十一月份的《中国文章》《孔门之文》，我都觉得很好。《三竿两竿》起首云："中国文章，以六朝人文章为最不可及。"《中国文章》也劈头就说道："中国文章里简直没有厌世派的文章，这是很可惜的事。"后边又说："我尝想，中国后来如果不是受了一点佛教影响，文艺里的空气恐怕更陈腐，文章里恐

234

怕更要损失好些好看的字面。"这些话虽然说得太简单，但意思极正确，是经过好多经验思索而得的，里边有其颠扑不破的地方。废名在北大读莎士比亚，读哈代，转过来读本国的杜甫李商隐，《诗经》《论语》，《老子》《庄子》，渐及佛经，在这一时期我觉得他的思想最是圆满，只可惜不曾更多所述著，这以后似乎更转入神秘不可解的一路去了。

我的第二封信已在废名走后的次年，时为民国二十七年三月，其文云：

> 偶写小文，录出呈览。此可题曰"读《大学》《中庸》"，题目甚正经，宜为世所喜，惜内容稍差，盖太老实而平凡耳。唯亦正以此故，可以抄给朋友们一看，虽是在家人亦不打诳语，此鄙人所得之一点滴的道也。日前寄一二信，想已达耶，匆匆不多赘。三月六日晨，知堂白。

所云前寄一二信悉未存底，唯《读〈大学〉〈中庸〉》一文系三月五日所写，则抄在此信稿的前面，今亦抄录于后：

> 近日想看《礼记》，因取郝兰皋笺本读之，取其简洁明了也。读《大学》《中庸》各一过，乃不觉惊异。文句甚顺口，而意义皆如初会面，一也。意义还是很难懂，懂得的地方也只是些格言，二也。《中庸》简直多是玄学，不佞盖犹未能全了物理，何况物理后学乎。《大学》稍可解，却亦无甚用处，平常人看看想要得点受用，不如《论语》多多矣。不知道世间何以如彼珍重，殊可惊诧，此其三也。从前书房里念书，真亏得小孩们记得住这些。不佞读大中时是十二岁了，愚钝可想，却也背诵过来，反复思之，所以能成诵者，岂不正以其不可解故耶？

此文也就只是《明珠》式的一种感想小篇，别无深义，寄去后也不记得废名复信云何，只在笔记一页之末录有三月十四日黄梅发信中数语云：

> 学生在乡下常无书可读，写字乃借改男的笔砚，乃近来常觉得自己有学问，斯则奇也。

寥寥的几句话，却很可看出他特殊的谦逊与自信。废名常同我们谈莎士比亚、庾信、杜甫、李义山，《桥》下篇第十八章中有云：

> 今天的花实在很灿烂，——李义山咏牡丹诗有两句我很喜欢，我是梦中传彩笔，欲书花叶寄朝云。你想，红花绿叶，其实在夜里都布置好了，——朝云一刹那见。

此可为一例。随后他又谈《论语》《庄子》，以及佛经，特别是佩服《涅槃经》，不过讲到这里，我是不懂玄学的，所以就觉得不大能懂，不能有所评述了。废名南归后曾寄示所写小文一二篇，均颇有佳处，可惜一时找不出，也有很长的信讲到所谓道，我觉得不能赞一词，所以回信中只说些别的事情，关于道字了不提及，废名见了大为失望，于致平伯信中微露其意，但即是平伯亦未敢率尔与之论道也。

关于废名的这一方面的逸事，可以略记一二。废名平常颇佩服其同乡熊十力翁，常与谈论儒道异同等事，等到他着手读佛书以后，却与专门学佛的熊翁意见不合，而且多有不满之意。有余君与熊翁同住在二道桥，曾告诉我说，一日废名与熊翁论僧肇，大声争论，忽而静止，则二人已扭打在一处，旋见废名气哄哄地走出，但至次

236

日，乃见废名又来，与熊翁在讨论别的问题矣。余君云系亲见，故当无错误。废名自云喜静坐深思，不知何时乃忽得特殊的经验，跌坐少顷，便两手自动，做种种姿态，有如体操，不能自已，仿佛自成一套，演毕乃复能活动。鄙人少信，颇疑是一种自己催眠，而废名则不以为然。其中学同窗有为僧者，甚加赞叹，以为道行之果，自己坐禅修道若干年，尚未能至，而废名偶尔得之，可为幸矣。废名虽不深信，然似亦不尽以为妄。假如是这样，那么这道便是于佛教之上又加了老庄以外的道教分子，于不佞更是不可解，照我个人的意见说来，废名谈中国文章与思想确有其好处，若舍而谈道，殊为可惜。废名曾撰联语见赠云，微言欣其知之为诲，道心恻于人不胜天。今日找出来抄录于此，废名所赞虽是过量，但他实在是知道我的意思之一人，现在想起来，不但有今昔之感，亦觉得至可怀念也。

卯字号的名人（一）

为了记录林蔡二人的笔墨官司，把两方面的文件抄写了一遍，不意有六七千字之多，做了一回十足的"文抄公"，给"谈往"增加了不少的材料，但是这实在乃是欲了解"五四"以前的北大情形的资料，不过现在已经很是难得，我恰有一册《蔡孑民先生言行录》下，里边收有此文，所以拿来利用了。我本来还有《公言报》上的原本，却已经散失，这回转录难免有些错字，只是随了文气加以订正，恐怕是不很靠得住的。现在这重公案既然交代清楚，我们还是回过头去，再讲北京大学的事情。那时是民国六年（一九一七）的秋天，距我初到北京才五六个月，所以北大的情形还是像当初一个样子，所谓北大就是在马神庙的一处，第一院的红楼正在建筑中，第三院的译学馆则是大学预科，文理本科完全在景山东街，即是马神庙的"四公主府"；而且其时那正门也还未落成，平常进出总是走西头的便门，即后来叫作西斋的寄宿舍的门的。进门以后，往北一带靠西边的围墙有若干间独立的房子，当时便是讲堂，进去往东是教员的休息室，也是一带平房。靠近南墙，外边便是马路，不知什么缘故，普通叫作"卯字号"，随后改做校医室，一时又当作女生寄宿舍。但在最初却是文科教员的预备室，一个人一间，许多名人每日都在这里聚集，如钱玄同、朱希祖、刘文典，以及胡适博士，还有谈红楼故事的人所常谈起的，沈二马诸公，——但其时实在只有沈尹默与马裕藻而已；沈兼士在香山养病，沈士远与马衡都还未进北大；刘半农虽然与胡适之是同在这一年里进北大来，但是他担任的是预科功课，所以住在译学馆里。卯字号的最有名的逸事，便是这里所谓两个老兔子和三个小兔子的事，这件事说明了极是平常，却很有考据的价值；因为文科有陈独秀与朱希祖是己卯年生的，又有三人则是辛卯年生，那时胡适之刘半农和刘文典，在民六才只有二十七岁，过了四十多年之后再提起来说，陈朱二刘已早归了道山，就是当时翩翩年少的胡君，也已成了十足古稀的老博士了。

这五位卯年生的名人之中，在北大资格最老的要算朱希祖，他还是民国初年进校的罢，别人都在蔡孑民长校之后，陈独秀还在民五冬天，其他则在第二年里了，朱希祖是章太炎先生的弟子，在北大主讲中国文学史，但是他的海盐话很不好懂。在江苏浙江的学生还不妨事，有些北方人听到毕业，还是不明白。有一个同学说，他听讲文学史到了周朝，教师反复地说孔子是"厌世思想"的，心里很是奇怪，又看黑板上所写引用孔子的话，都是积极的，一点看不出厌世的痕迹，尤其觉得纳闷；如是过了好久，后来不知因了什么机会，忽然省悟教师所说的"厌世"思想，实在乃是说"现世"思想，因为朱先生读"现"字不照国语发音如"线"，仍用方音读若"艳"，与厌字音便很相近似了。但是北方学生很是老实，虽然听不懂他的说话，却很安分，不曾表示反对，那些出来和他为难的反而是南方尤其是浙江的学生，这也是一件很有趣的事。在同班的学生中有一位姓范的，他捣乱得顶厉害，可是外面一点都看不出来，大家还觉得他是用功安分的好学生。在他毕业了过了几时，才自己告诉我们说，凡遇见讲义上有什么漏洞可指的时候，他自己并不开头，只写一小纸条搓团，丢给别的学生，让他起来说话，于是每星期几乎总有人对先生质问指摘。这已经闹得教员很窘了，末了不知怎么又有什么匿名信出现，做恶毒的人身攻击，也不清楚这是什么人的主动，学校方面终于弄得不能付之不问了，于是把一位向来出头反对他们的学生，在将要毕业的直前除了名，而那位姓范的仁兄安然毕业，成了文学士。这位姓范的是区区的同乡，而那顶了缸的姓孙的则是朱老夫子自己的同乡，都是浙江人，可以说是颇有意思的一段因缘。

后来还有一回类似的事，在五四的前后，文学革命运动兴起，校内外都发生了反应，校外的反对派代表是林琴南，他在《新申报》《公言报》上发表文章，肆行攻击，顶有名的是新申报上的《蠡叟丛谈》，本是假聊斋之流，没有什么价值，其中有一篇名叫《荆生》和《妖梦》的小说，是专门攻击北大，想假借武力来加以摧毁的。北大法科有一个学生叫作张镠子，是徐树铮所办的成达中学出身，林琴南在那里教学时的学生，平常替他做些情报，报告北大的事情，又给林琴南寄稿至《新申报》，这些事上文都曾经说及，当时蔡子民的回信虽严厉而仍温和地加以警告，但是事情演变下去，似乎也不能那么默尔而歇；所以随后北大评议会终于议决开除他的学籍，虽然北大是向来不主张开除学生，特别是在毕业的直前，但这两件事似乎都是例外。从来学校里开除的，都是有本领好闹事的好学生，北大也是如此。张镠子是个剧评专家，在北大法科的时候便为了辩护京戏，关于脸谱和所谓摔壳子的问题，在《新青年》上发生过好几次笔战。范君是历史大家，又关于《文心雕龙》得到黄季刚的传授，有特别的造诣，孙世旸是章太炎先生家的家庭教师还是秘书，也是黄季刚的高足弟子，大概是由他的关系而进去的。这样看来，事情虽是在林琴南的信发表以前，这正是所谓新旧文学派之争的一种表现，黄季刚与朱希祖虽然同是章门，可是他排除异己，却是毫不留情的。我与黄季刚同在北大多年，但是不曾见过面，和刘申叔也是这样，虽然他在办《天义报》《河南》的时候，我都寄过稿，随后又同在北大，却只有在教授会议的会场上远远地望见过一次颜色；若黄季刚连在这也没有，也不曾见过照相，这不能不说是一个缺恨了。

卯字号的名人（二）

这里第二位的名人乃是陈独秀。他是蔡孑民长校以后所聘的文科学长，大约当初也认识罢，但是他进北大去，据说是由沈君默（当时他不叫尹默，后来因为有人名沈默君，所以他把口字去了，改作尹默，老朋友叫他却仍然是君默，他也不得不答应）的推荐，其时他还没有什么急进的主张，不过是一个新的名士而已，看早期的《青年杂志》当可明了，乃至杂志改称《新青年》，大概在民六这一年里，逐渐有新的发展，胡适之在美国，刘半农在上海，校内则有钱玄同，起而响应，由文体改革进而为对于旧思想之攻击，便造成所谓文学革命运动。到了学年开始，胡适之刘半农都来北大任教，于是《新青年》的阵容愈加完整，而且这与北大也就发生不可分的关系了。但是月刊的效力，还觉得是缓慢，何况《新青年》又并不能按时每月出版，所以大家商量再来办一个周刊类的东西，可以更为灵活方便一点。这事仍由《新青年》同人主持，在民七（一九一八）的冬天筹备起来，在日记上找到这一点记录：

> 十一月廿七日，晴。上午往校，下午至学长室议创刊《每周评论》，十二月十四日出版，每月助刊资三元。

那时与会的人记不得了，主要的是陈独秀、李守常、胡适之等人。结果是十四日来不及出，延至廿一日才出第一号，也是印刷得很不整齐。当初我做了一篇《人的文学》，送给《每周评论》，得陈独秀复信云：

> 大著《人的文学》做得极好，唯此种材料以载月刊为宜，拟登入《新青年》，先生以为如何？周刊已批准，定于本月二十一日出版，印刷所之要求，下星期三须交稿，唯纪事文可在星期五交稿。文艺时评一栏，望先生有一实物批评之文。豫才先生处，亦求先生转达。十四日。

我接到此信，改写《平民的文学》与《论黑幕》二文，先后在第四五两期上发表。随后接连地遇见"五四"和"六三"两次风潮，《每周评论》着实发挥了实力，其间以陈独秀守常之力为多。但是北洋的反动派，却总是对于独秀眈眈虎视，欲得而甘心，六月十二日独秀在东安市场散发传单，遂被警厅逮捕，拘押了起来。日记上说：

> 六月十四日，同李辛白王抚等五六人至警厅，以北大代表名义访问仲甫，不得见。
> 九月十七日，知仲甫昨出狱。
> 十八日下午，至箭竿胡同访仲甫，一切尚好，唯因粗食，故胃肠受病。

在这以前，北京御用报纸经常攻击仲甫，以彼不谨细行，常做狭邪之游，故报上记载时加渲染，说某日因争风抓伤某妓下部，欲以激起舆论，因北大那时有进德会不嫖不赌不娶妾之禁约也。至此遂以违警见捕，本来学校方面也可以不加理睬。但其时蔡校长已经出走，校内评议会多半是"正人君子"之流，所以任凭陈氏之辞职，于是拔去了眼中钉，反动派乃大庆胜利了。独秀被捕后，《每周评论》由李守常胡适之主持，二人本来是薰莸异器，合作是不可能的，但事实上没有别的办法。日记上说：

> 六月廿三日，晴。下午七时至六味斋，适之招饮，同席十二人，共议《每周评论》善后事，十时散。

来客不大记得了，商议的结果，大约也只是维持现状，由守常、适之共任编辑，生气虎虎的《每周评论》已经成了强弩之末，有几期里大幅地登载学术讲演，此外胡适之的有名的"少谈主义多谈问题"的议论，恐怕也是在这上边发表的。但是反动派还不甘心，在过了一个多月之后，《每周评论》终于在八月三十日被停刊了。总共出了三十六期。《新青年》的事情，以后仍归独秀去办，日记上记有这一节话：

> 十月五日，晴。下午二时至适之寓所，议《新青年》事，自七卷始，由仲甫一人编辑，六时散，适之赠送所著《实验主义》一册。

在这以前，大约是第五六卷罢，曾议决由几个人轮流担任编辑，记得有独秀、适之、守常、半农、玄同和陶孟和这六个人，此外有没有沈尹默，那就不记得了，我特别记得是陶孟和主编的这一回。我送去一篇译稿，是日本江马修的小说，题目是"小的一个人"，无论怎么总是译不好，陶君给我添了一个字，改作"小小的一个人"，这个我至今不能忘记，真可以说是"一字师"了。关于《新青年》的编辑会议，我一直没有参加过，《每周评论》的也是如此，因为我们只是客员，平常写点稿子，只是遇着兴废的重要关头，才会被邀列席罢了。

卯字号的名人（三）

　　上边说陈仲甫的事，有一半是关系胡适之的；现在要讲刘半农，这也与胡适之有关，因为他之成为法国博士，乃是胡适之所促成的。我们普通称胡适之为胡博士，也叫刘半农为刘博士，但是很有区别，刘的博士是被动的，多半含有同情和怜悯的性质。胡的博士却是能动的，纯粹是出于嘲讽的了。刘半农当初在上海卖文为活，写"礼拜六"派的文章。但是响应了《新青年》的号召，成为文学革命的战士，确有不可及的地方。来到北大以后，我往预科宿舍区访问他，承他出示所做《灵霞馆笔记》的资料，原是些极为普通的东西，但经过他的安排组织，却成为很可诵读的散文，当时就很佩服他的聪明才力。可是英美派的绅士很看他不起，明嘲暗讽，使他不安于位，遂想往外国留学，民九乃以公费赴法国。留学六年，始终获得博士学位，而这学位乃是国家授予的，与别国的由私立大学所授的不同，他屡自称国家博士，虽然有点可笑，但这是很可原谅的。他最初参加《新青年》，出力奋斗，顶重要的是和钱玄同合唱"双簧"，由玄同扮作旧派文人化名王敬轩，写信抗议，半农主持答复，痛加反击，这些都做得有些幼稚，在当时却是很有振聋发聩的作用的。他不曾与闻《每周评论》，在"五四"时，胡主持高等学校教职联合会事务，后来归国加入《语丝》，作文十分勇健，最能吓破绅士派的苦胆。后来去绥远做学术考察，生了回归热，这本来可以医好，为中医所误，于一九三四年去世。在追悼会的时候，我总结他的好处共

244

有两点：其一是他的真，他不装假，肯说话，不投机，不怕骂；一方面却是天真烂漫，对什么人都无恶意。其二是他的杂学，他的专门是语音学，但他的兴趣很广博，文学美术他都喜欢，做诗，写字，照相，搜书，谈文法，谈音乐，有人或者嫌他杂，我觉得这正是好处，方面广；理解多，于处世和治学都有用。当时并做了一副挽联送去，其名曰：

> 十七年尔汝旧交，追忆还从卯字号。
> 廿余日驰驱大漠，归来竟作丁令威。

在第二年的夏天，下葬于北京西郊，刘夫人命做墓志刻石，我遂破天荒第一次正式做起文章来，写成《故国立北京大学教授刘君墓志》一篇，其文如下：

> 君姓刘，名夏，号半农，江苏江阴县人，生于清光绪十七年辛卯四月二十日，以中华民国二十三年七月十四卒于北平，年四十四。夫人朱惠，生子女三人，育厚，育伦，育敦。
>
> 君少时曾奔走革命，已而卖文为活，民国六年被聘为国立北京大学预科教授，九年，教育部派赴欧洲留学，凡六年；十四年应巴黎大学考试，受法国国家文学博士学位，返北京大学，任中国文学系教授，兼研究所国学门导师。二十年为文学院研究教授，兼研究院文史部主任。二十三年六月至绥远调查方音，染回归热，返北平，遂卒。二十四年五月葬于北平西郊香山之玉皇顶。
>
> 君状貌英特，头大，眼有芒角，生机勃勃，至中年不少衰。性果毅，勤劳苦，专治语音学，多所发明。又爱好文学艺术，以余力照相，写字，做诗文，皆精妙。与人交

游，和易可亲，善谈谐，老友或与戏谑以为笑。及今思之，如君之人已不可再得。呜呼，古人伤逝之意，其在兹乎。将葬，夫人命友人绍兴周作人撰墓志，如皋魏建功书石，鄞马衡篆盖。作人，建功，衡于谊不能辞，故谨志而书之。

第五个卯字号的名人乃是刘文典，但是这里余白已经不多，只好来少为讲几句，虽然他的事情说来很多。他是安徽合肥县人，乃是段祺瑞的小同乡，为刘申叔的弟子，擅长那一套学问，所著有《淮南子集解》，有名于时。其状貌甚为滑稽，口多微词，凡词连段祺瑞的时候，辄曰"我们的老中堂……"，以下便是极不雅驯的话语，牵连到"太夫人"等人的身上去。刘号曰叔雅，常自用文字学上变例改为"狸豆乌"，友人则戏称之为"刘格拉玛"，用代称号。因为昔曾吸食鸦片烟，故面目黧黑，亦不讳言，又性喜猪肉，尝见钱玄同在餐馆索素食，便来辩说其不当，庄谐杂出，玄同匆遽避去。后来北大避难迁至昆明，于是相识友人遂进以尊号，曰二云居士，谓云土与云腿，皆所素嗜也。平日很替中医辩护。谓世上混账人太多，他们"一线死机"唯以有若辈在耳，其持论奇辟，大抵类此。

三沈二马（上）

　　平常讲起北大的人物，总说有三沈二马，这是与事实有点不很符合的。事实上北大里后来是有三个姓沈的和两个姓马的人，但在我们所说的"五四"前后却不能那么说，因为那是只有一位姓沈的即是沈尹默，一位姓马的即是马幼渔，别的几位都还没有进北大哩。还有些人硬去拉哲学系的马夷初来充数，殊不知这位"马先生"，——这是因为他发明一种"马先生汤"，所以在北京饭馆里一时颇有名，——乃是杭县人，不能拉他和鄞县的人做是一家，这尤其是可笑了。沈尹默与马幼渔很早就进了北大，还在蔡孑民长北大之前，所以资格较老，势力也比较地大。实际上两个人有些不同，马君年纪要大几岁，人却很是老实，容易发脾气，沈君则更沉着，有思虑，因此虽凡事退后，实在却很起带头作用。朋友们送他一个徽号叫"鬼谷子"，他也便欣然承受，钱玄同尝在背地批评，说这诨名起得不妙，鬼谷子是阴谋大家，现在这样地说，这岂不是自己去找骂么？但就是不这样说，人家也总是觉得北大的中国文学系里的浙江人专权；因为沈是吴兴人，马是宁波人，所以有"某籍某系"的谣言，虽是"查无实据"，却也是"事出有因"；但是这经过闲话大家陈源的运用，转移过来说绍兴人，可以说是不虞之誉了。我们绍兴人在"正人君子"看来，虽然都是绍兴师爷一流人，性好舞文弄墨，但是在国文系里，我们是实在毫不足轻重的。他们这样地说，未必是不知道事实，但是为的"挑剔风潮"，别有作用，却也可以说

247

弄巧成拙，留下了这一个大话柄了罢。

如今闲话休题，且说那另外的两位沈君，一个是沈兼士，沈尹默的老弟，他的确是已经在北大里了，因为民六那一年，我接受北大国史编纂处的聘书为纂译员，共有两个人，一个便是沈兼士，不过他那时候不在城里，实在香山养病。他生的是肺病，可不是肺结核，乃是由于一种名叫二口虫的微生物，在吃什么生菜的时候进到肚里，侵犯肺脏，发生吐血；这是他在东京留学时所得的病，那时还没有痊愈。他也曾经从章太炎问学，他的专门是科学一面，在"物理学校"上课，但是兴味却是国学的"小学"一方面，以后他专稿文字学的形声，特别是"右文问题"，便是凡从某声的文字也含有这声字的意义。他在西山养病时，又和基督教的辅仁学社的陈援庵相识，陈研究元史，当时著《一赐乐业考》《也里可温考》等，很有些新气象；逐渐二人互相提携，成为国学研究的名流。沈兼士任为北大研究所国学门主任，陈援庵则由导师，转升燕京大学的研究所主任，再进而为辅仁大学校长，更转而为师范大学校长，至于今日，沈兼士随后亦脱离北大，跟陈校长任辅仁大学的文学院长，终于因同乡朱家骅的关系，给国民党做教育的特务工作，胜利以后匆遽死去。陈援庵同胡适之也是好朋友，但胡适之在解放的前夕乘飞机仓皇逃到上海，陈援庵却在北京安坐不动；当时王古鲁在上海，特地去访胡博士，劝他回北京至少也不要离开上海，可是胡适之却不能接受这个好意的劝告，由此看来，沈兼士和胡适之都不能及陈援庵的眼光远大，他的享有高龄与荣誉，可见不是偶然的事了。

另外一个是沈大先生沈士远，他的名气都没有两个兄弟的大，人却顶是直爽，有北方人的气概；他们虽然本籍吴兴，可是都是在陕西长大的。钱玄同尝形容他说，譬如有几个朋友聚在一起谈天，渐渐地由正经事谈到不很雅驯的事，这是凡在聚谈的时候常有的现象，他却在这时特别表示一种紧张的神色，仿佛在声明道，现在我们要开始说笑话了！这似乎形容得很是得神。他最初在北大预科教国文，讲解得十分仔细，讲义中有一篇《庄子》的《天下篇》，据说这篇文章一直要讲上一学期，这才完了，因此学生们送他一个别号便是"沈天下"。随后转任为北大的庶务主任，到后来便往燕京大学去当国文教授，时间大约在民国十五年（一九二六）罢，因为第二年的四月，李守常被捕的那天，大家都到他海甸家里去玩；守常的大儿子也同了同学们去，那天就住在他家里；乃至次晨这才知道昨日发生的事情，便由尹默打电话告知他的老兄，叫暂留守常的儿子住在城外。因此可以知道他转住燕大的时期，这以后他就脱离了北大，解放后他来北京在故宫博物院任职，但是不久也就故去了。至今三位沈君之中，只有尹默还是健在，但他也已早就离开北大。在民国十八年北伐成功之后，他陆续担任河北省教育厅长、北平大学校长、女子文理学院院长，后到上海任中法教育职务。他擅长书法，是旧日朋友中很难得的一位艺术家。

三沈二马（下）

　　现在要来写马家列传了。在北大的虽然只有两位马先生，但是他家兄弟一共有九个，不过后来留存的只有五人，我都见到过，而且也都相当的熟识。马大先生不在了，但留下一个儿子，时常在九先生那里见着。二先生即是北大的马幼渔，名裕藻，本来他们各有一套标准的名号，很是整齐，大约还是他们老太爷给定下来的，即四先生名衡，字叔平，五先生名鉴，字季明，七先生名准，本字绳甫，后来曾一度出家，因改号太玄，九先生名廉，字隅卿，照例二先生也应该是个单名，字为仲什么；但是他都改换掉了，大约也在考取"百名师范"，往日本留学去的时候罢。不晓得他的师范是哪一门，但他在北大所教的乃是章太炎先生所传授的文字学的音韵部分，和钱玄同的情形正是一样。他进北大很早，大概在蔡孑民长校之前，以后便一直在里边，与北大共始终。民国廿六年（一九三七），学校迁往长沙，随后又至昆明，他没有跟了去，学校方面承认几个教员有困难的不能离开北京，名为北大留校教授，凡有四人，即马幼渔、孟心史、冯汉叔和我，由学校每月给予留京津贴五十元，但在解放以前他与冯孟两位却已去世了。

　　马幼渔性甚和易，对人很是谦恭，虽是熟识朋友，也总是称某某先生，这似乎是马氏弟兄的一种风气，因为他们都是如此的。与旧友谈天颇喜诙谐，唯自己不善谈，只是旁听微笑而已。但有时迹近戏弄的也不赞成。有一次刘半农才到北京不久，也同老朋友一样

250

和他开玩笑，在写信给他的时候，信面上写作"鄞县马厩"，主人见了艴然不悦，这其实要怪刘博士的过于轻率的。他又容易激怒，在评议会的会场上遇见不合理的议论，特别是后来"正人君子"的一派，他便要大声叱咤，一点不留面子，与平常的态度截然不同。但是他碰见了女学生，那就要大倒其楣，他平时的那种客气和不客气的态度都没有用处。现在来讲这种逸事，似乎对于故人有点不敬的意思。本来在知识阶级中间这是很寻常的事，居家相敬如宾，出外说到太太时，总是说自己不如，或是学问好，或是治家有方；有些人听了也不大以为然，但那毕竟与季常之惧稍有不同，所以并无什么可笑之处，至多是有点幽默味罢了。他有一个时候曾在女师大或者还是女高师兼课，上课的时候不知怎的说及那个问题，关于"内人"讲了些话，到了下星期的上课时间，有两个女同学提出请求道："这一班还请老师给我们讲讲内人的事罢。"这很使得他有点为难，大概只是嗨嗨一笑，翻开讲义夹来，模糊过去了罢。

这班学生里很出些人物，即如那捣乱的学生就是那有名的黄瑞筠，当时在场的她的同学后来出嫁之后讲给她的"先生"听，所以虽然是间接得来，但是这故事的真实性是十分可靠的。说到这里，联想所及不禁笔又要岔了开去，来记刘半农的一件逸事了。这些如教古旧的道学家看来，就是"谈人闺阃"，是很缺德的事，其实讲这故事其目的乃是来表彰他，所以乃是当作一件盛德事来讲的。当初刘半农从上海来北京，虽然有志革新，但有些古代传来的"才子佳人"的思想还是存在，时常在谈话中间要透露出来，仿佛有羡慕"红袖添香"的口气，我便同了玄同加以讽刺，将他的号改为龚孝拱的"半伦"，因为龚孝拱不承认五伦，只余下一妾，所以自认只有半个"伦"了。半农禁不起朋友们的攻击，逐渐放弃了这种旧感情和思想，后来出洋留学，受了西方尊重女性的教训，更是显著地有了转变了。归国后参加《语丝》的工作，及张作霖入关，《语丝》被禁，我们两人暂避在一个日本武人的家里，半农有《记砚兄之称》

251

一小文，记其事云：

　　余与知堂老人每以砚兄相称，不知者或以为儿时同窗
友也。其实余二人相识，余已二十七，岂明已三十三。时
余穿鱼皮鞋，犹存上海少年滑头气，岂明则蓄浓髯，戴大
绒帽，披马夫式大衣，俨然一俄国英雄也。越十年，红胡
入关主政，北新封，语丝停，李丹忧捕，余与岂明同避菜
厂胡同一友人家。小厢三楹，中为膳食所，左为寝室，席
地而卧，右为书室，室仅一砚。

　　寝，食，相对枯坐而外，低头共砚写文而已。居停主
人不许多友来视，能来者余妻岂明妻而外，仅有徐耀辰兄
传递外间消息，日或三四至也。时为民国十六年，以十月
二十四日去，越一星期归，今日思之，亦如梦中矣。

　　我所说的便是躲在菜厂胡同的事，有一天半农夫人来访，其时
适值余妻亦在，因避居右室，及临去乃见其潜至门后，亲吻而别，
此盖是在法国学得的礼节，维持至今者也。此事适为余妻窥见，相
与叹息刘博士之盛德，不敢笑也。刘胡二博士虽是品质不一样，但
是在不忘故剑这一点上，却是足以令人钦佩的，胡适之尚健在，若
是刘半农则已盖棺论定的了。

二马之余

　　上边讲马幼渔的事，不觉过于冗长，所以其他的马先生只能写在另外的一章了。马四先生名叫马衡，他大约是民国八九年才进北大的罢，教的是金石学一门，始终是个讲师，于校务不发生什么关系；说的人也只是品凑"二马"的人数，拉来充数的罢了。他的夫人乃是宁波巨商叶澄衷堂里的小姐，却十分看不起大学教授的地位，曾对别人说："现在好久没有回娘家去了，因为不好意思，家里问起叔平干些什么，要是在银行什么地方，那也还说得过去，但是一个大学的破教授，叫我怎么说呢？"可是在那些破教授中间，马叔平却是十分阔气的，他平常总是西服，出入有一辆自用的小汽车，胡博士买到福特旧式的"高轩"，恐怕还要在他之后呢。他待人一样地有礼貌，但好谈笑，和钱玄同很说得来。有一次玄同与我转托黎劭西去找白石刻印，因为黎齐有特别关系，刻印可以便宜，只要一块半钱一个字，叔平听见了这个消息，便特地坐汽车到孔德学校宿舍里去找玄同，郑重地对他说："你有钱尽管有可花的地方，为什么要去送给齐白石？"

　　他自己也会刻印，但似乎是仿汉的一派，在北京的印人，经他许可的只有王福庵和寿石工，他给我刻过一方名印，仿古人"庾公之斯"的例，印文云"周公之作"，这与陈师曾刻的省去"人"字的"周作"正是好一对了。他又喜欢喝酒，玄同前去谈天留着吃饭的时候，常劝客人同喝，玄同本来也会喝酒，只因血压高不敢多吃，所以曾经写过一张《酒誓》，留在我这里，因为他写了同文的两张，一张是给我的，却不知道是什么缘故，都寄到这里来了。原文系用九行行七字的急就顺自制的红格纸所写，其文曰："我从中华民国二十二年七月二日起，当天发誓，绝对戒酒，即对于马凡将周苦雨二氏，亦不敷衍矣。恐后无凭，立此存照。钱龟竞十。"下盖朱文方印曰龟竞，十字甚粗笨，则是花押也。给我的一纸文字相同，唯周苦雨的名字排在前面而已。看了这写给"凡将斋"的酒誓，也可以想见主人是个有风趣的人了。

他于赏鉴古物也很有功夫，有一年正月逛厂甸，我和玄同叔平大家适值会在一起，又见黎子鹤张凤举一同走来，子鹤拿出来新得来的"酱油青田"的印章，十分得意地给他看，他将石头拿得很远地一看（因为有点眼花），不客气地说道："西贝，西贝！"意思是说"假"的。玄同后来时常学他的做法，这也是可以表现他的一种性格。自从一九二四年宣统出宫，故宫博物院逐渐成立以后，马叔平遂有了他适当的工作，后来正式做了院长，直到解放之后才故去了。

此外还有几位马先生，虽然只有一位与北大有关系，也顺便都记在这里。马五先生即是马鉴，季明，他一向在燕京大学任教，我在那里和他共事好几年，也是很熟的朋友，后来转到香港大学，到近年才归道山。马七先生马准，法号太玄，也是一个很可谈话有风趣的人，在有些地方大学教书，只是因为曾有嗜好，所以不大能够得意，在他的兄弟处时常遇见，颇为稔熟。末了一个是马九先生隅卿，他曾在鲁迅之后任中国小说史的功课，至民国二十四年（一九三五）二月十九日在北京大学第一院课堂上因脑出血去世。隅卿的专门研究是明清的小说戏曲，此外又搜集四明的明末文献，这件事是受了清末的民族革命运动的影响，大抵现今的老年人都有过这种经验，不过表现略有不同，如七先生写到清乾隆必称曰弘历，亦是其一。因为这些小说戏曲从来是不登大雅之堂的，所以隅卿自称曰不登大雅文库，隅卿殁后，听说这文库以万元售给北大图书馆了。后来得到一部二十回本的《平妖传》，又称平妖堂主人，赏复刻书中插画为笺纸，大如册页，分得一匣，珍惜不敢用。又别有一种画笺，系《金瓶梅》中插图，似刻成未印，今不可得矣。居南方时得话本二册，题曰"雨窗集""欹枕集"，审定为清平山堂同型之木，旧藏天一阁者也。因影印行世，请沈兼士书额云雨窗欹枕室，友人或称之为雨窗先生。隅卿用功甚勤，所为礼记甚多，平素过于谦逊不肯发表，尝考冯梦龙事迹著作甚详备，又抄集遗文成一卷，屡劝其付印亦未允。二月十八日是阴历上元，他那时还出去看街上的灯，一直兴致很好，不意到了第二天，便尔溘然了。我送去一副挽联，只有十四个字：

月夜看灯才一梦，
雨窗欹枕更何人。

中年以后丧朋友是很可悲的事，有如古书，少一部就少一部，此意惜难得恰好地达出，挽联亦只能写得像一副挽联就算了，当时写一篇纪念文，是这样地结末的。

255

蔡孑民（一）

复辟的事既然了结，北京表面上安静如常，一切都恢复原状，北京大学也照常地办下去，到天津去避难的蔡校长也就回来了，因为七月三十一日的日记上载着至大学访蔡先生的事情。九月四日记着大学聘书，这张聘书却经历了四十七年的岁月，至今存在，这是很难得的事情，上面写着"敬聘某某先生为文科教授，兼国史编纂处编纂员"，月薪记得是教授初级为二百四十元，随后可以加到二百八十元为止。到第二年（一九一八）四月却改变章程，由大学评议会议决"教员延聘施行细则"，规定聘书计分两种，第一年初聘系试用性质，有效期间一学年，至第二年六月致送续聘书，这才长期有效。施行细则关于"续聘书"有这几项的说明：

六，每年六月一日至六月十五日为更新初聘书之期，其续聘书之程式如左，敬续聘某先生为某科教授，此订。

七，教授若至六月十六日尚未接本校续聘书，即作为解约。

八，续聘书只送一次，不定期限。

这样的办法其实是很好的，对于教员很是尊重，也很客气，在蔡氏"教授治校"的原则下也正合理，实行了很多年没有什么流弊。但是物极必反，到了北伐成功，北京大学由蒋梦麟当校长，胡适之

256

当文科学长的时代，这却又有了变更；即自民国十八年（一九二九）以后仍改为每年发聘书，如到了学年末不曾收到新的聘书，那就算是解了聘了，在学校方面，生怕如照从前的办法，有不合适的教授拿着无限期的聘书，学校要解约时硬不肯走，所以改用了这个办法，比较可以运用自如了罢。其实也不尽然，这原在人不在办法，和平的人就是拿着无限期聘书，也会不则一声地走了；激烈的虽是期限已满，也还要争执，不肯罢休的。许之衡便是前者的实例，林损（公铎）则属于后者，他在被辞退之后，大写其抗议的文章，在《世界日报》上发表的致胡博士的信中，"遗我一矢"之语，但是胡博士并不回答，所以这事也就不久平息了。

蔡子民在民国元年（一九一二）南京临时政府任教育总长的时候，首先即停止祭孔，其次是北京大学废去经科，正式定名为文科，这两件事情在中国的影响极大，是绝不可估计得太低的。中国的封建旧势力依靠孔子圣道的定名，横行了多少年，现在一股脑儿地推倒在地上，便失了威信，虽然他几次想卷土重来，但这有如废帝的复辟，却终于不能成了。蔡子民虽是科举出身，但他能够毅然决然冲破这重樊篱，不可不说是难能可贵。后来北大旧人仿"柏梁台"做联句，分咏新旧人物，其说蔡子民的一句是"毁孔子庙罢其祀"，可说是能得到要领，其余咏陈独秀胡适之诸人的惜已忘记，只记得有一句是说黄侃（季刚）的，却还记得，这是"八部书外皆狗屁"，也是适如其分。黄季刚是章太炎门下的弟子，平日专攻击弄新文学的人们，所服膺的是八部古书，既是《毛诗》《左传》《周礼》《说文解字》《广韵》《史记》《汉书》《文选》是也。蔡子民的办大学，主张学术平等，设立英法日德俄各国文学系，俾得多了解各国文化。他又主张男女平等，大学开放，使女生得以入学。他的思想办法有人戏称之为古今中外派，或以为近于折中，实则毋宁说是兼容并包，可知其并非是偏激一流，我故以为是真正儒家，其与前人不同者，只是收容近世的西欧学问，使儒家本有的常识更益增强，持此以判

257

断事物，以合理为止，所以即可目为唯理主义。《蔡孑民先生言行录》二册，辑成于民国八九年顷，去年已有四十年，但仍为最好的结集；如或肯去虚心一读，当信吾言不谬。旧业师寿洙邻先生是教我读四书的先生，近得见其评语，题在《言行录》面上者，计有两则云：

子民学问道德之纯粹高深，和平中正，而世多訾嗷，诚如庄子所谓纯纯常常，乃比于狂者矣。

子民道德学问，集古今中外之大成，而实践之，加以不择壤流，不耻下问之大度，可谓伟大矣。

寿先生平常不大称赞人，唯独对于蔡孑民不惜予以极度的赞美，这也并非偶然的，盖因蔡孑民素主张无政府共产，绍兴人士造作种种谣言，加以毁谤，事实证明却乃正相反，这有如蔡孑民自己所说，"唯男女之间一毫不苟者，夫然后可以言废婚姻"。其古今中外派的学说看似可笑，但在那时代与境地却大大地发挥了他的作用，因为这种宽容的态度，正与统一思想相反，可以容得新思想长成发达起来。

蔡孑民（二）

讲到蔡孑民的事，非把林蔡斗争来叙说一番不可，而这事又是与复辟很有关系的。复辟这出把戏，前后不到两个星期便收场了，但是他却留下很大的影响，在以后的政治和文化的方面，都是关系极大。在政府上是段祺瑞以推倒复辟的功劳，再做内阁总理，造成皖系的局面，与直系争权力，演成直皖战争；接下去便是直奉战争，结果是张作霖进北京来做大元帅，直到北伐成功，北洋派整个坍台，这才告一结束。在段内阁当权时代，兴起了那有名的五四运动，这本来是学生的爱国的一种政治表现，但因为影响于文化方面者极为深远，所以或又称以后的作新文化运动。这名称是颇为确实的，因为以后蓬蓬勃勃起来的文化上诸种运动，几乎无一不是受了复辟事件的刺激而发生而兴旺的。即如《新青年》罢，他本来就有，叫作《青年杂志》，也是普通的刊物罢了，虽是由陈独秀编辑，看不出什么特色来。后来胡适之自美国寄稿，说到改革文体，美其名曰"文学改革"，可是说也可笑，自己所写的文章都还没有用白话文。第三卷里陈独秀答胡适书中，尽管很强硬地说："独至改良中国文学当以白话文学正宗之说，其是非甚明，必不容反对者有讨论余地，必以吾辈所主张者为绝对之是，而不容他人之匡正也。"可是说是这么说，做却还是做的古文，和反对者一般。（上边的这一节话，是抄录黎锦熙在《国语周刊》创刊号所说的。）我初来北京，鲁迅曾以《新青年》数册见示，并且述许季茀的话道："这里边颇有些理论，可以一驳。"大概许君是用了民报社时代的眼光去看他，所以这么说的罢。但是我看了却觉得没有什么谬，虽然也并不怎么对，我那时也是写古文的，增订本《域外小说集》所说梭罗古勃的寓言数篇，便都是复辟前后这一个时期所翻译的。经过那一次事件的刺激，和以后的种种考虑，这才翻然改变过来，觉得中国很有"思想革命"之必要，光只是"文学革命"实在不够，虽然表现的文字改革自然是连带地应当做到的事，不过不是主要的目的罢了。所以我所写的第一篇白话文，乃是《古诗今译》，内容是古希腊谛阿克列多思的牧歌第十，在九月十八日译成，十一月十四日又加添了一篇题记。送给《新青年》去，在第四卷中登出的。题记原文如下：

一、谛阿克列多思（*The Okritos*）牧歌是希腊两千年前的古诗，今却用口语来译他，因为我觉得不好，又相信中国只有口语可以译他。

什法师说，译书如嚼饭哺人，原是不错。真要译得好，只有不译，若译他时，总有两件缺点，但我说，这却正是翻译的要素。（一）不及原本，因为已经译成中国语。如果还同原文一样好，除非请谛阿克列多思学了中国文自己来做。（二）不像汉文——有声调好读的文章——因为原是外国著作。如果用汉文一般样式，那就是我随意乱改的糊涂文，算不了真翻译。

二、口语做诗不能用五七言，也不必定要押韵，只要照呼吸的长短做句便好。现在所译的歌就用此法，且试试看，这就是我所谓新体诗。

三、外国字有两不译，一人名地名（原来著者姓名系用罗马字拼，如今用译音了）；二特别名词，以及没有确当译语，或容易误会的，都用原语，但以罗马字做标准。

四、以上都是此刻的见解，倘若日后想出更好的方法，或者有人别有高见的时候，便自然从更好的走。

这篇译诗与题记，都经过鲁迅的修改，题记中第二节的第二段由他添改了两句，既是"如果"云云，口气非常地强有力，其实我在那里边所说，和我早年的文章一样，本来也颇少婉曲的风致，但是这样一改便显得更是突出了。其次是鲁迅个人，从前那么隐默，现在却动手写起小说来，他明说是由于"金心异"（钱玄同的诨名）的劝驾，这也是复辟以后的事情。钱君从八月起，开始到会馆来访问，大抵是午后四时来，吃过晚饭，谈到十一二点钟回师大寄宿舍去。查旧日记八月中的九日、十七日、廿七日来了三回，九月以后每月只来过一回。鲁迅文章中所记谈话，便是问抄碑有什么用，是什么意思，以及末了说，"我想你可以做一点文章"，这大概是在头两回所说的。"几个人既然起来，你不能说决没有毁灭这铁屋的希望"，这个结论承鲁迅接受了，结果是那篇《狂人日记》，在《新青年》次年四月号发表，他的创作时期当在那年初春了。如众所周知，这篇《狂人日记》不但是篇白话文，而且是攻击人吃人的礼教的第一炮，这便是鲁迅钱玄同所关心的思想革命问题，其重要超过于文学革命了。

蔡孑民（三）

　　如今说到了林蔡斗争的问题，不由得我在这里不做一次"文抄公"了，但在抄袭之先，还须得让我来说明几句。北洋派的争斗，如果只是几个军阀的争权夺利，那就是所谓狗咬狗的把戏，还没有多大的害处，假如这里边夹杂着一两个文人，便容易牵涉到文化教育上来，事情就不是那么的简单了。段祺瑞派下有一个徐树铮，是他手下顶得力的人，不幸又是能写几句文章，自居于桐城派的人，他办着一个成达中学，拉拢好些文人学士，其中有一个自称清室举人的林纾，以保卫圣道自居，想借了这武力，给北大以打击；又联络校内的人做内线，于是便兴风作浪起来了。最初他在上海《新申报》上发表《蠹叟丛谈》，是《谐铎》一流的短篇，以小说的形式，对于北大的《新青年》的人物加以辱骂与攻击，记得头一篇名叫"荆生"，说有田必美、狄莫与金心异——影射陈独秀、胡适与钱玄同的姓名——三个人，放言高论，诋毁前贤，被荆生听见了，把这班人痛加殴打，这所谓荆生乃是暗指徐树铮。用意既极为恶劣，文辞亦多草率不通，如说金心异"畏死如猬"，畏死并不是刺猬的特性，想见写的时候是气愤极了，所以这样地乱涂，随后还有一篇《妖梦》，说梦见这班非圣无法的人都给一个怪物拿去吃了，里边有一个名元绪公，即是说的蔡孑民，因为《论语》注有"蔡，大龟也"的话，所以比他为乌龟，这元绪公尤是刻薄的骂人话。蔡孑民答复法科学生张厚载的信里说得好：

得书知林琴南君攻击本校教员之小说，均由兄转寄新申报。在兄与林君有师生之谊，宜爱护林君；兄为本校学生，宜爱护母校，林君做此等小说，意在毁坏本校名誉，兄徇林君之意而发布之，于兄爱护母校之心，安乎否乎？仆生平不喜做谩骂语轻薄语，以为受者无伤，而施者实为失德。林君詈仆，仆将哀矜之不暇，而又何憾焉。唯兄反诸爱护本师之心，安乎否乎？往者不可追，望以后注意。

林琴南的小说并不只是谩骂，还包含着恶意的恐吓，想假借外来的力量，摧毁异己的思想；而且文人笔下辄含杀机，动不动便云宜正两观之诛，或曰寝皮食肉，这些小说也不是例外；前面说作者失德，实在是客气话，失之于过轻了。虽然这只是推测的话，但是不久渐见诸事实，即是报章上正式地发表干涉，成为林蔡斗争的公案，幸而军阀还比较文人高明，他们忙于自己的政治的争夺，不想就来干涉文化，所以幸得苟安无事，而这场风波终于成为一场笔墨官司而完结了。我因为要抄录这场斗争的文章，先来说明几句，都是写得长了，姑且作为一段，待再从《公言报》的记事说起罢。

北大感旧录（一）

我于民国六年（一九一七）初到北大，及至民国十六年暑假，已经十足十年了，恰巧张作霖大元帅，将北大取消，改为京师大学，于是我们遂不得不与北京大学暂时脱离关系了。但是大元帅的寿命也不长久，不到一年光景，情形就很不像样，只能退回东北去，于六月中遇炸而死，不久东三省问题也就解决，所谓北伐遂告成功了。经过一段曲折之后，北京大学旋告恢复，外观虽是依然如故，可是已经没有从前的"古今中外"的那种精神了，所以将这十年作为一段落，算作北大的前期，也是合于事实的。我在学校里是向来没有什么活动的，与别人接触并不多，但是在文科里边也有些见闻，特别这些人物是已经去世的，记录了下来作为纪念。而且根据佛教的想法，这样的做也即是一种功德供养，至于下一辈的人以及现在还健在的老辈悉不阑入，但是这种老辈现今也是不多，真正可以说是寥落有如晨星了。

一、**辜鸿铭** 北大顶古怪的人物，恐怕众口一词地要推辜鸿铭了罢。他是福建闽南人，大概先代是华侨罢，所以他的母亲是西洋人，他生得一副深眼睛高鼻子的洋人相貌，头上一撮黄头毛，却编了一条小辫子，冬天穿枣红宁绸的大袖方马褂，上戴瓜皮小帽；不要说在民国十年前后的北京，就是在前清时代，马路上遇见这样一位小城市里的华装教士似的人物，大家也不免要张大了眼睛看得出神的罢。尤其妙的是那包车的车夫，不知是从哪里乡下去特地找了来的，或者是徐州辫子兵的余留亦未可知，也是一个背拖大辫子的汉子，正同课堂上的主人是好一对，他在红楼的大门外坐在车兜上等着，也不失为车夫队中一个特出的人物。辜鸿铭早年留学英国，在那有名的苏格兰大学毕业，归国后有一时也是断发西装革履，出入于湖广总督衙门。（依据传说如此，真伪待考。）可是后来却不晓得什么缘故变成那一副怪相，满口"春秋大义"，成了十足的保皇派了。但是他似乎只是广泛地主张要皇帝，与实际运动无关，所以洪宪帝制与宣统复辟两回事件里都没有他的关系。他在北大教的是拉丁文等功课，不能发挥他的正统思想，他就随时随地想要找机会发泄。我只在会议上遇到他两次，每次总是如此。有一次是北大开文科教授会讨论功课，各人纷纷发言，蔡校长也站起来预备说话，辜鸿铭一眼看见首先大声说道："现在请大家听校长的吩咐!"这是他原来的语气，他的精神也就充分地表现在里边了。又有一次是五四运动时，六三事件以后，大概是一九一九年的六月五日左右罢，北大教授在红楼第二层临街的一间教室里开临时会议，除应付事件外有一件是挽留蔡校长，各人照例说了好些话，反正对于挽留是没有什么异议的，问题只是怎么办，打电报呢，还是派代表南下。辜鸿铭也走上讲台，赞成挽留校长，却有他自己的特别理由，他说道："校长是我们学校的皇帝，所以非得挽留不可。"《新青年》的反帝反封建的朋友们有好些都在座，但是因为他是赞成挽留蔡校长的，所以也没有人再来和他抬杠。可是他后边的一个人出来说话，却于无意中闹了一个大乱子，也是很好笑的一件事。这位是理教科教授，姓丁，是江苏省人，本来能讲普通话，可是这回他一上讲台去，说了一大串叫人听了难懂，而且又非常难过的单句。那时天气本是炎热，时在下午，又在高楼上一间房里，聚集了许多人，大家已经很是烦躁的了，这丁先生的话是字字可以听得清，可是几乎没有两个字以上连得起来的，只听得他单调地断续地说，"我们，今天，今天，我们，北大，北大，我们"，如是者约略有一两分钟，不，或者

265

简直只有半分钟也说不定，但是人们仿佛觉得已经很是长久，在热闷的空气中，听了这单调的断续的单语，有如在头顶上滴着屋漏水，实在令人不容易忍受。大家正在焦躁，不知道怎么办才好的时候，忽然地教室的门开了一点，有人伸头进来把刘半农叫了出去。不久就听到刘君在门外顿足大声骂道："混账！"里边的人都愕然出惊，丁先生以为在骂他，也便匆匆地下了讲台，退回原位去了。这样会议就中途停顿，等到刘半农进来报告，才知道是怎么的一回事，这所骂的当然并不是丁先生，却是法科学长王某，他的名字忘记了，仿佛其中有一个祖字。六三的那一天，北京的中小学生都列队出来讲演，援助五四被捕的学生，北京政府便派军警把这些中小学生一队队地捉了来，都监禁在北大法科校舍内。各方面纷纷援助，赠送食物，北大方面略尽地主之谊，预备茶水食料之类，也就在法科支用了若干款项。这数目记不清楚了，大约也不会多，或者是一二百元罢；北大教授会决定请学校核销此款，归入正式开销之内。可是法科学长不答应，于是事务员跑来找刘半农，因为那时他是教授会的干事负责人，刘君听了不禁发起火来，破口大喝一声。后来大概法科方面也得了着落，而在当时解决了先生的纠纷，其功劳实在也是很大的。因为假如没有他这一喝，会场里说不定会要发生严重的结果。看那时的形势，在丁先生一边暂时并无自动停止的意思，而这样地讲下去，听的人又忍受不了，立刻就得有铤而走险的可能。当日刘文典也在场，据他日后对人说，其时若不因了刘半农的一声喝而停止讲话，他就要奔上讲台去，先打一个耳光，随后再叩头谢罪，因为他实在再也忍受不下去了。——关于丁君因说话受窘的事，此外也有些传闻，然而那是属于"正人君子"所谓的"流言"，所以似乎也不值得加以引用了。

北大感旧录（二）

二、**刘申叔**　北大教授中畸人，第二个大概要推刘申叔了罢。说也奇怪，我与申叔早就有些关系，所谓"神交已久"；在丁未（一九〇七）前后他在东京办《天义报》的时候，我投寄过好些诗文，但是多由陶望潮间接交去；后来我们给《河南》写文章，也是他做总编辑，不过那时经手的是孙竹丹，也没有直接交涉过。后来他来到北大，同在国文系里任课，可是一直没有见过面：总计只有一次，即是上面所说的文科教授会里，远远地望见他，那时大约他的肺病已经很是严重，所以身体瘦弱，简单地说了几句话，声音也很低微，完全是个病夫模样，其后也就没有再见到他了。申叔写起文章来，真是"下笔千言"，细注引证，头头是道，没有做不好的文章，可是字写得实在可怕，几乎像小孩子描红相似，而且不讲笔顺。——北方书房里学童写字，辄叫口号，例如"永"字，叫道："点，横，竖，钩，挑，劈，剔，捺。"他却是全不管这些个，只看方便有可以连写之处，就一直连起来，所以简直不成字样。当时北大文科教员里，以恶札而论，申叔要算第一，我就是第二名了。从前在南京学堂里的时候，管轮堂同学中写字的成绩，我也是倒数第二，第一名乃是我的同班同乡而且又是同房间居住的柯采卿，他的字也毕瑟可怜，像是寒战的样子，但还不至于不成字罢了。倏忽五十年，第一名的人都已归了道山，到如今这榜首的光荣却不得不属于我一个人。关于刘申叔及其夫人何震，最初因为苏曼殊寄居他们

267

的家里，所以传有许多佚事，由龚未生转给我们听；民国以后则由钱玄同所讲，及申叔死后，复由其弟子刘叔雅讲了些，但叔雅口多微词，似乎不好据为典要，因此便把传闻的故事都不著录了。只是汪公权的事却不妨提一提，因为那是我们直接见到的。在戊申（一九〇八）年夏天，我们开始学俄文的时候，当初是鲁迅、许季茀、陈子英、陶望潮和我五个人，经望潮介绍刘申叔的一个亲戚来参加，这人便是汪公权。我们也不知道他的底细，上课时匆匆遇见，也没有谈过什么，只见他全副和服，似乎很朴实，可是俄语却学得不大好，往往连发音都不能读，似乎他回去一点都不预备似的。后来这一班散了伙，也就走散了事；但是同盟会中间似乎对于刘申叔一伙很有怀疑，不久听说汪公权归国，在上海什么地方被人所暗杀了。

三、**黄季刚** 要想讲北大名人的故事，这似乎断不可缺少黄季刚，因为他不但是章太炎门下的大弟子，乃是我们的大师兄，他的国学是数一数二的；可是他的脾气乖僻，和他的学问成正比例，说起有些事情来，着实令人不能恭维。而且上文我说与刘申叔只见到一面，已经很是稀奇了，但与黄季刚却一面都没有见过；关于他的事情只是听人传说，所以我现在觉得单凭了听来的话，不好就来说他的短长。这怎么办才好呢？如不是利用这些传说，那么我便没有直接的材料可用了，所以只得来经过一番筛，择取可以用的来充数罢。

这话须还得说回去，大概是前清光绪末年的事情罢，约略估计年岁当是戊申（一九〇八）的左右，还在陈独秀办《新青年》，进北大的十年前，章太炎在东京民报里来的一位客人，名叫陈仲甫，这人便是后来的独秀，那时也是搞汉学，写隶书的人。这时候适值钱玄同（其时名叫钱夏，字德潜）黄季刚在座，听见客来，只好躲入隔壁的房里去，可是只隔着两扇纸的拉门，所以什么都听得清楚的。主客谈起清朝汉学的发达，列举戴段王诸人，多出于安徽江苏，后来不晓得怎么一转，陈仲甫忽而提出湖北，说那里没有出过什么大学者，主人也敷衍着说，是呀，没有出什么人。这时黄季刚大声答道："湖北固然没有学者，然而这不就是区区，安徽固然多有学者，然而这也未必就是足下。"主客闻之索然扫兴，随即别去。十年之后，黄季刚在北大拥皋比了，可是陈仲甫也赶了来任文科学长，且办《新青年》，搞起新文学运动来，风靡一时了。这两者的旗帜分明，冲突是免不了的了。当时在北大的章门的同学做柏梁台体的诗分咏校内的名人，关于他们的两句，恰巧都还记得，陈仲甫的一句是"毁孔子庙罢其祀"，说得很得要领；黄季刚的一句则是"八部书外皆狗屁"，也是很能传达他的精神的。

所谓八部书者，是他所信奉的经典，即是《毛诗》《左传》《周礼》《说文解字》《广韵》《史记》《汉书》和《文选》，不过还有一部《文心雕龙》，似乎也应该加了上去才对。他的攻击异己者的方法完全利用谩骂，便是在讲堂上的骂街，他的骚扰力不少，但是只能够煽动几个听他的讲的人，讲到实际的蛊惑力量，没有及得后来专说闲话的"正人君子"的十一了。

269

北大感旧录（三）

四、林公铎　林公铎名损，也是北大的一位有名人物，其脾气的怪僻也与黄季刚差不多，但是一般对人还是和平，比较容易接近得多。他的态度很是直率，有点近于不客气，我记得有一件事，觉得实在有点可以佩服。有一年我到学校去上第一时的课，这是八点至九点，普通总是空着，不大有人愿意这么早去上课的，所以功课顶容易安排。在这时候常与林公铎碰在一起。我们有些人不去像候车似的挤坐在教员休息室里，却到国文系主任的办公室去坐，我遇见他就在那里。这天因为到得略早，距上课还有些时间，便坐了等着，这时一位名叫甘大文的毕业生走来找主任说话，可是主任还没有到来，甘君等久了觉得无聊，便去同林先生搭讪说话，桌上适值摆着一本北大三十几周年纪念手册，就拿起来说道："林先生看过这册子么？里边的文章怎么样？"林先生微微摇头道："不通，不通。"这本来已经够了，可是甘君还不肯甘休，翻开册内自己的一篇文章，指着说道："林先生，看我这篇怎样？"林先生从容地笑道："亦不通，亦不通。"当时的确是说"亦"字，不是说"也"的，这事还清楚地记得。甘君本来在中国大学读书，因听了胡博士的讲演，转到北大哲学系来，成为胡适之的嫡系弟子，能做万言的洋洋大文，曾在孙伏园的《晨报副刊》上登载《陶渊明与托尔斯泰》一文，接连登了两三个月之久，读者看了都又头痛又佩服。甘君的应酬交际功夫十二分的绵密，许多教授都为之惶恐退避，可是他一遇着了林

270

公铎，也就一败涂地了。

说起甘君的交际功夫，似乎这里也值得一说，他的做法第一是请客，第二是送礼，请客倒还容易对付，只要辞谢不去好了，但是送礼却更麻烦了，他要是送到家里来的，主人一定不收，自然也可以拒绝；可是客人丢下就跑，不等主人的回话，那就不好办了。那时雇用汽车很是便宜，他在过节的前几天，便雇一辆汽车，专供送礼之用，走到一家人家，急忙将货物放在门房，随即上车飞奔而去。有一回，竟因此而大为人家的包车夫所窘，据说这是在沈兼士的家里，值甘君去送节礼，兼做听差的包车夫接收了，不料大大地触怒主人，怪他接受了不被欢迎的人的东西，因此几乎打破了他拉车的饭碗。所以他的交际功夫越好，越被许多人所厌恶，自教授以至工友，没有人敢于请教他，教不到一点钟的功课。也有人同情他的，如北大的单不庵，忠告他千万不要再请客再送礼了，只要他安静过一个时期，说是半年罢，那时人家就会自动地来请他，不但空口说，并且实际地帮助他，在自己的薪水提出一部分钱来津贴他的生活，邀他在图书馆里给他做事。但是这有什么用呢，一个人的脾气是很不容易改变的。论甘君的学力，在大学里教国文，总是可以的；但他过于自信，其态度也颇不客气，所以终于失败。钱玄同在师范大学担任国文系主任，曾经叫他到那里教"大一国文"（即大学一年级的必修国文），他的选本第一篇是韩愈的《进学解》，第二篇以下至于第末篇都是他自己的大作，学期末了，学生便去要求主任把他撤换了。甘君的故事实在说来话长，只是这里未免有点喧宾夺主，所以这里只好姑且从略了。

林公铎爱喝酒，平常遇见总是脸红红的，有一个时候不是因为黄酒价贵，便是学校欠薪，他便喝那廉价的劣质的酒。黄季刚得知了大不以为然，曾当面对林公铎说道："这是你自己在作死了！"这一次算是他对于友人的道地的忠告。后来听说林公铎在南京车站上晕倒，这实在是与他的喝酒有关的。他讲学问写文章因此都不免有爱使气的地方。一天我在国文系办公室遇见他，问在北大外还有兼课么，答说在中国大学有两小时。是什么功课呢？说是唐诗。我又好奇地追问道，林先生讲哪个人的诗呢？他的答复很出意外，他说是讲陶渊明。大家知道陶渊明与唐朝之间还整个地隔着一个南北朝，可是他就是那样地讲的。这个原因是，北大有陶渊明诗这一种功课，是沈尹默担任的，林公铎大概很不满意，所以在别处也讲这个，至于文不对题，也就不管了。

　　他算是北大老教授中旧派之一人，在民国二十年顷，北大改组时，标榜革新，他和许之衡一起被学校所辞退了。北大旧例，教授试教一年，第二学年改送正式聘书，只简单地说聘为教授，并无年限及薪水数目，因为这聘任是无限期的，假如不因特别事故有一方预先声明解约，这便永久有效。十八年以后始改为每年送聘书，在学校方面怕照从前的办法，有不讲理的人拿着无限期的聘书，要解约时硬不肯走，所以改了每年送新聘书的方法。其实这也不尽然，这原是在人不在办法，和平的人就是拿着无限期聘书，也会不则一声地走了，激烈的虽是期限已满也还要争执，不肯罢休的。许之衡便是前者的好例，林公铎则属于后者，他大写其抗议的文章，在《世界日报》上发表的致胡博士（其时任文学院长兼国文系主任）的信中，有"遗我一矢"之语，但是胡适之并不回答，所以这事也就不久平息了。

272

北大感旧录（四）

　　五、许守白　　上文牵连地说到了许之衡，现在便来讲他的事情罢。许守白是在北大教戏曲的，他的前任也便是第一任的戏曲教授是吴梅。当时上海大报上还大惊小怪的，以为大学里居然讲起戏曲来，是破天荒的大奇事。吴瞿安教了几年，因为南人吃不惯北方的东西，后来转任南京大学，推荐了许守白做他的后任。许君与林公铎正是反对，对人是异常的客气，或者可以说是本来不必那样地有礼，普通到了公众场所，对于在场的许多人只要一总地点一点头就行了，等到发现特别接近的人，再另行招呼，他却是不然。进得门来，他就一个一个找人鞠躬，有时那边不看见，还要从新鞠过。看他模样是个老学究，可是打扮却有点特别，穿了一套西服，推光和尚头，脑门上留下手掌大的一片头发，状如桃子，长约四五分，不知是何取义，有好挖苦的人便送给他一个绰号，叫作"余桃公"，这句话是有历史背景的。他这副样子在北大还好，因为他们见过世面，曾看见过辜鸿铭那个样子，可是到女学校去上课的时候，就不免要稍受欺侮了。其实那里的学生，倒也并不什么特别去窘他，只是从上课的情形上可以看出他的一点窘状来而已。北伐成功以后，女子大学划归北京大学，改为文学理学分院，随后又成为女子文理学院，我在那里一时给刘半农代理国文系主任的时候，为一二年级学生开过一班散文习作，有一回作文叫写教室里印象，其中，一篇写得颇

273

妙，即是讲许守白的，虽然不曾说出姓名来。她说有一位教师进来，身穿西服，光头，前面留着一个桃子，走上讲台，深深地一鞠躬，随后翻开书来讲。学生们有编织东西的，有写信看小说的，有三三两两低声说话的。起初说话的声音很低，可是逐渐响起来，教师的话有点不大听得出了，于是教师用力提高声音，于嗡嗡声的上面又零零落落地听到讲义的词句，但这也只是暂时的，因为学生的说话相应地也加响，又将教师的声音沉没到里边去了。这样一直到了下课的钟声响了，教师乃又深深地一躬，踱下了讲台，这事才告一段落。鲁迅的小说集《彷徨》里边有一篇《高老夫子》，说高尔础老夫子往女学校去上历史课，向讲堂下一望，看见满屋子蓬松的头发，和许多鼻孔与眼睛，使他大发生其恐慌，《袁了凡纲鉴》本来没有预备充分，因此更着了忙，匆匆地逃了出去。这位慕高尔基而改名的老夫子尚且不免如此慌张，别人自然也是一样，但是许先生却还忍耐得住，所以教得下去，不过窘也总是难免的了。

六、黄晦闻　关于黄晦闻的事，说起来都是很严肃的，因为他是严肃规矩的人，所以绝少滑稽性的传闻。前清光绪年间，上海出版《国粹学报》，黄节的名字同邓实（秋枚）刘师培（申叔）马叙伦（夷初）等常常出现，跟了黄梨洲吕晚村的路线，以复古来讲革命，灌输民族思想，在知识阶级中间很有势力，及至民国成立以后，虽然他是革命老同志，在国民党中不乏有力的朋友，可是他只做了一回广东教育厅长，以后就回到北大来仍旧教他的书，不复再出。北伐成功以来，所谓吃五四饭的都飞黄腾达起来，做上了新官僚，黄君是老辈却那样地退隐下来，岂不正是落伍之尤，但是他自有他的见地。他平常愤世嫉俗，觉得现时很像明季，为人写字常钤一印章，文曰"如此江山"。又于民国二十三年（一九三四）秋季在北大讲顾亭林诗，感念往昔，常对诸生慨然言之。一九三五年一月二十四日病卒，所注亭林诗终未完成，所做诗集曰《蒹葭楼诗》，曾见

274

有仿宋铅印本，不知今市上有之否？晦闻卒后，我撰一挽联送去，词曰：

> 如此江山，渐将日暮途穷，不堪追忆索常侍。
> 及今归去，等是风流云散，差幸免作顾亭林。

附以小注云，近来先生常用一印云，如此江山，又在北京大学讲亭林诗，感念古昔，常对诸生慨然言之。

七、孟心史　与晦闻情形类似的，有孟心史。孟君名森，为北大史学系教授多年，兼任研究所工作，著书甚多，但是我所最为记得最喜欢读的书，还是民国五六年顷所出的《心史丛刊》，共有三集，掇集零碎材料，贯串成为一篇，对于史事既多所发明，亦殊有趣味。其记清代历代科场案，多有感慨语，如云："凡汲引人材，从古无以刀锯斧钺随其后者。至清代乃兴科场大案，草菅人命，无非重加其罔民之力，束缚而驰骤之。"又云："汉人陷溺于科举，至深且酷，不惜借满人屠戮同胞，以泄其多数侥幸未遂之人年年被摈之愤，此所谓天下英雄入我彀中者也。"

孟君耆年宿学，而其意见明达，前后不变，往往出后辈贤达之上，可谓难得矣。二十六年华北沦陷，孟君仍留北平，至冬卧病入协和医院，十一月中我曾去访问他一次，给我看日记中有好些感愤的诗，至次年一月十四日，乃归道山，年七十二。三月十三日开追悼会于城南法源寺，到者可二十人，大抵皆北大同人，别无仪式，只默默行礼而已。我曾撰了一副挽联，词曰：

> 野记偏多言外意，新诗应有井中函。

因字数太少不好写，又找不到人代写，亦不果用。北大迁至长

275

沙，职教员凡能走者均随行，其因老病或有家累者暂留北方，校方承认为留平教授，凡有四人，为孟森、马裕藻、冯祖荀和我，今孟马冯三君皆已长逝，只剩了我一个人，算是硕果仅存了。

北大感旧录（五）

八、冯汉叔 说到了"留平教授"，于讲述孟心史之后，理应说马幼渔与冯汉叔的故事了，但是幼渔虽说是极熟的朋友之一，交往也很频繁，可是记不起什么可记的事情来，讲到旧闻逸事，特别从玄同听来的也实在不少，不过都是琐屑家庭的事，不好做感旧的资料，汉叔是理科数学系的教员，虽是隔一层了，可是他的故事说起来都很有趣味，而且也知道得不少，所以只好把幼渔的一边搁下，将他的逸事来多记一点也罢。

冯汉叔留学于日本东京前帝国大学理科，专攻数学，成绩很好，毕业后归国任浙江两级师范学堂教员，其时尚在前清光绪宣统之交，校长是沈衡山（钧儒），许多有名的人都在那里教书，如鲁迅、许寿裳、张邦华等都是。随后他转到北大，恐怕还在蔡子民校长之前，所以他可以说是真正的"老北大"了。在民国初年的冯汉叔，大概是很时髦的，据说他坐的乃是自用车，除了装饰崭新之外，车灯也是特别，普通的车只点一盏，有的还用植物油，乌沉沉的很有点凄惨相，有的是左右两盏灯，都点上了电石，便很觉得阔气了。他的车上却有四盏，便是在靠手的旁边又添上两盏灯，一齐点上了就光明灿烂，对面来的人连眼睛都要睁不开了。脚底下又装着响铃，车上的人用脚踏着，一路发出琤珑的响声，车子向前飞跑，引得路上行人皆驻足而视。据说那时北京这样的车子没有第二辆，所以假如路上遇见四盏灯的洋车，便可以知道这是冯汉叔，他正往"八大胡同"去打茶围去了。爱说笑话的人，便给这样的车取了一个别名，叫作"器字车"，四个口像四盏灯，两盏灯的叫"哭字车"，一盏的就叫"吠字车"。算起来坐器字车的还算比较便宜，因为中间虽然是个"犬"字，但比较哭吠二字究竟字面要好得多了。

汉叔喜欢喝酒，与林公铎有点相像，但不听见他曾有与人相闹的事情。他又是搞精密的科学的，酒醉了有时候有点糊涂了，可是一遇到上课讲学问，却是依然头脑清楚，不会发生什么错误。古人说，吕端小事糊涂，大事不糊涂，可见世上的确有这样的事情。鲁迅曾经讲过汉叔在民初的一件故事。有一天在路上与汉叔相遇，彼此举帽一点首后将要走过去的时候，汉叔忽叫停车，似乎有话要说。乃至下车之后，他并不开口，却从皮夹里掏出二十元钞票来，交给鲁迅，说"这是还那一天输给你的欠账的"。鲁迅因为并无其事，便说"那一天我并没有同你打牌，也并不输钱给我呀"。他这才说道："哦，哦，这不是你么？"乃作别而去。此外有一次，是我亲自看见的，在"六三"的前几天，北大同人于第二院开会商议挽留蔡校长的事，说话的人当然没有一个是反对者，其中有一人不记得是什么人了，说得比较不直截一点，他没有听得清楚，立即愤然起立道："谁呀，说不赞成的？"旁人连忙解劝道："没有人说不赞成的，这是你听岔了。"他于是也说："哦，哦。"随又坐下了。关于他好酒的事，我也有过一次的经验。不记得是谁请客了，饭馆是前门外的煤市街的有名的地方，就是酒不大好，这时汉叔也在座，便提议到近地的什么店去要，是和他有交易的一家酒店，只说冯某人所要某种黄酒，这就行了。及至要了来之后，主人就要立刻分斟，汉叔阻住他叫先拿试尝，尝过之后觉得口味不对，便叫送酒的伙计来对他说，一面用手指着自己的鼻子道："我，我自己在这里，叫老板给我送那个来。"这样换来之后，那酒一定是不错的了，不过我们外行人也不能辨别，只是那么胡乱地喝一通就是了。

北平沦陷之后，民国二十七年（一九三八）春天，日本宪兵队想要北大第二院做他的本部，直接通知第二院，要他们三天之内搬家。留守那里的事务员弄得没有办法，便来找那"留平教授"，马幼渔是不出来的，于是找到我和冯汉叔。但是我们又有什么办法呢？走到第二院去一看，碰见汉叔已在那里，我们略一商量，觉得要想挡驾只有去找汤尔和，说明理学院因为仪器的关系不能轻易移动，至于能否有效，那只有临时再看了。便在那里，由我起草写了一封公函，由汉叔送往汤尔和的家里。当天晚上得到汤尔和的电话，说挡驾总算成功了，可是只可牺牲了第一院给予宪兵队，但那是文科只积存些讲义之类的东西，散佚了也不十分可惜。这是我最后一次见到冯汉叔，看他的样子已是很憔悴，已经到了他的暮年了。

北大感旧录（六）

九、刘叔雅　刘叔雅名文典，友人常称之为刘格阑玛，叔雅则自称狸豆乌，盖狸刘读或可通，叔与菽通，东字又为豆之象形古文，雅则即是乌鸦的本字。叔雅人甚有趣，面目黧黑，盖昔日曾嗜鸦片，又性喜肉食，及后北大迁移昆明，人称之谓"二云居士"，盖言云腿与云土皆名物，适投其所好也。好吸纸烟，常口衔一支，虽在说话亦粘着唇边，不识其何以能如此，唯进教堂以前始弃之。性滑稽，善谈笑，唯语不择言，自以籍属合肥，对于段祺瑞尤致攻击，往往丑诋及于父母，令人不能记述。北伐成功后曾在芜湖，不知何故触怒蒋介石，被拘数日，时人以此重之。

刘叔雅最不喜中医，尝极论之，备极诙谐溪刻之能事，其词云："你们攻击中国的庸医，实是大错而特错。在现今的中国，中医是万不可无的。你看有多多少少的遗老遗少和别种的非人生在中国，此辈一日不死，是中国一日之祸害。但是谋杀是违反人道的，而且也谋不胜谋。幸喜他们都是相信国粹的，所以他们的一线死机，全在这班大夫们手里。你们怎好去攻击他们呢？"这是我亲自听到，所以写在一篇说《卖药》的文章里，收在《谈虎集》卷上，写的时日是"十年八月"，可见他讲这话的时候是很早的了。他又批评那时的国会议员道："想起这些人来，也着实觉得可怜，不想来怎么地骂他们。这总之还要怪我们自己，假如我们有力量收买了他们，却还要那么胡闹，那么这实在应该重办，捉了来打屁股。可是我们现在既然没有钱给他们，那么这也就只好由得他们自己去卖身去罢了。"

他的说话刻薄由此可见一斑，可是叔雅的长处并不在此，他实是一个国学大家，他的《淮南鸿烈解》的著书出版已经好久，不知道随后有什么新著，但就是那一部书也足够显示他的学力而有余了。

十、朱遏先　朱遏先名希祖，北京大学日刊曾经误将他的姓氏刊为米遏光，所以有一个时候友人们便叫他作"米遏光"，但是他的普遍的绰号乃是"朱胡子"，这是上下皆知的，尤其是在旧书业的人们中间，提起"朱胡子"来，几乎无人不知，而且有点敬远的神气。因为朱君多收藏古书，对于此道很是精明，听见人说珍本旧抄，便捵袖攘臂，连说"吾要"，连书业专门的人也有时弄不过他。所以朋友们有时也叫他作"吾要"，这是浙江的方音，里边也含有幽默的意思。不过北大同人包括旧时同学在内普通多称他为"而翁"，这其实即是朱胡子的文言译，因为《说文解字》上说，"而，颊毛也"，当面不好叫他作朱胡子，但是称"而翁"便无妨碍，这可以说是文言的好处了。因为他向来就留了一大部胡子，这从什么时候起的呢？记得在民报社听太炎先生讲《说文》的时候，总还是学生模样，不曾留须，恐怕是在民国初年以后罢。在元年（一九一二）的夏天，他介绍我到浙江教育司当课长，我因家事不及去，后来又改任省视学，这我也只当了一个月，就因患疟疾回家来了。那时见面的印象有点马虎记不清了，但总之似乎还没有那古巴英雄似的大胡子，及民六（一九一七）在北京相见，却完全改观了。这却令人记起英国爱德华理亚（Edward Lear）所做的《荒唐书》里的第一首诗来：

> 那里有个老人带着一部胡子，
> 他说，这正是我所怕的，
> 有两只猫头鹰和一只母鸡，
> 四只叫天子和一只知更雀，
> 都在我的胡子里做了窠了！

这样地过了将近二十年，大家都已看惯了，但大约在民国二十三四年的时候，在北京却不见了朱胡子，大概是因了他女婿的关系转到广州的中山大学去了。以后的一年暑假里，似乎是在民国二十五年（一九三六），这时正值北大招考阅卷的日子，大家聚在校长室里，忽然开门进来了一个小伙子，没有人认得他，等到他开口说话，这才知道是朱遏先，原来他的胡子剃得光光的，所以是似乎换了一个人了。大家这才哄然大笑。这时的遏先在我这里恰好留有一个照相，这照片原是在中央公园所照，便是许季茀、沈兼士、朱遏先、沈士远、钱玄同、马幼渔和我，一共是七个人，这里边的朱遏先就是光下巴的。遏先是老北大，又是太炎同门中的老大哥，可是在北大的同人中间似乎缺少联络，有好些事情都没有他加入，可是他对于我却是特别关照，民国元年是他介绍我到浙江教育司的，随后又在北京问我愿不愿来北大教英文，见于鲁迅日记，他的好意我是十分感谢的，虽然最后民六（一九一七）的一次是不是他的发起，日记上没有记载，说不清楚了。

北大感旧录（七）

十一、胡适之　今天听说胡适之于二月二十四日在台湾去世了，这样便成为我的感旧录的材料，因为这感旧录中是照例不收生存的人的，他的一生的言行，到今日盖棺论定，自然会有结论出来，我这里只就个人间的交涉记述一二，作为谈话资料而已。我与他有过卖稿的交涉，总共是三回，都是翻译。头两回是《现代小说译丛》和《日本现代小说集》，时在一九二一年左右，是我在《新青年》和《小说月报》登载过的译文，鲁迅其时也特地翻译了几篇，凑成每册十万字，收在商务印书馆的世界丛书里，稿费每千字五元，当时要算是最高的价格了。在一年前曾经托蔡校长写信，介绍给书店的《黄蔷薇》，也还只是二元一千字，虽然说是文言不行时，但早晚时价不同也可以想见了。第三回是一册《希腊拟曲》，这是我在那时的唯一希腊译品，一总只有四万字，把稿子卖给文化基金董事会的编译委员会，得到了十元一千字的报酬，实在是我所得的最高的价了。我在序文的末了说道：

> 这几篇译文虽只是戋戋小册，实在也是我的很严重的工作。我平常也曾翻译些文章过，但是没有像这回费力费时光，在这中间我时时发生恐慌，深有"黄胖揉年糕，出力不讨好"之惧，如没有适之先生的激励，十之七八是中

283

途搁了笔了，现今总算译完了，这是很可喜的，在我个人使这三十年来的盆路不完全白走，固然自己觉得喜欢，而原作更是值得介绍，虽然只是太少。谛阿克列多斯有一句话道，一点点的礼物捎着大大的人情。乡曲俗语云，千里送鹅毛，物轻人意重。姑且引来作为解嘲。

关于这册译稿还有这么一个插话，交稿之前我预先同适之说明，这中间有些违碍词句，要求保留，即如第六篇拟曲《昵谈》里有"角先生"这一个字，是翻译原文抱朋这字的意义，虽然唐译《苾刍尼律》中有树胶生支的名称，但似乎不及角先生三字的通俗。适之笑着答应了，所以他就这样地印刷着，可是注文里在那"角"字右边加上了一直线，成了人名符号，这似乎有点可笑，——其实这角字或者是说明角所制的罢。最后的一回，不是和他直接交涉，乃是由编译会的秘书关琪桐代理的，在一九三七至三八年这一年里，我翻译了一部亚波罗陀洛斯的《希腊神话》，到一九三八年编译会搬到香港去，这事就告结束，我那神话的译稿也带了去不知下落了。

一九三八年的下半年，因为编译会的工作已经结束，我就在燕京大学托郭绍虞君找了一点功课，每周四小时，学校里因为旧人的关系特加照顾，给我一个"客座教授"（Visiting Professor）的尊号，算是专任，月给一百元报酬，比一般的讲师表示优待。其时适之远在英国，远远地寄了一封信来，乃是一首白话诗，其词云：

臧晖先生昨夜做一个梦，
梦见苦雨庵中吃茶的老僧，
忽然放下茶盅出门去，
飘然一杖天南行。
天南万里岂不大辛苦？
只为智者识得重与轻。

284

梦醒我自披衣开窗坐，

谁知我此时一点相思情。

一九三八，八，四。伦敦

我接到了这封信后，也做了一首白话诗回答他，因为听说就要往美国去，所以寄到华盛顿的中国使馆转交胡安定先生，这乃是他的临时的别号。诗有十六行，其词云：

老僧假装好吃苦茶，

实在的情形还是苦雨，

近来屋漏地上又浸水，

结果只好改号苦住。

晚间拼好蒲团想睡觉，

忽然接到一封远方的信，

海天万里八行诗，

多谢臧晖居士的问讯。

我谢谢你很厚的情意，

可惜我行脚却不能做到；

并不是出了家特地忙，

因为庵里住的好些老小。

我还只能关门敲木鱼念经，

出门托钵募化些米面，——

老僧始终是个老僧，

希望将来见得居士的面。

廿七年九月廿一日，知堂作苦住庵吟，略仿臧晖体，却寄居士美洲。十月八日旧中秋，阴雨如晦中录存。

285

侥幸这两首诗的抄本都还存在，而且同时找到了另一首诗，乃是适之的手笔，署年月日廿八，十二，十三，臧晖。诗四句分四行写，今改写作两行，其词云：

两张照片诗三首，今日开封一惘然。
无人认得胡安定，扔在空箱过一年。

诗里所说的事全然不清楚了，只是那寄给胡安定的信搁在那里，经过很多的时候方才收到，这是我所接到的他的最后的一封信。及一九四八年冬，北京解放，适之仓皇飞往南京，未几转往上海，那时我也在上海，便托王古鲁君代为致意，劝其留住国内，虽未能见听，但在我却是一片诚意，聊以报其昔日寄诗之情，今日王古鲁也早已长逝，更无人知道此事了。

末了还得加上一节，《希腊拟曲》的稿费四百元，于我却有了极大的好处，即是这用了买得一块坟地，在西郊的板井村，只有二亩的地面，因为原来有三间瓦屋在后面，所以花了三百六十元买来，但是后来因为没有人住，所以倒塌了，新种的柏树过了三十多年，已经成林了。那里葬着我们的次女若子，侄儿丰二，最后还有先母鲁老太太，也安息在那里，那地方至今还好好地存在，便是我的力气总算不是白花了，这是我所觉得深可庆幸的事情。

北大感旧录（八）

十二、刘半农　讲到胡适之，令人联想起刘半农来，这不但是因为两人都是博士，并且还是同年的关系，他们是卯字号的名人，这事上文已经说过了。刘半农因为没有正式的学历，为胡博士他们所看不起，虽然同是"文学革命"队伍里的人，半农受了这个刺激，所以发愤去挣他一个博士头衔来，以出心头的一股闷气；所以后来人们叫他们为博士，其含义是有区别的，盖一是积极的博士，一是消极的也。二人又同为卯字号小一辈的同年生，可是刘半农卒于一九三四年，才及中寿，适之则已是古稀，又是不同的一点。我在上文里关于半农已经说及，现在再来讲他恐有不少重出之处，为此只将那时所做的《半农纪念》一文，抄录在这里，那么即使有些重出，因为那是文中的一部分，或者也无甚妨碍罢。

　　七月十五日夜我们来到东京，次日定居本乡菊坂町。二十日我同妻出去，在大森等处跑了一天，傍晚回寓，却见梁宗岱先生和陈樱女士已在那里相候。谈次，陈女士说在南京看见报载刘半农先生去世的消息，我们听了觉得不相信，徐耀辰先生在座，也说这恐怕又是别一个刘复罢，但陈女士说报上说的不是刘复而是刘半农，又说北京大学给他照料治丧，可见这是不会错的了。我们将离开北京的时候，知道半农往绥远方面旅行去了，前后不过十日，却

287

又听说他病死了已有七天了。世事虽然本来是不可测的，但这实在来得太突然，只觉得出意外，除了惘然若失而外，别无什么话可说。

半农和我是十多年的老朋友，这回半农的死对于我是一个老友的丧失，我所感到的也是朋友的哀感，这很难得用笔墨记录下来。朋友的交情可以深厚，而这种悲哀总是淡泊而平定的，与夫妇子女间沉挚激越者不同，然而这两者却是同样地难以文字表示得恰好。假如我同半农要疏一点，那么我就容易说话，当作一个学者或文人去看，随意说一番都不要紧。很熟的朋友都只作一整个人看，所知道的又太多了，要想分析想挑选了说极难着手，而且褒贬稍差一点分量，心里完全明了，就觉得不诚实，比不说还要不好。荏苒四个多月过去了，除了七月二十四日写了一封信给刘半农的女儿小蕙女士外，什么文章都没有写，虽然有三四处定期刊物叫我写纪念的文章，都谢绝了，因为实在写不出。九月十四日，半农死后整整两个月，在北京大学举行追悼会，不得不送一副挽联，我也只得写这样平凡的几句话去，敷衍了一下子：

十七年尔汝旧交，追忆还在卯字号，
廿余日驰驱大漠，归来竟作丁令威。

这是很空虚的话，只是仪式上所需的一种装饰的表示而已。

学校决定要我充当致辞者之一人，我也不好拒绝，但是我仍是明白我的不胜任，我只能说说临时想出来的半农的两种好处。其一是半农的真。他不装假，肯说话，不投机，不怕骂，一方面却是天真烂漫，对什么人都无恶意。

288

其二是半农的杂学。他的专门是语音学，但他的兴趣很广博，文学美术他都喜欢，做诗，写字，照相，搜书，讲文法，谈音乐。有人或者嫌他杂，我觉得这正是好处，方面广，理解多，于处世和治学都有用，不过在思想统一的时代，自然有点不合适。我所能说者也就是极平凡的这寥寥几句。

两日前阅《人间世》第十六期，看见半农遗稿《双凤皇专斋小品文》之五十四，读了很有所感。其题目曰"记砚兄之称"，文云：

余与知堂老人每以砚兄相称，不知者或以为儿时同窗友也。其实余二人相识，余已二十七，岂明已三十三。时余穿鱼皮鞋，犹存上海少年滑头气，岂明则蓄浓髯，戴大绒帽，披马夫式大衣，俨然一俄国英雄也。越十年，红胡入阅主政，北新封，《语丝》停，李丹忱捕，余与岂明同避菜厂胡同一友人家。小厢三楹，中为膳食所，左为寝室，席地而卧，右为书室，室仅一桌，桌仅一砚。寝，食，相对枯坐而外，低头共砚写文而已，砚兄之称自此始。居停主人不许多友来视，能来者余妻岂明妻而外，仅有徐耀辰兄传递外间消息，日或三四至也。时民国十六，以十月二十四日去，越一星期归，今日思之，亦如梦中矣。

这文章写得颇好，文章里边存着作者的性格，读了如见半农其人。民国六年春间我来北京，在《新青年》上初见半农的文章，那时他还在南方，留下一种很深的印象，这是几篇《灵霞馆笔记》，觉得有清新的生气，这在别人笔下是没有的。现在读这篇遗文，恍然记及十七年前的事，清新的生气仍在，虽然更加上一点苍老与着实了。但是时光过得真快，鱼皮鞋子的故事在今日活着的人里，只有我和玄同还知道罢，而菜厂胡同一节说起来也有车过腹痛之感了。前年冬天半农同我谈到蒙难纪念，问这是哪一天，我查旧日记，恰巧民国十六年中间有几个月不曾写，于是查对《语丝》末期出版月日等等，查出这是在十月二十四，半农就说下回要大举请客来做纪念，我当然赞成他的提议，去年十月不知道怎么一混大家都忘记了，今年夏天半农在电话里还说起，去年可惜忘记了，今年一定要举行，然而半农在七月十四日就死了，计算到十月二十四日恰是一百天。

昔时笔祸同蒙难，菜厂幽居亦可怜。
算到今年逢百日，寒泉一盏荐君前。

这是我所做的打油诗，九月中只写了两首，所以在追悼会上不曾用，今日见半农此文，便拿来题在后面。所云菜厂在北河沿之东，是土肥原的旧居，居停主人即土肥原的后任某少佐也。秋天在东京本想去访问一下，告诉他半农的消息，后来听说他在长崎，没有能见到。

民国二十三年（一九三四）十一月三十日，于北平苦茶庵记

北大感旧录（九）

十三、马隅卿　隅卿是于民国二十四年二月十九日在北大上课，以脑出血卒于讲堂里的，我也在这里抄录《隅卿纪念》的一篇文章做替代，原来是登载于《苦茶随笔》里的。

　　隅卿去世于今倏忽三个月了。当时我就想写一篇小文章纪念他，一直没有能写，现在虽然也还是写不出，但是觉得似乎不能再迟下去了。日前遇见叔平，知道隅卿已于上月在宁波安厝，那么他的体魄已永久和平隔绝，真有去者日以疏之惧。陶渊明《拟挽歌辞》云："向来相送人，自各还其家，亲戚或余悲，他人亦已歌。"——何其言之旷达而悲哀耶，恐隅卿亦有此感，我故急急地想写了此文也。

　　我与隅卿相识大约在民国十年左右，但直到十四年，我担任了孔德学校中学部的两班功课，我们才时常见面。当时系与玄同、尹默包办国文功课，我任作文读书，曾经给学生讲过一部《孟子》《颜氏家训》，和几卷《东坡尺牍》。隅卿则是总务长的地位，整天坐在他的办公室里，又正在替孔德图书馆买书，周围堆满了旧书头本，常在和书贾交涉谈判。我们下课后便跑去闲谈，虽然知道很妨害他的办公，可是总也不能改，除我与玄同以外，还有王品青君，其时他也在教书，随后又添上了建功、耀辰，聚在一

291

起常常谈上大半天。闲谈不够，还要大吃，有时也叫厨房开饭，平常大抵往外边去要，最普通的是森隆，一亚一，后来又有玉华台。民国十七年以后，移在宗人府办公，有一天夏秋之交的晚上，我们几个人在屋外高台上喝啤酒汽水谈天，一直到深夜，说起来大家都还不能忘记，但是光阴荏苒，一年一年地过去，不但如此盛会于今不可复得，就是那时候大家的勇气与希望也消灭殆尽了。

　　隅卿多年办孔德学校，费了许多的心血，也吃了许多的苦。隅卿是不是老同盟会？我不曾问过他，但看他含有多量革命的热血，这有一半盖是对于国民党解放运动的响应，却有一大半或由于对北洋派专制政治的反抗，我们在一起的几年里，看见隅卿好几期的活动，在"执政"治下有三一八时期与直鲁军时期的悲苦与屈辱，军警露刃迫胁他退出宗人府，不久连北河沿的校舍也几被没收，到了"大元帅"治下好像是疔疮已经肿透离出毒不远了，所以减少沉闷而发生期待，觉得黑暗还是压不死人的。奉军退出北京的那几天，他又是多么兴奋，亲自跑出西直门去看姗姗其来的山西军；学校门外的青天白日旗恐怕也是北京城里最早的一面罢。光明来到了，他回到宗人府去办起学校来，我们也可以去闲谈了几年。可是北平的情形愈弄愈不行，隅卿于二十年秋休假往南方，接着就是九一八事件，通州密云成了边塞。二十二年冬他回北平来专管孔德图书馆，那时复古的浊气又已弥漫国中，到了二十四年春他就与世长辞了。孔德学校的教育方针，向来是比较地解放的向前的，在现今的风潮中似乎是难于适应，这是一个难问题，不过隅卿早一点去了世，不及看见他亲手苦心经营的学校里，要重新男女分了班去读经做古文，使他比在章士钊刘哲时代更为难过，那或者可以说是不幸中之大幸了罢。

隅卿的专门研究是明清的小说戏曲，此外又搜集四明的明末文献，末了的这件事是受了清末的民族革命运动的影响，大抵现今的中年人都有过这种经验，不过表现略有不同。例如七先生写到清乾隆帝必称曰弘历，亦是其一。因为这些小说戏曲从来是不登大雅之堂的，所以隅卿自称曰不登大雅文库。后来得到一部二十回本的《平妖传》，又称平妖堂主人。尝复刻书中插画为笺纸，大如册页，分得一匣，珍惜不敢用，又别有一种《金瓶梅》画笺，似刻成未印，今不可得矣。居南方时得到话本二册，题曰"雨窗集"及"欹枕集"，审定为清平山堂同型之本，旧藏天一阁者也，因影印行世，请兼士书额云雨窗欹枕室，友人或戏称之为雨窗先生。隅卿用功甚勤，所为札记及考订甚多，平素过于谦逊不肯发表，尝考冯梦龙事迹著作极详备，又抄集遗文成一卷，屡劝其付刊亦未允。吾乡抱经堂朱君得冯梦龙编《山歌》十卷，为《童痴二弄》之一种，以抄本见示，令写小序，我草草写了一篇，并嘱隅卿一考证之，隅卿应诺，假抄本去影写一过，且加丹黄，乃亦未及写成，惜哉。龙子犹殆亦命薄如纸，不亚于袁中郎，竟不得隅卿为作佳传以一发其幽光耶。

隅卿行九，故常题其札记曰《劳久笔记》。马府上的诸位弟兄我都相识，二先生幼渔是太炎国学讲习会的同学，民国元年，我在浙江教育司的楼上"卧治"的时候，他也在那里做视学，认识最早，四先生叔平，五先生季明，七先生太玄居士，——他的号本是绳甫，也都很熟；隅卿因为孔德学校的关系，见面的机会所以更特别的多。但是隅卿无论怎样地熟悉，相见还是很客气地叫启明先生，这我当初听了觉得有点局促，后来听他叫玄同似乎有时也是如此，就渐渐习惯了。这可以见他性情上拘谨的一方面，与喜诙谐的另一方面是同样的很有意义的。今年一月我听朋友说，隅卿因怕血压高现在戒肉食了，我笑说道，他是老九，这还早呢。但是不到一个月光景，他真死了。二月十七日孔德校长蓝少铿先生在东兴楼请吃午饭，在那里遇见隅卿幼渔，下午就一同去看厂甸，我得了一册木版的《尨书》，此外还有些黄虎痴的《湖南风物志》与王西庄的《练川杂咏》等，傍晚便在薰燕阁书店作别。听说那天晚上同了来薰阁主人陈君去看戏，第二天是阴历上元，他还出去看街上的灯，一直兴致很好，到了十九日下午往北京大学去上小说史的课，以脑出血卒。当天夜里我得到王淑周先生的电话，同丰一雇了汽车到协和医院去看，已经来不及了。次日大殓时又去一看，二十一日在上官菜园观音院接三，送去一副挽联，只有十四个字道：

　　月夜看灯才一梦，
　　雨窗鼓枕更何人。

　　中年以后，丧朋友是很可悲的事，有如古书，少一部就少一部，此意惜难得恰好地达出，挽联亦只能写得像一副挽联就算了。

二十四年五月十五日，在北平

北大感旧录（十）

十四、钱玄同　钱玄同的事情，真是说来话长，我不晓得如何写法。关于他，有一篇纪念文，原名"最后的十七日"，乃是讲他的末后的这几天的，似乎不够全面，要想增补呢，又觉得未免太啰唆了，那么怎么办才好呢？刚好在二月十九日的《人民日报》上看到晦庵的一篇《书话》，题曰"取缔新思想"，引用玄同的话，觉得很有意思，便决定来先做一回的"文抄公"，随后再来自己献丑罢。原文云：

《新社会》于一九二〇年五月被禁，在这之前，大约一九一九年八月，《每周评论》已经遭受查封的命运，一共出了三十七期。当时问题与主义的论争正在展开，胡适的"四论"就发表在最后一期上，刊物被禁以后，论争不得不宣告结束，大钊同志便没有继"再论"而写出他的"五论"来。一九二二年冬，北洋政府的国务会议，进一步通过取缔新思想案，决定以《新青年》和《每周评论》成员作为他们将要迫害的对象。消息流传以后，胡适曾经竭力表白自己的温和，提倡什么好人政府，但还是被王怀庆辈指为过激派，主张捉将官里去，吓得他只好以检查糖尿病为名，销声匿迹地躲了起来。正当这个时候，议员受贿的案件被揭发了，不久又发生国会违宪一案，闹得全国哗然，内阁一再更易，取缔新思想的决议，便暂时搁起。到了一九二四年，旧事重提，六月十六日的《晨报副刊》第一三八号上，杂感栏里发表三条《零碎事情》，第一条便反映了"文字之狱的黑影"：

《天风堂集》与《一目斋文钞》忽于昌英之妚之日被屮ㄣ屮了，这一句话是我从一个朋友给另一个朋友的信中偷看来的，话虽然简单，却包含了四个谜语。《每周评论》及《努力》上有一位作者别署天风，又有一位别署只眼，这两部书大概是他们做的罢。屮ㄣ屮也许是禁止，我这从两部的性质上推去，大概是不错的。但什么是"昌英之妚之日"呢？我连忙看《康熙字典》看妚是什么字。啊，有了！字典"妚"字条下明明注着，集韵，诸容切，音钟，夫之兄也。中国似有一位昌英女士，其夫曰端六先生，端六之兄不是端五么？如果我这个谜没有猜错，那么谜底必为《胡适文存》与《独秀文存》忽于端午日被禁止了。但我还没有听见此项消息。可恨我这句话是偷看来的，不然我可以向那位收信或发信的朋友问一问，如果他们还在北京。

这条杂感署名"夏"，夏就是钱玄同的本名，谜语其实就是玄同自己的创造。当时北洋军阀禁止《独秀文存》《胡适文存》《爱美的戏剧》《爱的成年》《自己的园地》等书，玄同为了揭发事实，故意转弯抹角，掉弄笔头，以引起社会的注意。胡适便据此四面活动，多方写信。北洋政府一面否认有禁书的事情，说检阅的书已经发还，一面却查禁如故。到了六月二十三日，《晨报副刊》第一四三号又登出一封给夏和胡适的通信，署名也是"夏"。

夏先生和胡适先生：

关于《天风堂集》与《一目斋文钞》被禁止的事件，本月十一日下午五时，我在成均遇见茇白先生，他的话和胡适先生一样。但是昨天我到旧书摊上去问，据说还是不让卖，几十部书还在那边呢。许是取不回来了罢。

夏白。（这个夏便是夏先生所说的写信的那个朋友。夏先生和夏字有没有关系，我不知道，我可是和夏字曾经发生过关系的，所以略仿小写萬字的注解的笔法，加这几句注。）

十三，六，二十。

所谓"略仿小写萬字的注解的笔法"云云，意思就是万即萬，夏即夏，原来只是一回事，一个人而已。这封通信后面还有一条画龙点睛的尾巴：

"写完这封信以后，拿起今天的《晨报》第六版来看，忽然看见'警察厅定期焚书'这样一个标题，不禁打了一个寒噤，虽然我并不知道这许多败坏风俗小说及一切违禁之印刷物是什么名目。"

可见当时不但禁过书，而且还焚过书，闹了半天，原来都是事实。短文采取层层深入的办法，我认为写得极好。这是五四初期取缔新思想的一点重要史料。败坏风俗，本来有各种各样解释，鱼目即混珠，玉石不免俱焚，从古代到近代，从外国到中国，败坏风俗几乎成为禁书焚书的共同口实，前乎北洋军阀的统治阶级利用过他，后乎北洋军阀的统治阶级也利用过他。若问败的什么风，坏的什么俗，悠悠黄河，这就有待于我们这一辈人的辨别了。

297

这篇文章我也觉得写得很好，他能够从不正经的游戏文章里了解其真实的意义，得到有用的资料，极是难得的事。可惜能写那种转弯抹角，掉弄笔头，诙谐讽刺的杂文的人已经没有了，玄同去世虽已有二十四年，然而想起这件事来，却是一个永久的损失。

北大感旧录（十一）

　　以下是我所写的"玄同纪念"的文章，原名"最后的十七日"，登在燕京大学的月刊上，因为里边所记是民国廿八年（一九三九）一月一日至十七日的事情，玄同就在十七日去世的。一日上午我被刺客所袭击，左腹中一枪，而奇迹地并未受伤，这案虽未破获，却知道是日本军部的主使，确无疑问，这事到讲到的时候再说。玄同本来是血压高，且有点神经过敏，因此受刺激以致发病；还有凑巧的一件事，他向来并不相信命运，恰于一年前偶然在旧书里发现有一张批好的"八字"。这也不知道是什么时候的东西，大约总还是好多年前叫人批了好玩的罢，他自己也已忘记了，在这上边批到五十二岁便止，而他那时候正是五十二岁，因为他是清光绪丁亥（一八八七）年生的，虽然他并不迷信，可是这可能在他心理上造成一个黑影。

　　玄同于一月十七日去世，于今百日矣。此百日中，不晓得有过多少次，想要写一篇小文给他做纪念，但是每次总是沉吟一回，又复中止。我觉得无从下笔。第一，因为我认识玄同很久，从光绪戊申在民报社相见以来，至今已是三十二年，这其间的事情实在太多了，要挑选一两点来讲，极是困难。要写只好写长篇，想到就写，将来再整理，但这是长期的工作，现在我还没有这余裕。第二，因为我

299

自己暂时不想说话。《东山谈苑》记倪元镇为张士信所窘辱，绝口不言，或问之，元镇曰，一说便俗。这件事我向来很是佩服，在现今无论关于公私的事有所声说，都不免于俗，虽是讲玄同也总要说到我自己，不是我所愿意的事，所以有好几回拿起笔来，结果还是放下。但是，现在又决心来写，只以玄同最后的十几天为限，不多讲别的事，至于说话人本来是我，好歹没有法子，那也只好不管了。

廿八年一月三日，玄同的大世兄秉雄来访，带来玄同的一封信，其文曰：

"知翁：元日之晚，召诒垒息来告，谓兄忽遇狙，但幸无恙，骇异之至，竟夕不宁。昨至丘道，悉铿诒炳扬诸公均已次第奉访，兄仍从容坐谈，稍慰。晚铁公来详谈，更为明了，唯无公情形迄未知悉，但祝其日趋平复也。事出意外，且闻前日奔波甚剧，想日来必感疲乏，愿多休息，且本平日宁静乐天之胸襟加意排解摄卫！弟自己是一个浮躁不安的人，乃以此语奉劝，岂不自量力而可笑，然实由衷之言，非劝慰泛语也。旬日以来，雪冻路滑，弟懔履冰之戒，只好家居，惮于出门，丘道亦只去过两三次，且迂道黄城根，因怕走柏油路也。故尚须迟日拜访，但时向奉访者探询尊况。顷雄将走访，故草此纸。籛闇白。廿八，一，三。"

这里需要说明的只有几个名词。丘道即是孔德学校的代称，玄同在那里有两间房子，安放书籍兼住宿。近两年觉得身体不大好，住在家里，但每日总还去那边，有时坐上小半日。籛闇是其晚年别号之一。去年冬天曾以一纸寄示，上钤好些印文，都是新刻的，有肆籛、舻叟、籛庵居士、逸谷老人、忆蒜翁等。这大都是从疑古二字变化来，如逸谷只取其同音。但有些也兼含意义，如舻籛本同是一

300

字，此处用为小学家的表征，菰乃是吴兴地名，此则有敬乡之意存焉。玄同又自号鲍山圹叟，据说鲍山亦在吴兴，与金盖山相近，先代坟墓皆在其地云。曾托张樾丞刻印，有信见告云：

"昨以三孔子赠张老丞，蒙他见赐圹叟二字，书体似颇不恶，盖颇像百衲本第一种宋黄善夫本《史记》也。唯看上一字，似应云，像人高踞床栏杆之巅，岂不异欤！老兄评之以为何如？"

此信原本无标点，印文用六朝字体，圹字左下部分稍右移居书下之中，故云然，此盖即鲍山圹叟之省文。

十日下午玄同来访，在苦雨斋西屋坐谈，未几又有客至，玄同遂避入邻室，旋从旁门走出自去。至十六日得来信，系十五日付邮者，其文曰：

"起孟道兄：今日上午十一时得手示，即至丘道交与四老爷，而祖公即于十二时电四公，于是下午他们（四与安）和他们（'九通'）共计坐了四辆洋车，给这书点交给祖公了。此事总算告一段落矣。日前拜访，未尽欲言，即挟《文选》而走，此《文选》疑是唐人所写，如不然，则此君樵唐可谓功夫甚深矣。……研究院式的作品固觉无意思，但鄙意老兄近数年来之作风颇觉可爱，即所谓'文抄'是也。'儿童……'（不记得那天你说的底下两个字了，故以虚线号表之）也太狭（此字不妥），我以为'似尚宜'用'社会风俗'等类的字面（但此四字更不妥，而可以意会，盖即数年来大作那类性质的文章，——愈说愈说不明白了），先生其有意乎？……旬日之内尚拟拜访面謷。但窗外风声呼呼，明日似又将雪矣。泥滑滑泥，行不得也哥哥，则或将延期矣。无公病状如何，有起色否？甚念。弟师黄再拜。廿八，一，十四，灯下。"

这封信的封面写"鲍绒"，署名师黄则是小时候的名字，黄即是黄山谷。所云九通，乃是李守常先生的遗书，其后人窘迫求售，我与玄同给他们设法卖去，四祖诸公都是帮忙搬运过付的人。这件事说起来话长，又有许多感慨，总之在这时候告一段落，是很好的事。信中间略去两节，觉得很是可惜，因为这里讲到我和他自己的关于生计的私事，虽然很有价值有意思，却也就不能发表。只有关于《文选》，或者须稍有说明。这是一个长卷，系影印古写本的一卷《文选》，有友人以此见赠，十日玄同来时便又转送给他了。

我接到这信之后即发了一封回信去，但是玄同就没有看到。十七日晚得钱太太电话，云玄同于下午六时得病，现在德国医院。九时顷我往医院去看，在门内廊下遇见稻孙、少铿、令扬、炳华诸君，知道情形已是绝望，再看病人形势刻刻危迫，看护妇之仓皇与医师之紧张，又引起十年前若子死时的情景，于九点三刻左右出院径归，至次晨打电话问少铿，则玄同于十时半顷已长逝矣。我因行动不能自由，十九日大殓以及二十三日出殡时均不克参与，只于二十一日同内人到钱宅一致吊唁，并送去挽联一副，系我自己所写，其词曰：

戏语竟成真，何日得见道山记。
同游今散尽，无人共话小川町。

这副挽联上本来撰有小注，临时却没有写上去。上联注云："前屡传君归道山，曾戏语之曰，道山何在，无人能

302

说，君既曾游，大可作记以示来者。君殁之前二日有信来，复信中又复提及，唯寄到时君已不及见矣。"下联注云："余识君在戊申岁，其时尚号德潜，共从太炎先生听讲《说文解字》，每星期日集新小川町民报社。同学中龚宝铨、朱宗莱、家树人均先殁，朱希祖、许寿裳现在川陕，留北平者唯余与玄同而已。每来谈常及尔时出入人民报社之人物，窃有开天遗事之感，今并此绝响矣。"挽联共做四副，此系最后之一，取其尚不离题，若太深切，便病晦或偏，不能用也。

关于玄同的思想与性情有所论述，这不是容易的事，现在也还没有心情来做这种难工作，我只简单地一说在听到凶信后所得的感想。我觉得这是对于我的一个大损失。玄同的文章与言论，平常看去似乎颇是偏激，其实他是平正通达不过的人。近几年来和他商量孔德学校的事情，他总最能得要领，理解其中的曲折，寻出一条解决的途径，他常诙谐地称为"贴水膏药"，但在我实在觉得是极难的一种品格，平时不觉得，到了不在之后方才感觉可惜，却是来不及了，这是真的可惜。老朋友中玄同和我见面时候最多，讲话也极不拘束而且多游戏，但他实在是我的畏友，浮泛的劝诫与嘲讽虽然用意不同，一样地没有什么用处。玄同平常不务苛求，有所忠告必以谅察为本，务为受者利益计算，亦不泛泛徒为高论，我最觉得可感，虽或未能悉用，而重违其意，恒自警惕，总期勿太使他失望也。今玄同往矣，恐遂无复有能规诫我者。这里我只是少讲私人的关系，深愧不能对于故人的品格学问有所表扬，但是我于此破了二年来不说话的戒，写下这一篇文章，在我未始不是一个大的决意，姑以是为故友纪念可也。 民国廿八年，四月二十八日。

303

这里须要补充一句，那部李先生的遗书"九通"，是卖给当时的北京女子师范大学的，所谓祖君就是学校的秘书赵祖欣氏，现在还在北京。虽然在胜利后，学校仍然归并于师范大学，可是图书馆里的书，大概是仍然存在的罢。

北大感旧录（十二）

上面所说都是北京大学的教授，但是这里想推广一点开去，稍为谈谈职员方面，这里第一个人自然便是蔡校长了，第二个是蒋梦麟，就是上文一六三节玄同的信里所说的"茭白先生"，关于他也是有些可以谈的，但其人尚健在，这照例是感旧录所不能收的了。

十五、蔡孑民　蔡孑民名元培，本字鹤卿，在清末因为讲革命，改号孑民，后来一直沿用下去了。他是绍兴城内笔飞弄的人，从小时候就听人说他是一个非常的古怪的人，是前清的一个翰林，可是同时又是乱党。家里有一本他的朱卷，文章很是奇特，篇幅很短，当然看了也是不懂，但总之是不守八股的规矩，后来听说他的讲经是遵守所谓公羊家法的，这是他的古怪行径的起头。他主张说是共产公妻，这话确是骇人听闻，但是事实却正是相反，因为他的为人也正是与钱玄同相像，是最端正拘谨不过的人。他发起进德会，主张不嫖、不赌、不娶妾，进一步不做官吏、不吸烟、不饮酒，最高等则不做议员，不食肉，很有清教徒的风气。他是从佛老出来，经过科学影响的无政府共产，又因读了俞理初的书，主张男女平等，反对守节，那么这种谣言之来，也不是全无根据的了。可是事实呢，他到老不殖财，没有艳闻，可谓知识阶级里少有人物，我们引用老辈批评他的话，做一个例子。这是我的受业师，在三味书屋教我读《中庸》的寿洙邻先生，他以九十岁的高龄，于去年逝世了，寿师母分给我几本他的遗书，其中有一册是蔡孑民言行录下，书面上有寿先生的题字云：

> 孑民学问道德之纯粹高深，和平中正，而世多訾嗷，诚如庄子所谓纯纯常常，乃比于狂者矣。

又云：

> 孑民道德学问集古今中外之大成，而实践之，加以不择壤流，不耻下问之大度，可谓伟大矣。

这些赞语或者不免有过高之处，但是他引庄子的说话是纯纯常常，这是很的确的。蔡孑民庸言庸行的主张最初发表在留法华工学校的讲义四十篇里，只是一般人不大注意罢了。他在这里偶然说及古今中外，这也是很得要领的话。三四年前我曾写过一篇讲蔡孑民的短文，里边说道："蔡孑民的主要成就，是在他的改革北大。"他实际担任校长没有几年，做校长的时期也不曾有什么行动，但他的影响却是很大的。他的主张是"古今中外"一句话，这是很有效力，也很得时宜的。因为那时候是民国五六年，袁世凯刚死不久，洪宪帝制虽已取消，北洋政府里还充满着乌烟瘴气。那时是黎元洪总统，段祺瑞做内阁总理，虽有好的教育方针，也无法实施。北京大学其时国文科只有经史子集，外国文只有英文，教员只有旧的几个人，这就是所谓"古"和"中"而已，如加上"今"和"外"这两部分去，便成功了。他于旧人旧科目之外，加了戏曲和小说，章太炎的弟子黄季刚，洪宪的刘申叔，尊王的辜鸿铭之外，加添了陈独秀、胡适之、刘半农一班人，英文之外也添了法文、德文和俄文了。古今中外，都是要的，不管好歹让他自由竞争，这似乎也不很妥当。

但是在那个环境里，非如此说法，"今"与"外"这两种便无法存身，当作策略来说，也是必要的。但在蔡子民本人，这到底是一种策略呢，还是由衷之言？也还是不知道（大半是属于后者罢），不过在事实上是奏了效，所以就事论事，这古今中外的主张，在当时说是合时宜的了。

但是，他的成功也不是一帆风顺的。学校里边先有人表示不满，新的一边还没有表示排斥旧的意思，旧的方面就首先表示出来了。最初是造谣言，因为北大最初开讲元曲，便说在教室里唱起戏文来了，又因提倡白话文的缘故，说用《金瓶梅》当教科书了。其次是旧教员在教室中谩骂，别的人还隐藏一点，黄季刚最大胆，往往昌言不讳。他骂一般新的教员附和蔡子民，说他们"曲学阿世"，所以后来滑稽的人便给蔡子民起了一个绰号叫作"世"，如去校长室一趟，自称去"阿世"去。知道这个名称，而且常常使用的，有马幼渔、钱玄同、刘半农诸人，鲁迅也是其中之一，往往见诸书简中，成为一个典故。报纸上也有反响，上海研究系的《时事新报》开始攻击，北京安福系的《公言报》更加猛攻，由林琴南出头，写公开信给蔡子民，说学校里提倡非孝，要求斥逐陈胡诸人。蔡答信说，《新青年》并未非孝，即使有此主张，也是私人的意见，只要在大学里不来宣传，也无法干涉。林氏老羞成怒，大有借当时实力派徐树铮的势力来加压迫之势，在这时期五四风潮勃发，政府忙于应付大事，学校的新旧冲突总算幸而免了。

我与蔡子民平常不大通问，但是在一九三四春间，却接到他的一封信，打开看时乃是和我荼字韵的打油诗三首，其中一首特别有风趣，现在抄录在这里，题目是"新年，用知堂老人自寿韵"。诗云：

新年儿女便当家，不让沙弥袈了裟。

307

（原注，吾乡小孩子留发一圈而剃其中边者，谓之沙弥。《癸巳存稿》三，"精其神"一条引经了筵阵了亡等语，谓此自一种文理。）

鬼脸遮颜徒吓狗，龙灯画足似添蛇。

六幺轮掷思赢豆，数语蝉联号绩麻。

（吾乡小孩子选炒蚕豆六枚，于一面去壳少许，谓之黄，其完好一面谓之黑，二人以上轮掷之，黄多者赢，亦仍以豆为筹码。以成语首字与其他末字相同者联句，如甲说"大学之道"，乙接说"道不远人"，丙接说"人之初"等，谓之绩麻。）

乐事追怀非苦话，容吾一样吃甜茶。

（吾乡有"吃甜茶，讲苦话"之语。）

署名则仍是蔡元培，并不用什么别号。此于游戏之中自有谨厚之气；我前谈《春在堂杂文》时也说及此点，都是一种特色。

他此时已年近古稀，而记叙新年儿戏情形，细加注解，犹有童心，我的年纪要差二十岁光景，却还没有记得那样清楚，读之但有怅惘，即在极小的地方，前辈亦自不可及也。

此外还有一个人，这人便是陈仲甫，他是北京大学的文科学长，也是在改革时期的重要角色。但是仲甫的行为不大检点，有时涉足于花柳场中，这在旧派的教员是常有的，人家认为当然的事。可是在新派便不同了，报上时常揭发，载陈老二抓伤妓女等事，这在高调进德会的蔡孑民，实在是很伤脑筋的事。我们与仲甫的交涉，与其说是功课上，倒还不如文字上为多，便是都与《新青年》有关系的，所以从前发表的一篇《实庵的尺牍》，共总十六通，都是如此，如第十二是一九二〇年所写的，末尾有一行道："鲁迅兄做的小说，我实在五体投地地佩服。"在那时候，他还只看得《孔乙己》和

308

《药》这两篇，就这样说了，所以他的眼力是很不错的。九月来信又说："豫才兄做的小说，实在有集拢来重印的价值，请你问他倘若以为然，可就《新潮》《新青年》剪下自加订正，寄来付印。"等到《呐喊》在一九二一年的年底编成，第二年出版，这已经在他说话的三年之后了。

图书在版编目（CIP）数据

知堂忆往·流水斜阳太有情／周作人著. —— 北京：
中国文史出版社，2020.3
ISBN 978 - 7 - 5205 - 1576 - 4

Ⅰ. ①知… Ⅱ. ①周… Ⅲ. ①散文集 - 中国 - 现代
Ⅳ. ①I266

中国版本图书馆 CIP 数据核字（2019）第 251748 号

主　　编：林　杉
责任编辑：牟国煜

出版发行：**中国文史出版社**
社　　址：北京市海淀区西八里庄 69 号院　　邮编：100142
电　　话：010 - 81136606　81136602　81136603（发行部）
传　　真：010 - 81136655
印　　装：北京东君印刷有限公司
经　　销：全国新华书店
开　　本：720×1020　1/16
印　　张：20　　　　字数：257 千字
版　　次：2020 年 3 月第 1 版
印　　次：2020 年 3 月第 1 次印刷
定　　价：59.80 元